ジョルジュ・サンド

サンド― 政治と論争

ミシェル・ペロー編

持田明子 訳

藤原書店

日本の読者へ

ミシェル・ペロー

ジョルジュ・サンド（一八〇四―七六）は有名であるが、不当に低く評価されてきた。自らが生きている時代の社会や歴史に深い関心を抱いたロマン派作家たちの神殿《パンテオン》に、ヴィクトル・ユゴーやバルザック、ウジェーヌ・シューと並んで姿を見せている小説家としてだけでなく、男性のようにズボンをはき、たばこを吸い、自由に振舞う女性としても名を馳せた。さらに、大衆好みのセンチメンタルな映画で繰り返し描かれた彼女の（とりわけミュッセやショパンとの）激しい恋愛でよく知られている。スキャンダラスな女性、悪い母親、不感症で冷たい愛人、牧歌的な田園を謳った豊穣で平易な作品（『魔の沼』、『少女ファデット』……）が、子供たちの賞品授与式にうってつけの二流作家。こうした決まり文句が真の姿を隠してきた。

だが、今日、彼女は再発見され、その全貌が明らかになった。綿密な調査で、民俗学の上でも重要な価値のある小説、農民の言葉を巧みに採り入れた小説など、多様なジャンルの作品に加えて、一九世紀の最もすぐれた自伝の一つ、『わが生涯の歴史』を著わし、さらに一九世紀を知る上で無尽蔵の資料というべき、膨大な書簡――ジョルジュ・リュバン（二〇〇〇年二月没）が二五巻の『書簡集』を編集した――をのこした女性。

この再発見は、たとえばリュバンのような、サンドの熱烈な読者たちだけがなしとげたものではなく、女性解放の先駆者たちを探し出し、その運動の創始者たちを是非とも明らかにしようとした女性たちの貢献でもある。早くから熱心な読者のいる日本を含めて、世界の各地でこの二十年来、サンド研究者のグループが増え、定期刊行物を出版し、討論会を開催している。

こうした積極的な活動にもかかわらず、ジョルジュ・サンドの政治への関与は、複雑に絡み合った理由から無視されてきた。一つには、一九世紀前半の〈空想的〉と呼ばれる社会主義に対する評価の低さが、ルイ・ブランや、とりわけサンドの思想的指導者であるピエール・ルルーとともに彼女にもおよんだ。加えて、（ジュール・ヴァレスを除く）ほとんどの作家と同様に、パリ・コミューンに対して彼女が抱いた敵意を、人々はその理由を見きわめずに、許そうとしなかった。さらに、フェミニストたちは、彼女が民法上の権利の獲得こそが政治的権利の行使の前提条件であるとして、一八四八年に女性の参政権要求を支持しなかったことを非難した。こうして、一八四八年における共和政ならびに社会主義のためのきわめて確固とした彼女の政治参加は黙殺され、そして忘れられた。

本書の目的はサンドを正当に評価すること、サンドの言葉に耳を傾けるよう誘《いざな》うことである。日本語版にはサンドが初めて公にした抗議の文章（虐げられ、犯された白痴の娘ファンシェットのために執筆）

を出版した一八四三年から一八五〇年（第二帝政期にほぼ重なる、彼女の国内での長い亡命生活の始まり）までの、彼女のとりわけ重要な政治的著作を選んだ。彼女の亡命はあくまでもペンの沈黙であり、民主主義に関する思想は次第に緻密になってゆく。この時期の私的な書簡は、社会の進歩をはばむさまざまな障害があることをしばしば伝えているが、いつの日か再び共和政が実現するであろう、という希望を彼女が失うことはない。

女性が民法上未成年として扱われ、市民権を拒否されていた時代にあって、サンドは政治に関与し、地方紙『アンドル県の斥候兵』創刊や、『共和国公報』への執筆など、並はずれた活動をし、聡明であると同時に寛容であり、自由の中で民主主義、平等に到達することの困難さを十分に認識していた女性である。この女性の冒険には普遍的な広がりと輝かしい今日性がある。ジョルジュ・サンドはわれわれの同時代人である。

二〇〇〇年八月

サンド――政治と論争／目　次

サンド——政治と論争

凡例

一　本文中にあるミシェル・ペローによる解説は、教科書体で区別した。

一　第I部を構成しているペローの論文の原注は節ごとに番号をふりなおし巻末に入れた。

一　本文中の〔　〕に括られた注は編者による補足を示す。

一　本文中の（　）に括られた割注は訳者による補足を示す。

一　原文がイタリックの箇所は原則として傍点を付し、書名の場合は『　』で括った。

一　原文の《　》は「　」とした。

第I部　サンド——政治に関与した女性

ミシェル・ペロー

近代の政治的著作で不朽の名声を得た女性はきわめて少ない。これは少しも驚くにあたらない。フランスでは、他の国以上に非常に遅れて女性は市民権を獲得した。彼女たちが選挙権を行使するのは一九四四年以降にすぎない。フランス革命下に、「人間の権利」を最大限に手に入れることを主張した女性たちは、選挙を組織したシエイエスの言葉によれば、「少なくとも現状にあっては」、能動市民としての権利を十全に行使するに必要な、個としての能力のないことをあらためて知らされた。ロラン夫人は聡明な伴侶として、やがて一九世紀が称揚することになる、偉大な男たちの妻の模範を示し、協力者の役割に満足した。激しく抗議した女性たちは激しく叱責された。オランプ・ド・グージュ（（一七四八—九三）一七九一年、『女性および女性市民の権利宣言』を著す。九三年、反革命容疑で逮捕、処刑。）は、それが唯一の理由ではなかったにしても、処刑台に送られた。女性たちのクラブは閉鎖され、妻としての義務、また、乳を飲ませ、子どもを教える母としての義務に呼び戻された。ナポレオンはさらにエスカレートし、『民法典』で父権を最大限に回復した。小説以外のものを執筆し、国事に関して発言する勇気をもったスタール夫人は彼の目には悪魔の顔をした女性であった。彼は彼女を国外に追放した。一九世紀に入ると、性別に対応すると考えられた公的領域と私的領域の分離はさらに拡大した。社会のこの合理化は、種《ジャンル》を性《セックス》に固定する[1]生物学により見直された本性と社会的有用性との二重の論拠に、つまり調和の鍵である補完性の解釈に基づいている。作家、あるいはサロンを開いている女主人といった、もっとも「名の知られた《ピュブリク》」——この一語が問題である——女性たちさえ政治、この男性の聖域に足を踏み入れようとすることはほとんどなかった。ギゾーは政治を男性の職業とし[2]、トクヴィルはもっとも雄々しく、もっとも高貴な任務、前進している民主主義にあって貴族階級にふさわしい唯一の余暇の活動であるとした。「私は物を書く女性、とりわけ、その性の弱点を理論体系の中に隠してしまう女性を嫌悪している」とトクヴィルは一八四八年の回想録に書いているが、それは彼が出会ったとき「政治家のよう[3]」であったジョルジュ・サンドに対する、賞賛にみちた彼の評価が公正であることを強調するためである。

この表現そのものが、サンド自身、死の時（一八七六年）までその特異性を感じていた奔走の例外的な性格を際立たせている。彼女の全集の刊行者であるミシェル・レヴィから、種々の論考を『政治と哲学』の書名で一巻にまとめるよう促された彼女は一八七五年一月七日付の返書で、『政治と哲学』の書名を『論争』に変えました。その理由は私がいわゆる政治に携わらなかったからです[4]」と書いた。彼女はさらに、これらの論考でよく使った形式である「書簡」のいくつかを見直すことを求め、『共和国公報』を含めることを拒絶した。「それらは臨時政府にゆだねられたもので、私には責任がないからです。」政治における女性——サンドであっても——の難しさ、したがってこうした著作の編集の難しさをサンドのこの言は示している。

サンドの要望をわれわれは尊重すべきであったか？　否、と思われた、少なくとも完全には。本書はサンドの論争的著作の中で政治に関わるものを収録した。彼女がこの領域に登場したときから第二共和政の終わり、つまり、彼女にとって退場の合図ではなかったにしても、国内追放の合図であった、一八五一年一二月二日のクーデタまでのものである。実際のところ、われわれの当初の意図はサンドの政治的著作の完全な版を出すことであった。一八五一年以後の彼女の考察に心引かれるからである。

しかし、その公的な表明は少なくとも一八七〇年までは稀になる。したがって書簡の中にこそ、民主主義に関する彼女の思想の深化を探らなければならない。それはこの著作集の枠を越える、性格の異なった作業である。われわれはサンドが最も精力的に政治問題に関与したこの時期に発表された政治的テクストを網羅する版を編纂することにした（日本語版の編集方針については「訳者あとがきにかえて」参照）。テクストの大部分は、彼女の全作品を集めた死後出版のいずれかの巻、主として『政治的・社会的諸問題』（一八七九年）、『一八四八年の回想』（一八八〇年）、『回想と思想』（一九〇四年）に収録されている。いくつかは――『ファンシェット』（一八四三年）や『共和国公報』（一八四八年）――最初の発表以来、再録されたことはない。あくまでも年代順に収録した本書の目的は、サンドの政治的行程とその関与形態を展望することである。それぞれの時期やテクストを個々の情勢の中に位置づけることで、サンドがいかなる点でその時代の例証であり、例外であり、パラドックスであったかを示したいと思う。

絆――貴族と平民の血を受けて

サンド（一八〇四－一八七四年）の生涯は一九世紀の激動を覆い尽くし、それに一致している。その生涯を探ることで、フランス革命がまだ終息していなかった、それどころか、少なくとも、この遺産を要求する権門の熱望や解釈のままに、革命の企ての断ち切られた糸を結び直すことが肝要な時代のフランスにあって、共和国を建設することの困難さが明らかになる。サンドについて言えば、彼女は非常に早く——二六歳の、オロール・デュドゥヴァン（一八〇四—七六）ジョルジュ・サンドの本名。十八歳でデュドゥヴァン男爵と結婚。ジョルジュ・サンドの筆名で三二年、『アンディアナ』で文壇デビュー。）男爵夫人であった一八三〇年、すでに——共和主義者であることを、そして一八四〇年代には社会主義者であることを明確にしている。こうした確信がサンドの生涯を貫く。

この確信は幼年時代に深く根を下ろしている。少なくとも、過去への省察が公民としての信仰告白の形を取った、非常に重大な時期（一八四七—五四）に執筆した自伝『わが生涯の歴史』で語っているところでは。著者がその生成を主張する集団の時代の昂揚した意識の中に自己への関心が刻み込まれる。(1) フランス大革命は彼女の一族の運命を一変させた。彼女はある意味ではこの革命から生まれた。サクス元帥の私生児であり、徴税請負人にして経済学者のクロード・デュパンの息子、デュパン・ド・フランクィユと結婚した祖母オロール・ド・サクスを通して、オロール・デュパン、つまりジョルジュ・サンドは旧体制《アンシャン・レジーム》、——祖母がその処世術と「優雅さ」を彼女に教え込もうとした貴族階級の旧体制に根を下ろしている。ドイツ、イタリア戦役で戦った、「共和国に仕える兵士」であり、帝国軍隊の輝かしい将校である父モーリス——幼いオロールは母に連れられて占領下のスペインまで後を追った——を通して、彼女は父が完全に支持している新しい社会に属している。没落し、自信を失い、忍従している祖母に父モーリスは、「大革命が失わせた財産や地位を軽蔑する」よう説得し、「歴史」の不可避の流れに身を任せるよう促した。子供時代の数多くの話に繰り返し現れる、父の英雄化された姿に、ジョルジュ・サンドは誇らしげに自分を認めている。「私の存在は、弱められているにはちがいないが、父の存在をほとんどそのまま、写したものである。」彼女の革命とのつながりは、まず、父方のものである。

そして、母を通して「パリの民衆の娘」であったサンド。母ソフィーは美しいお針子であり、その父アントワーヌ・ドラボルドは、玉突き台を置いた小さな居酒屋を経営したり、鳥河岸でカナリアやヒワを売っていた。(2) 彼らは庶民、つまり、取るに足りない人々であった。ソフィーとその姉妹たちは大革命下、針仕事や、おそらくはその肉体的魅力で生計を立てる困難な生活を経験した。白い服に身を包んで、ソフィーは一七九二年、「理性の女神」に扮する。それにもかかわらず、その後ほどなくして、理由が分からぬままに逮捕された。彼女は愛人のいる軍隊に随行するが、ミラノで出会ったモーリスのために愛人と別れる。オロールつまり、サンドを身ごもったソフィーとの恋愛結婚は、モーリスが母や親族の反対を押し切った、身分の低い者との結婚であった。「彼は民衆の娘と結婚しようとしている、つまり、私生活の秘儀にまで大革命の平等思想を実行し続けようとしている。彼は自分自身の家庭のただ中で、貴族階級の規範や、過去の世界と戦うことになる。胸の張りさける思いをするだろう、だが、彼の夢は達成されるだろう。(3)」「今日では決して可能でないものが、当時にあっては、革命が人間関係にもたらした混乱や不確かさのおかげで可能であった（……）民法の機構は規則通りに機能していなかった(4)」とジョルジュは書き、自分の出生の並外れた性格の中に政治的信条を汲み取っている。

貴族階級でも中産階級でもなく、サンドは社会階級間の混血児である。時にそのことで苦しんだとしても、彼女はそれを自覚し、容認し、自慢する。彼女の崇拝する祖母が母に見せる軽蔑は子どもの心を傷つけた。共通点はほとんど無かったにしても、母を愛していたからである。彼女は断固として母の側に立った。ソフィーが住んでいたデュフォ街の「あまりにもみすぼらしく、汚らしい小さなアパルトマン」が「私の夢の中の楽園」となった。祖母がもてなす「老伯爵夫人たち」の好む砂糖菓子よりも、彼女は田舎風のポトフを楽しむ。「私はここで私たちの家にいる。あちらでは、私は優しい母《ママン》の家にいる(5)」と彼女は言う。

サンドは非常に早い時期に社会的不平等を実感し、鮮明に記憶している。父の側には、ノアンにさまざまな貴重品、書簡、系図があり、見事な語り手である祖母の語る驚嘆すべき物語がある。母の側にはまったく何もない。「母は両親のことをほとんど話さなかった、それは両親をあまり知らなかった、母がまだ子供の頃、亡くなったからである。父方の祖父はどんな人間であったか？　母は祖父について何ひとつ知らず、私も知らない。母の祖母は？　事情は同じだ。庶民の家系図はこの社会の金持ちや権力者の系図に立ち討ちできない。最良の人間が出ていようと、背徳きわまりない人間が出ていようと、一方には不処罰があり、もう一方は報われることがない。いかなる称号も、紋章も、絵画も、これら無名の家系の思い出をとどめてはいない。彼らは地上を通過するものの、足跡をまったく残さない。貧しい者は完全に消滅する。金持ちの軽蔑が彼らの墓を封印し、侮蔑にみちた足で踏みつけているのが人間の遺骸であることさえ知らずにその上を歩いて行くのだ(6)。」ここから、民主主義の原理にのっとった自伝のモデルを提示し、「労働者の文筆家たち」の表現を促進し、民衆の抑えられてきた声を聞かせようと彼らを小説に登場させる構想が生まれる。

大革命の、自由の、愛の娘であるサンドは父の選択を認め、自身の選択をそれに一致させる。「王族の血は母の胎内で庶民の血と混じり、私の血管の中で消えた。[7]」「私は貴族の父とジプシーの母から生まれたのです（……）私は国王やその手先と共にではなく、奴隷と共に、ジプシーの女と共にあるでしょう。[8]」この基本契約に関してサンドが態度を変えることはない。彼女の民主主義、平等主義的確信はここに由来する。少なくとも彼女自身はここに帰している。それは不公平の体験に由来する、それは心に、そして体験的ではあるが論理的な思考にもとづいた、政治闘争の根拠になりうる感情に由来する。

道程——政治への歩み

しかしながら、一八二二年、デュドゥヴァン夫人となったオロール・デュパンは一八三〇年まで、公共の問題にほとんど無関心であるように思われる。こうした些事に関心を抱くよりもっとやるべきことのある社交界の女性たちの諧謔的な口調で彼女は語る。「あなたに政治の話をするつもりはありません。私には高尚すぎますし、おまけに、退屈にすぎますもの[1]」とシャルル・ムール（一七九七—一八四八）司法官。一八二八年から継続的に文通。）に書く。とりわけ選挙は彼女をうんざりさせる。「話題は選挙のことばかりです（……）選挙のごろつきは一人残らず私を立腹させます。[2]」彼女は議論が理解できないふりをする。「これこれの主義の熱心な信奉者となるには私は女性にすぎますわ（恥ずかしながら告白いたします）[3]」と、夫のカジミールとともに一八二七年以来、ラ・シャトルで支持してきた自由党の候補者デュリ＝デュフレーヌに書き送り、その再選を丁重に祝福する。

一八三〇年の革命はこうした無関心を揺さぶり、転向の口火を切る。書簡が明らかにする。七月三一日、早くも、きわめて女性らしい、惻隠の情からパリの出来事に言及する。「かくも多くの犠牲者たちが流した血は彼らの妻や子供たちに利益をもたらすのでしょうか?[4]」彼女は協力することを願っている「刷新の大いなる仕事」について語る。「私の中にあるとは思わなかったエネルギーを感じます。心は出来事で成長するものですね。」ラ・シャトルは比較的活発であった。国民軍が編成され、カジミールが参加する。ニュースは乗合馬車の乗客によってシャトールーから辛うじて伝えられる。毎晩、彼女はラ・シャトルに出かけて新聞を読む。だが、彼女が自分の信念について語るのは、とりわけ、シャルル・ムールにである。一八三〇年八月一五日の手紙で、共和主義の信条表明をし、九月一七日、それを繰り返す。「私は共和主義者です（……）自由主義者であるとはどういうことでしょう? 私ははばら色の水に夢中になってはいませんし、まして、ぬるま湯につかってはいません。われわれには確かな共和国が必要です（……）（過ぎ去った時代に共和国と呼ばれていたもののように情け容赦のない暴政ではなく）もっと寛大で、社会の最下層の人々にとっても有益な、野心家たちの食いものにされにくい政体が必要です。[5]」おそらくもっと大胆であることが望ましいだろう。だが、女性に何ができよう?「もし私が男であれば、共和国に対する思いを熟考して表明する労も取りましょう。これまでしたことのない、また、現在のところする必要もない、真剣な学習に専念もしましょう（……）あごひげが生えていない限り、私の頭の中でささやかな空想を作り上げて、何の不都合もなく楽しむことができます。」それは大したことではない。政治的出来事が性差の問題を提起する。無力である無念さと、気ままに「自分の生活を小説に仕立てあげ、幻想に取り囲まれてい」られる責任の無さの快感に引き裂かれた感情とともに彼女が経験する差異。同じ時期、彼女はジュール・サンドーと出会い、カジミールと別れ、文章を書く決心をする。あらゆる観点から、一八三〇年の夏は彼女にとってターニング・ポイントである。七月の太陽は光り輝く。

しかし、幻滅はすぐに訪れる。革命は「腐敗した」と彼女はシャルル・ムールに書く。「私には人々がどこに行くのか、どこに行こうとしているのか、理解できません（……）政府は無力で、人々の意志は一致していません。」同時に彼女は、王朝の交替や「政体の理論的形態」に満足できないことを実感する。「それは私が望んだにちがいない社会の大きな変革でした。そして、わが国の法体系を大きく変えることが昔の規律で押しつぶされ、損なわれていた美徳を回復すると、私は一瞬ではあれ、愚かにも思い描いたのです。良俗が法律を作り、法律が良俗を作るのではないことを思い出すべきだったのです。[6]」一八三〇年は結局のところ、骨折り損であった。だが、「大きな革命が起きるでしょう」、それは不可避である。そして、そのことが彼女を喜ばせる。「私は騒音や嵐や危険さえも好きです。もし私が自分本位の人間であれば、毎朝、革命を目にしたいと思うことでしょう、それほど私を楽しませてくれますから。[7]」

一八三一年春、パリの熱気がそこにいる彼女を感動させる。「私は至るところに行きました、そして（……）私の目ですべてを見ました。」ルポライターの態度、これは後にしばしば繰り返されることになる。加えて、ジャーナリズムが彼女の気をそそる。『フィガロ』紙（一八三〇年、ド・ラトゥシュが買い取った政治的風刺新聞。）が「労働者兼記者、給仕兼執筆者」として彼女を一時期、雇い入れる。彼女は匿名で風刺的記事を書く。もっとも、その記事が無礼のかどで訴追を引き起こしもするが。一八三一年二月二〇日、下院の会議を傍聴した彼女は狼狽する。「政治にすべてが飲み込まれ、政治がすべての人間を支配しています。目下の段階では、意見は（……）固有名詞で表されます。」国王はどうかといえば、世論を全く知らない。「世論や民衆の欲求を知らないのであれば、雨傘を手にして、徒歩で外出し、街角の藁《わら》の詰め替え職人と握手をしても、それが何になるというのでしょう？」来たるべき革命を待ちながら、彼女は自分の中に満ちている書きたい気持ちに身を任せる。「書くという仕事は激しく、ほとんど不滅の情熱です。[8]」

　ノアン――すでに彼女にとって避難所であり、また力であった――に戻って、彼女は何の遠慮もなく、書くことに没頭する。「こちらに戻って以来」、世間との絆である「新聞さえ開いていません」「政治にはうんざりしています」と、一八三一年五月、シャルル・ムールに書く。[9] そして半年後、「政治に携わるどころか、みすぼらしい小説を書きました。[10]」彼女が一人で署名し、発表した最初の作品であるこの小説『アンディアナ』は彼女をたちまちのうちに有名にする。ジョルジュ・サンドの誕生である。

　しかしながら、ジョルジュは一八三二年六月六日、サン＝メリー修道院で虐殺された共和主義者たちと共に危うく消えうせそうになった。「六月六日は私を荒々しく現実の生活に投げ込みました。」『アンディアナ』を殺し」、その著者に二重の拒否、つまり政治的暴力と文学の効用を拒否させた。「私は王政も、共和政も、すべての人間も嫌悪しています。犬にでもなりたいものです」とロール・ドゥセールに書く。[11]「いつの日か小説を書くことを夢想するなど今は不可能に思われます。」そして、シャルル・

ムールには、「私は国王ばかりか、どんな犠牲を払っても自由を宣言しようとする、国王に劣らず残虐非道な英雄たちを嫌悪しています。ノアンで両者のことを忘れるよう努めるつもりです。それにしても政治はどうなるのでしょう？」(12)と。彼女は自分の人生をどうするのか？

愛――マリー・ドルヴァル、ミュッセ……――、反抗――カジミールと別居する――旅、書くことが彼女を満たす。結婚により強化された女性たちの隷属状態に対する抗議の小説の時代（『ヴァランチーヌ』『レリア』『ジャック』……）ブールジュの著名な弁護士で、熱烈な共和主義者であるミシェル（ルイ＝クリゾストム・ミシェル、通称ミシェル・ド・ブールジュ（一七九七―一八五三）。弁護士。急進的共和主義者。サンドの政治思想に大きな影響を与える。）との一八三五年四月の出会いは政治を再び輝かしいものにし、サンドの変化を早める。彼女は愛人の影響をおそらくは誇張している。「私の知性はいわば未開拓でした。有徳の士が現れ、私に教えてくれるのを待っていました。あなたがやって来て、私に教えてくれたのです」(13)と、情熱の炎が揺らめくのを感じ、一八三九年一月、彼に書き送る。いずれにせよ、一八三五年から三九年までの四年間は彼に支配される。エヴラールと名づけた彼にあてて、まだ自らの進むべき道が定まらない彼女は『ある旅人の手紙　第六信』を書く。(14)手紙の中で彼女は「才能に欠けた隠喩の使い手」、「芸術家にしてボヘミアン」、森の自由を好むものの、権力と栄光の道を選んだ人間の「史料編纂官」となった自画像を描く。「友よ、私は君の笏よりも巡礼の杖の方を好む（……）私は人生を、生け垣沿いにチョウを追って過ごすように、気ままに送ってきた。」彼女の「社会的無神論」を非難し、有用性や人類愛、介入を奨励する対話者に対し、彼女は文学の信仰表明で応じる。「私の本性は詩人であり、立法者ではない。必要とあれば戦士になるが、代議士には決して。」

領域と性の容認された分離に従って、「あなた方が男性のために法律を作っているとき、女性たちにロマンスを歌うことは詩人に許されはしないだろうか？」とはいっても、「一兵卒」として、彼女は「真実」と「共和主義の未来に奉仕」しようとする。

ミシェルがガルニエ・パジェス（一八〇三―七八）政治家。共和政を支持。四八年の臨時政府蔵相・パリ市長）、ルドリュ＝ロラン（一八〇七―七四）政治家。社会民主共和政を主張。『レフォルム』紙を発行し、普通選挙を要求。臨時政府内相。）、バルベス（一八〇九―七〇）革命家。ブランキとともにルイ＝フィリップ王政に対する多数の陰謀に加わる。）とともに弁護団の一人であった、一八三五年四月の被告人たちの裁判で、彼女にその機会が訪れる。[15] 毎日、男装して、国民軍が気づかぬふりをしている、百人ばかりの変装者たちに混じって貴族院内に入り込む。彼女たちの存在はこうした禁じられた場所への女性たちの関心を示している。彼女は「被告人たちへの弁護団の手紙」を執筆し、ミシェルが一層荒々しく雄弁にするために手を加える。かくして彼女は協力者として、また、思いやりのある女性として政治に侵入する。彼女は受刑者たちとその家族のために募金を始める。[16] 彼女は役立ちたくてうずうずしている。ミシェルだけが彼女を励ますのではない。エマニュエル・アラゴは能力に従って「働く」よう勧める。腕よりも頭脳、ペン、想像力が不足している。「あなたには偉大で神聖な使命がありますよ」、つまり、言葉の影響力と芸術の力がもつ使命。同じ時期、サン＝シモン主義者（社会改革思想家アンリ・サン＝シモン（一七六〇―一八二五）を「救世主（メシア）」と仰ぎ、彼の死後、アンファンタンを中心に新宗教を目ざす。[17]）たちが芸術の予言的な力を発見する。したがって彼女は執筆する。たとえば、アラゴが賞賛する、エヴラールに宛てた一旅人の手紙のような、二通目の政治的な手紙。哲学者たちの継承者であり、「知識人」の先駆者である芸術家の役割が浮かび上がる。サンドは前進する共和政の歩みの中で彼らを牽引するのに大いに貢献しよう。[18]

サンドの政治的態度は先鋭化する。ルイ＝フィリップの身を狙い、未遂に終わったテロの犯人アリボーを「卑劣な殺人者」と呼んだレルミニエ教授の論文に関して、彼女はビュロ（一八〇三―七七）一八三一年より『両世界評論』誌編集長。四十年間にわたり文壇および政界で大きな力を持つ。）や『両世界評論』誌（一八二九年創刊の文学・政治雑誌。サンドは三二年より同誌に三五篇の小説の他、多数の論文などを寄稿。）と対立する。「アリボーは英雄である」とサンドは反論し、ビュロはこれを容認することができない。[19]

彼女はフランス革命に関する考察を深め、ティエール、ギゾー、ビュシェ、さらに、彼女がその『フランス革命の議会史』（一八三四―三八年、四〇巻）を読んだルーら、同時代のほとんどの歴史家と同じく、この革命の中に階級闘争を見る。次第にジャコバン派になり、ミラボーやジロンド派に敵対する。これら「考えが狭量で、精神薄弱な男たちは（……）中間階級の支配、（……）中間階級の共和国を望む中道主義者にすぎなかった。」一方、「近代のもっとも偉大な人間」ロベスピエールは「（……）貧しき者が貧乏であることをやめ、富める者が金持ちであることをやめるのを望んだ」。だが、「巨人《ティタン》」（＝「民衆」）は「奢侈を好み、民衆にパンがあるかどうか、少しも気にかけない、この途方もない裕福な階級」に打ち負かされた。大革命は「ロベスピエールの死とともに終わったのです」。今日、「奴隷の身分よりも劣る無産者階級」がいるゆえに不平等はかつてなく大きいにもかかわらず、「麻痺した『巨人《ティタン》』は生きているあかしを少しも示しません」、だが、彼らは目覚めよう、「日がやがて昇ることでしょう。[20]」

しかしながら、彼女は社会主義者であるより共和主義者にとどまり、アドルフ・ゲルーが彼女にその功績を自慢するサン＝シモン主義に対して懐疑的である。彼の仲介で彼女はいくつかの集会に参加し、接触を持つ。生活の公開と両性の「雑居」に対して、また、漸進的改革の展望と東洋の救済的徳行への信仰（エジプト遠征は彼女を当惑させる）に対してきわめて慎重ではあるものの、所有権批判には同意する。「この点で私は常にサン＝シモン主義を信奉してきました。[21]」だが、サン＝シモン主義者たちは温和にすぎる。彼らの忍耐心と共和主義者のエネルギーを結びつける必要があるだろう。両者の間には対立よりも補完性がある。丁重に彼女に贈り物をしたパリの「サン＝シモン主義の家族」に彼女はこのことを書き送る。「われわれは破壊するために、あなた方は再建のために。」「共和主義者の力強い腕が都市を建設し、サン＝シモン主義者の神聖な予言が都を建設しましょう。あなた方は司祭であり、われわれは兵士なのです。[22]」しかし、ショパン（彼女の生涯にあって一〇年を共にすることになる）と子供たち（モーリスとソランジュ）とともにバレアレス諸島から戻って来たとき、彼女は「四季協会」の蜂起と、その劇的な失敗――後に終身刑に減刑されるものの、バルベスとブランキ（一八〇五―八一）革命家。若くしてカルボナリ党に加わり、七月王政期・二月革命を通じて共和派運動の指導者。）の死刑判決と多数の逮捕――を知り、非難する。「またしても無駄になった時間[23]……」

彼女は肉体を痛めつける暴力を危惧し、暴力を伴った蜂起を信用していない。民衆をよりどころとする社会運動の方をはるかに信じている。したがって、彼女は一八四〇年代の衝突を注視する。新たな投獄の象徴である城塞――「何という牢獄、何という徒刑[24]」――に対する労働者たちのストライキとデモは群集を集める。一八四〇年秋、軍隊が網の目作戦をとっている首都の街路を三万人の労働者が走り回る。「パリ全体がまるで革命のように沸き立っていました。[25]」「革命的な考えが目覚めたのです」そして、彼女は「革命の前兆[26]」が聞こえるように思う。

　共和主義者は社会主義者になる。ピエール・ルルー（一七九七―一八七一 哲学者・政治家。サン＝シモンの流れをくむ。宗教的な人類（ユマニテ）の理論はサンドに大きな影響を与える。四八年の立憲議会議員。）との友情と協力関係がこの点に関しては決定的であり、一八四〇年代を支配する[27]。彼の社会的・宗教的哲学の中に、ついに満足できる原理と世界の展望――「私にとって唯一の明快なもの[28]」――を彼女は見出す。ルルーの諸説混合《シンクレティズム》（哲学や宗教で相反する、あるいは異なる教理教説を統合しようとする試み。）は彼女の平等主義の、また倫理的な理想を強固にする。社会的革命はこの時から彼女には政治的革命を補完する不可欠なものに思われる。だが、両者とも「倫理的革命」、つまり精神と心、宗教的本質の革命をよりどころとしよう。「人類における倫理的革命に対してわれわれを常にかくも熱心にするものは平等の宗教的、哲学的感情である。」小説『スピリディオン[29]』やロシェ師への手紙に見られるように、彼女ははるかに個人的な宗教に到達する。反教権主義者である彼女は信心に距離を置き、娘ソランジュにも日曜日のミサに出ることを思いとどまらせる。ピエール・ルルーと同じく、彼女はイエスに聖なる人間を、福音書に「進歩と愛の宗教」を見る。ところで、「カトリック教会は反対方向に進んでいる」。神の意志の神聖な受託者である「民衆の崇高な天性」を助ける革命的進展を彼女は信じている。「民衆の声は神の声である」とルルーは言う[30]。

　彼女はこれ以後は、「感動を引き起こし」、「心を揺り動かす」より有用な芸術を産み出すことを熱望[31]、社会的対立を分析する。かくして、「真理と正義に対する性向[32]」を持ってはいるが、まだ自覚のない「群集」の教育に専心する。その小説は一層、告発的になり（『オラース』のように）、労働者を登場させ（『フランス遍歴の仲間』一八四二年。主人公ピエール・ユグナンはアグリコル・ペルディギエから着想を得た）、一触即発の社会的状況を描き出す（『アンジボーの粉ひき』、『コンシュエロ』、『ルドルシュタート伯爵夫人』）。駆け出しの役者と同様に、新しい表現形式――文体と語法――を模索する「社会主義的小説」の時代である。[33] たとえ社会的であれ、彼女にとって「レアリズム」は問題ではなく、芸術をその構造そのものにおいて深化させ、より「真実な」[34] ものとすることが問題だからである。サンドの芸術を論じることは本書の意図ではないが、政治的テクストが彼女の思想の論理に従っていること、その作品と一体を成していることを強調するのは重要である。

こうした針路と活動領域の変化を友人たち（たとえばサント＝ブーヴ[35]）、そしてそれ以上に彼女の出版社がいち早く感じ取った。対立は『オラース』で明らかになる。「所有権に反対の意見を述べたり、共和主義的思想を過度に明言することを慎まれるようお願いします」とビュロは、『オラース』が「蜂起と共産主義の考えを称賛することだけを目的として（あなたは共産主義者ではありませんね？）書かれたものでないことをあえて期待して、彼女に書き送る。そして、「まじめな人々の中に」とどまっているよう勧める。[36]『両世界評論』誌は「義務と確信から、社会解体の動向に反対しよう。」サンドは示唆された修正を検閲とみなして拒否し、前払い金（三千フラン）を返却し、『オラース』を引き上げた。その結果、所帯（ショパンとの）と、小さな家と、事業（ルルーと創刊した『独立評論』誌（ピエール・ルルーとジョルジュ・サンドにより一八四一年創刊された民主主義的雑誌。隔週刊。一八四八年廃刊。））を維持している時期、経済的な困難が生じる。

作家を目ざす労働者たちへの協力は同一の展望のもとである。「世界の未来があるのは民衆、とりわけ労働者階級の中にです」とサンドはペルディギエに書いた。[37] 民衆の表現行為と創作の促進が優先的な関心事となる。書簡には多数の新しい名前が現れる。ペルディギエやその妻であるお針子のリーズ（これから先、ジョルジュのものを仕立てよう）と並んで錠前者のジラン、ヴァンサール、マギュ、ルブール、アデライード、そしてとりわけ、トゥーロンの石工のシャルル・ポンシ。彼らのいずれもが文章を書くことを夢みている。[38] 彼女は彼らを励まし、過保護に思われもする助言を惜しみなく与える。ポンシは恋愛詩を書こうとしなかったか？　彼女は彼の快楽への嗜好をいさめる。「あなたは中産階級の詩人でしょうか、それとも労働者の詩人でしょうか？　あなたが前者であるならば、あらゆる快楽と、たとえその唯《ただ》一人さえ知らなくても世界中のシレーヌをたたえることができましょう（……）けれども、あなたが民衆の子であり、民衆の詩人であるならば、あなたはデジレ〔彼の妻〕の貞淑な胸を離れて舞姫たちを追い求め、その官能的な腕をたたえるべきではありません（……）民衆の詩人はわれわれの社会の腐敗した階級に美徳の教訓を与えることができます。[39]」彼女は彼に貞節を勧める。「一人の女性だけを愛すれば、より一層愛するものですよ。」そして、労働の歌を勧める。「あなたが石工であり、民衆であり、デジレの優しい夫である時ほど、あなたの詩が感動にみち、独創的なことはありません。[40]」彼女は彼に「詩の宗教」であるピエール・ルルーを読むよう助言する。それはポンシに「宗教の詩」の着想を与えるかもしれない。彼女は形式の添削を申し出、周囲の人間に彼の詩を読ませ、容易なことではないが、出版しようと努める。彼女は彼の『仕事場』に序文を書き、『それぞれの仕事の歌』を書くよう提案する。この詩集も同様に彼女が推薦する（一八五〇年）。「あなたの声で姿を現すのは民衆です。あなたは民衆の栄光です。ああ！　ですから、いつも変わらず、その心と精神を表現してください。[41]」二重の賭けである、つまり、民衆の声を聞かせること、そして、サント＝ブーヴやジュール・レルミニエ教授といった学識者たちが認めようとしない、民衆の創作する権利を確立すること。彼ら学識者に対して彼女は『独立評論』誌で反駁する。「民衆の中に、労働者たちの中に、あらゆる才能、あらゆる種類の天分があります。[42]」ルルーとともに、彼女は民衆の「詩の聖職」を擁護する。

さらに彼女は、意見形成に果たす新聞、雑誌の増大する力と、そうした定期刊行物の不足に気づいた。彼女は『ナシォナル』紙（ティエール、ミニェ、アルマン・カレルが一八三〇年に創刊、七月王政に反対した政治新聞。二月革命で勝利を収める。）の凡庸さ、『両世界評論』誌の「中庸の」保守主義、ラマルティーヌを代表とする人々の努力にもかかわらず、地方で発行される定期刊行物の質の低さを嘆く。一八四一年から四五年にかけて、雑誌（『独立評論』誌）と新聞（『アンドル県の斥候兵』）に彼女は出資し、執筆する。雑誌はピエール・ルルーの熱烈な意図に応えようとする。『人類《ユマニテ》』（「見事な本」である）が彼女の心をつかんだのだ。『両世界評論』誌の次第に反民主主義的傾向を強めてゆく考え方にいら立ち、彼女はルルーの要望を聞き入れて、ビュロから離れる。そしてルイ・ヴィアルド、ピエール・ルルーとともに『独立評論』誌を創刊。表題は彼女が考えた――「あなたの表題は素晴しい、名づけ親になるのはあなただとよく分かっていました」とルルーが書く[43]――そして、多数の彼女のもっとも優れたテクスト、つまり三篇の小説（『フランス遍歴の仲間』『オラース』『コンシュエロ』）と一連の論文（とりわけ、労働者たちの詩に関する論文）をこの雑誌のために執筆。彼女はサヴィニアン・ラポワントの詩を添削し、ピエールの弟アシール・ルルーが小説『労働者』を清書するのを助けた。[44] 彼女の政治への直接的関与の始まりを示す『ファンシェット、ブレーズ・ボナンからクロード・ジェルマンにあてた手紙』をジョルジュ・サンドが発表するのは、『独立評論』誌（一八四三年一〇月二五日号、一一月二五日号）にである。彼女はラ・シャトルの救済院の修道女たちが厄介払いするために意図的に迷子にした、哀れな「白痴の少女」ファンシェットを全面的に擁護する。憤った彼女は修道女たちの残酷さ、良俗の偽善、共犯者である行政当局の無気力に対し、人々の良心を動かそうとする。彼女の努力にもかかわらず――『ファンシェット』は小冊子として刷られ、被害者のために売られた――、御用新聞しかないことから、世論に警告を発するのは困難なことがはっきりした。時を置かず、彼女は『アンドルの斥候兵』を発刊する。ルルー兄弟がブサク（クルーズ県）の彼らの印刷所で印刷する。「私は首まで政治につかっていますよ」と彼女は息子モーリスに書く。[45] やがて全身で浸ろうとしていた。

一八四五年以後、彼女はピエール・ルルーから離れる。財政援助の要求と理論上の煩瑣にうんざりしたためである。[46] 彼女は、『レフォルム』紙（一八四三年、ルドリュ＝ロラン、フロコン、ルイ・ブランらが創刊。二月革命時に積極的役割を果たす。）に寄稿と協力を求めるルイ・ブランに近づく。彼女は寄稿に関しては承諾し、二つの小説の契約に署名する。しかし、協力関係については注意を促す。「あなたが私の政治教育はきわめて不完全なものであり、私の宗教的好奇心は少々、不謹慎であるとお思いになるのではないかと、危惧しています。教え込まれるのは願ってもないことです（……）精神的に私は相変わらず女です、つまり、勇気を持つには信念を持つ必要があります。[47]」彼女は『レフォルム』紙（一八四五年一月二一日－三月一九日）に、彼女によれば社会主義的であり共産主義的な小説『アントワーヌ氏の罪』を掲載する。この小説の中で彼女は共同体のいくつかの方式（それぞれの能力、あるいは欲求に応じて各人に）を比較し、選択は不可能であり、結合が必要であると結論する。(48)

「共和国のニュースに私たちはみんな驚きました」——革命という衝撃(1)

ノアンをいわば家庭劇の舞台にしているいざこざにすっかり心を奪われ、サンドの現状への注意が薄れていた。ずっと以前から「革命の前兆」をうかがっていた彼女には二月の前触れが聞こえなかった。彼女はショパンや娘ソランジュとの確執を切りぬけ、『わが生涯の歴史』を計画し、父の残した手紙を読みふける。彼女はマッツィーニ（一八〇五—七二）イタリアの革命家。共和主義によるイタリアの解放・統一を目ざす。）と文通し、諸民族の動きに注目して、関心を抱いているイタリア情勢についてたずねる。一方、ティエール（一七九七—一八七七）政治家・歴史家。『ナショナル』紙を創刊（三〇）し、七月王政の確立に貢献。内務大臣・首相。四八年の議会の「秩序派」のリーダー。）が彼女の作品を読んでいることを知らせたオルタンス・アラールへの返事に、彼女自身、『執政政府および帝政の歴史』を活用していると書く。「彼の考えは私の与するところではまったくありませんが、私たちが政治的かつ社会的異端に我慢しなければならない以上、私はティエール氏がギゾー氏を打ち破り、わずかでも致命的でない空気を呼吸できることを願います。(2)」彼女はこの「争い」（ギゾー対ティエール）が民衆を熱中させているとは思わない。そして、改革宴会運動を過小評価する。「ボリ（ヴィクトル・ボリ（一八一八—八〇）。ジャーナリスト。『アンドル県の斥候兵』を四七年まで編集。）はパリで革命が近々、起きると考えて、気が動転しています。けれども、私の目には改革宴会に適切な口実が見当たりませんよ」と、二月一八日、息子モーリスへの手紙に書く。もっとも、彼女は息子に騒動から離れているよう懇願してもいる。「オディロン・バロのために叩き殺されるのは（……）あまりにも馬鹿げていますよ。あなたが遠くから目にしたことを手紙に書いてください、乱闘に割り込んではなりません。[3]」だが、たちまち、口調が変わる。二三日の手紙、「私たちはこちらで大変心配しています（……）すぐに戻っていらっしゃい（……）暴動が起きるようなことがあれば、あなたのいるべき場所はここです。パリの革命はたちどころに地方に影響を及ぼしましょう。とりわけ、数時間でニュースが届くここに。[4]」通信機関――鉄道および郵便――の飛躍的発展のおかげで、状況は一八三〇年以降、大きく変化した。それにも増して、サンドの姿勢が。

三月一日、彼女はじっとしていることができず、パリに駆けつける。この後、政治に完全にひたされた時間を、対立意見と、ついに見出した自らの一貫性を調整しながら、彼女がどのように使ったか、『書簡集』第八巻により、きわめて正確に跡づけることができる。「公的な生活がわれわれを必要とし、とらえて離さない時には、個人的な悲しみは消滅するものです。『共和国』は最良の家族です。『民衆』は最良の友人です。その他のことを考えてはなりません」と、三月六日、フレデリック・ジレールに書き送る。[5]

民衆は偉大で、指導者たちは誠実である。彼女は「毎日、指導者たちに会い」、彼らの意のままに動く。民衆の成熟を彼女は称賛する――彼らは「勇敢さと優しさで崇高でした[6]」――そして、デモが啓示するところを意識しながら、二月の犠牲者たちのための荘厳な葬儀を彼女は感動して見つめる。「マドレーヌ寺院から七月記念柱までを四〇万人が埋め尽くし、一人の憲兵も一人の警察官もいませんでしたが、秩序、節度、瞑想、礼儀正しさが行き渡り、足が踏みつけられることも、帽子がへこませられることも全くありませんでした。素晴らしい光景でした。パリの民衆は世界一の民衆です。[7]」

彼女の行動と政治的テクスト執筆の重要な時期が始まる。本書の四分の三を占める、これらのテクストは、押し寄せ、やがて引いてゆく情勢の波に従った、彼女の歩みを際立たせる。ここにその詳細を繰り返す必要はない、むしろ、その輪郭をはっきりさせ、政治的関与の頂点におけるサンドの肖像を描くことが必要である。

ベリー地方の村の共和政 ―― 革命の波及

サンドの政治活動はいくつかの形態を取り、パリと地方という、相補的であり、またしばしば対立する二重の空間を舞台とする。サンドは革命の上昇期、パリにいた（三月一日から三月七日まで、次いで、三月二一日から五月一七日まで）。しかも、彼女の目には革命そのものを具現している民衆の真中にいた。彼女は、実直ではあるものの、少々鈍いこのベリー地方のノアンに、まず選挙戦の期間中（三月七日から二一日）住み、共和政に改宗させようと努める。次いで、危機の期間中（五月一八日以降）、冒険の道と田園のくつろいだ生活への後退の間を、彼女にあっては珍しいことではないが、振り子のように揺れながら暮らした。[1]

書簡を通して、地方政治の困難さ、抵抗や偏見の激しさ、パリの主導権《ヘゲモニー》に対する農民たちのためらい、土地の共有による集産主義と同一視された共産主義の展望に対する怖れが理解できる。[2] この隔たりを減らすこと、地方を教育すること、と同時に、名士たちとは違うやり方で地方を認識させ、存続させることがサンドにとって一貫した目標であり、『アンドル県の斥候兵』紙発刊に際し、明瞭に表明した目標である。三月三日の最初の呼びかけ――『中産階級へのひと言』――は階級間ばかりでなく、異なった地域間の和解を目ざしたものである。「パリは世界に偉大な模範を示したところだ。パリはフランスの頭であり、心であり、腕なのだ。」だが、「パリが生命の源であるのは、ここが全フランスの会合の場所であるからにほかならない。首都の住人は社会の大きな集合体の一部分にすぎない。(……) パリはあなた方であり、私であり、われわれみんなだ。(……) ジロンド党員や山岳派の時代は永久に過ぎ去ったのだ。」農夫ブレーズ・ボナン(『ファンシェット』の農夫)と都市労働者である兄弟のクロードとの対話の形式で、彼女がこの後しばしば取り上げる主張。四五サンチーム税(臨時政府の三月一六日の政令で、直接税一フランにつき四五サンチームの付加税を設定。)が発表された時、「パリの政府」およびその税制はいささかも怖れるべきではないことを農村の住人に説得するのは容易ではない。ブレーズ・ボナンの「言葉」は、パリが「市町村の中で大きなものであり、教区の中の教区」であることを論証するために雄弁でなくてはならない。「パリで起きていることは一つとしてあなた方に無縁なものはない。あなた方の町の公共広場や教会があなた方のものであるように、パリはあなた方のものだ。」すべてはフランスの一体性にある。「あるのはただ一つのフランスだ。一人のフランス人を殺すことは自分自身の血を流すことだ。[3]」

サンドは地方政治に熱中する。息子のモーリスが村長となるノアンで。(4)民主主義者たちの動員を企てるラ・シャトルで。選挙戦とその結果を注意深く見守る県のレベルで。「大臣は私の友人たちの行動を、いわば、私の責任にゆだねました。(5)」将来の議会のために民衆の立候補者を確保することは、ポンシの例が示すように、ささいな問題ではない。彼女はトゥーロンから立候補するよう彼を励ます。彼は演説が不得意なことを口実に回避する、「私は聴衆の前で私の考えを展開することができません。(……)こうした理由から代議士という栄光ある称号を求める気持ちはありません。このような願望を正当化するものは私の中に全くありません。(6)」ベリー地方では、ほとんど教育のない兵隊ばかりか、指揮官に関しては一層困難であった。「われわれに絶対的に欠けているのは指導者たちです」と彼女は、被選挙者名簿の筆頭に名を出すためにベリーに来るよう説得しようとして、アンリ・マルタンに書く。「代議士職はもっとも重要な役割です。この地方で、あなたはみんなの先頭に立ち、中心となってください(……)まだ獲得できていませんから、これから探す農民や労働者の教育にあたってください。(7)」困難な仕事である。ベリーの人間は「よそ者」を受け入れようとしないから。「ここでは、中部フランスのどの県とも同様、郷土への思いは熱狂的です。土地の人間は代表者となる名誉を決して譲ろうとせず奪い合います。よそ者についてただ語るだけの手段もなく、彼らの間から選ばれるでしょう。農村に住む人間にとって、自分たちの生まれ故郷が世界の首都ではないことがわずかの間にどうして理解できましょう？　革命は不意にわれわれを襲いました。選挙が来るのが早すぎます。とりわけ、すばやく物事を考えない農民にとっては。(8)」彼女は文部大臣（イポリット・カルノ）に、「農民や労働者を革命化し、彼らに教え込むために」諸県に労働者を派遣し、巡回させることを提案する。ジランとランベールが彼らの力を試してみるが、大きな成果は上がらない。サンドは疲労する。「アンドル県で成功する可能性はまったくありません」とルイ・ヴィアルドに書く。そして彼の妻ポリーヌには、「かくも偉大で、善良な民衆と触れ合うことが私を熱狂させ、活気づけてくれるパリに戻らなければ、私はここで信念ではないにしても、熱意を喪失してしまいましょう。ああ！ それでも私たちは共和主義者です。たとえ疲労と苦痛のために、あるいは闘争の中で命を落とさなければならないにしても。(9)」三月二一日、パリに戻っても、サンドはベリーへの関心をいささかも失わず、息子モーリスに対し、村を管理し、「小教区の善良な信者たちを共和主義者にする」ための助言を惜しまない。(10) ベリー地方の村はヴァロワの村ではなかった。しかし、こうしたさまざまなことから何かが残るだろう。

『民衆の大義』誌

これ以後、彼女を忙殺し、また、支えるのはパリである。至る所で彼女は要請される、そして最上層部で。臨時政府はペンでの援助を求める。彼女は内部大臣と、サン＝シモン主義者ジャン・レイノー(1)が動かしている文部大臣のために行政通達を執筆する。レイノーは彼女に民衆のための小冊子（『ブレーズ・ボナンの言葉』）を注文する。とりわけ、エティエンヌ・アラゴ（一八〇二―九二）軽喜劇作者・政治家。共和主義者。『レフォルム』紙の創刊者の一人。一八四八年には郵便局長。）の提案で、臨時政府の見解を広報する『共和国公報』に論説記事を執筆。三月二五日から四月二九日までの間に九篇の論文を掲載した。論文はすべて無署名であるが、執筆者であることは書簡での言及で確認され、疑問の余地はない。彼女に道義的責任はあるが、政治的責任のないこれらのテクストは、入念に作成された協定書では、政府のメンバーのいずれかにより読み直されることになっていたが、必ずしも遵守されなかった。このことが『公報』第一六号（四月一五日）に関して問題が生じる原因となる。選挙結果についての屈託のない文章が動揺を引き起こし、彼女の寄稿に終止符が打たれる。

ずっと以前からエティエンヌ・アラゴは演劇を「革命的手段」[2]と考えていた。彼女は演劇に精力を注ぐ。コメディー＝フランセーズから共和国劇場となったその無料のオープニングのために序幕《プロローグ》を書く。多数の芸術家が協力する。「民衆と影響力を獲得する」[3]ためにサンドが共和国の歌姫とすることを願ったポリーヌ・ヴィアルド、ラシェル、オギュスティーヌ・ブロアン等。四月六日、臨時政府閣僚の列席のもとで上演された。「もっともすばらしかったのは観客であった、清潔で、もの静かで、注意深く、聡明で、繊細で、時宜を得て拍手喝采し、幕間にも少しも騒がなかった民衆」、とりわけ女優たちに対して、どんなことでも許されていると信じている「イタリア座やオペラ座の常連たちより結局のところ礼儀にかなっていた民衆であった」。中産階級が習慣的に描いている姿とは全く正反対の民衆の姿である。[4]

だが、彼女は「自分一人で、思うまま」作る「雑誌」を夢みている。ヴィアルドが財政的援助をし、ボリ、トレ（一八〇七―六九）弁護士・美術評論家。『真の共和国』紙を創刊（四八）。）は寄稿する。『民衆の大義』誌（おそらく、サルトルや一九六八年の過激派たちはこの雑誌について全く知らなかったのではないか？）の第一号が四月九日、発刊。今度は、彼女の署名のもとに、政治分析を展開し、きわめてすぐれたルポルタージュをいくつか掲載する。共和主義の闘士であり、一八三四年以来、美術評論家でもあるトレのおかげで、芸術は注目に値する位置を占めている。

忙殺される。「誰に注意を向ければよいのか分かりません、至る所で私を呼んでいます。願ってもないことです。[5]」疲労困憊。「くたくたになっています[6]」。だが、このように個人が集団に融和することが嬉しい。「個人的な詩情や心地よい休息、隠遁も、得手勝手主義もありません。詩は今や行動の中にこそあります。ほかはすべて空虚で、生命がありません（……）隠遁は心の中にあり、部屋にはありません。われわれにとってわが家は公共の広場です、新聞や雑誌は民衆の心です。（……）共和国、それは生命です」と、昔、「旅人」であった詩人がおこなった抗議へのはるかな答えのように、ポンシに書く。[7]かつての宮廷楽人《ミンストレル》、「青い靴下に鋲《びょう》を打った靴をはいた（……）犂を引く少年」、「一兵卒」が都市の真中にいる。

「私はまるで政府高官のように忙しくしています」とサンドは息子モーリスに書いた。彼女は実際、政権の決定機関に加わった。しばしば夜遅くまでグルネル街の内務省で仕事をする。ルイ・ブランが統べるリュクサンブール宮にほど近い、コンデ街八番地の彼女の「むさ苦しい部屋」で、いくつかの「秘密会議」がもたれる。彼女は国立作業場（二月革命の後、ルイ・ブランの提唱で失業者救済のために設立。）の進展とその変遷に強い関心を抱き、ほとんど毎日、ルイ・ブランに面会する。忙殺されているルドリュ＝ロランとの接触は難しい。「真夜中までルドリュ＝ロラン氏を待ちました。面会できたのは五分間だけでした。大勢の人間がいて」彼に話をする「時ではありませんでした」とロックロワに書く。[8]非公式——会見、会話、推薦——が公式や制度に優先している習慣的な状況、女性にとってはおそらく一層好都合な状況。サンドは提案をそっと伝え、発議をほのめかし、かなり控え目に繰り返す。庇護や地位を求める友人や知人に強く懇願され、彼女は自分に対する信頼にしばしば、とまどいながらも、力の及ぶ限り奮闘する。「残念ながら、状況が生み出すさまざまな発言の中で、私に対する大きな信頼はさらに加わった発言にすぎません。(9)」四月一六日のクラブの集会について彼女はノアンに書き送っているが、このようないくつかの集会の準備に参加する。「政治集会が準備されています、私は絶対に参加しなければなりません。きわめて平和的なものですが、多くの愚行や非難されるべき行為の埋め合わせをする集会です。(10)」おそらく彼女の影響力が誇張されたのであろう。彼女の誹謗者たちばかりでなく、何人かの友人たち、とりわけ、後にジュリエット・アダンとともに彼女が「王妃」と呼ぶことになる、少々嫉妬したマリー・ダグーが。むしろ、彼女の分析をきわめて興味深いものとしている「参加者としての観察」について語ることができよう。外部にありながら内部にいるという特権的立場。五月四日、彼女に出会ったトクヴィルは長い間、その観察の鋭さを覚えていよう。「私は、おそろしい闘争の前夜であることを疑ってはいなかったが、(……)著名なサンド夫人と交した会話によって初めてそのあらゆる危険を充分に理解した。(11)」彼女の社会に関する考察の深さは『アメリカの民主主義』の著者を驚かせる。

状況は実際、悪化する。サンドはその炯眼な証人である。四月一六日朝、息子モーリスに書く、「こちらでは何もかもがうまくいっていません。秩序も統一もありません。けれども、人類のために政治と倫理においてやるべき立派なことがあるはずです。中産階級に逆らって民衆を救う手段があるはずです。(12)」同じ日の夕方、彼女は息子に、デモを混乱に導いた「四つの陰謀」の痛ましい話を伝える、「今日、パリはラ・シャトルのように振舞いましたよ。」この示威行動の失敗で、彼女はこれといって期待できるもののないことを確信する。そして、いつものように、ノアンへの思いが湧き上がる。「もしこうした状態が続き、ある意味ではもはやなすべきことがないのであれば、私はノアンに帰ってペンを走らせましょう。[13]」パリでは再び不穏な噂が広まる。「郊外では略奪を働いていると機動隊に伝えられ、一方、郊外にはコミュニストたちがバリケードを作っていると伝えられています。喜劇そのものですよ。誰も彼もが互いに不安に陥れようとし、それがうまく行きすぎて、皆本気で怯えているのです。[14]」

選挙の結果が「一特権階級の利益を表すもの」であれば、その結果を延期することができよう――民主主義の脆さを例証する態度――と彼女が主張した、『公報』第一六号（四月一五日）は、彼女に対する抗議を惹き起こす。「（……）私が執筆した、少々強硬な『公報』に対して、中産階級全体に信じ難いほど激しい怒りがあります」。彼女はこの点に関して説明を求められ続けよう。一方、『民衆の大義』誌はうまくいかない。「人々は気がかりなことが多すぎ、成行き任せに暮らしているのです。」思考するには適切でない雰囲気。それでも、彼女は国民議会が設置されるまでパリにとどまろうとする。四月二〇日、臨時政府のメンバーとともに凱旋門の上から眺める「友愛」の祭典の光景は彼女の気分を晴れやかにする。そこに見られる近代民主主義の表れに注目し、彼女は情熱的、かつ政治的にその祭典を描写する。彼女が百万人と推定する――未経験による過大見積もりであり、これほどの集団を数えることはまだできない――群集が一二時間にわたって、バスティーユ広場から凱旋門まで――パリ地域全体の東から西へ――そして、さらに郊外に向けて行進する。雑多な群集。だが、一般市民と軍人を、民衆と軍隊を結集した群集。「行進する人垣にぴったりくっつけた四〇万の銃、大砲、ありとあらゆる武器（……）、ありとあらゆる服装、軍隊の華美、聖なる下層民のぼろ。そして老若男女の全市民が証人として（……）行列に混じり合う。[15]」だが、翌日には早くも、選挙が熱狂を爆発させる。サンドは市庁舎で選挙結果を待つ。しばしば街路で繰り広げられる光景が懐疑的になったサンドを支える。「街角に出て、今、パリに無数にある戸外のクラブで話されていることを耳にして安心するのです。[16]」この後、彼女の唯一の論壇となる、トレの『真の共和国』紙への最初の寄稿論文（五月二日）で、彼女は人々の表情を伝える。『民衆の大義』誌は三号を出しただけで、四月二三日、消滅。そして、四月二九日、『共和国公報』への最後の執筆。だが、彼女が文章の力を信じていることに変わりはない。「この精神の活動は現在、電流のようなものです。」そして、「群集の本能」は、彼女の目には、政治家たちの直観よりも確かなものに映る。希望のほのかな光？　選挙結果は予想以上に良い。「至る所ですでに、中産階級の意見に対する神聖な意見の反発が始まっています。[17]」しかし、パリでと同じく村でも小康状態は持続しない。ノアンでは代議士シャルル・ドラヴォ（一七九九—一八七六）医者・政治家。一八四三年から七〇年までラ・シャトル市市長。）の支持者たちが小集団をなしてラ・シャトルから押しかけ、城館に向ってジョルジュ・サンドへの「罵詈雑言」を吐き、館を略奪するとおどす。五月一五日、パリで、ポーランド支援の請願書提出を口実に群集がブルボン宮に侵入し、主謀者たちは国民議会解散を宣言。このクーデタのまね事は失敗し、一連の逮捕者が出たが、その中にバルベス、ブランキ、ラスパイユ（一七九四—一八七八）政治家・科学者。七月革命に参加。『人民の友協会』『人権協会』などで活躍。）等々がいた。サンドは非難する。「昨日の事件はわれわれを一〇年、後退させました。何と情けない狂気！（……）何とおそろしい混乱！　政権の座にある友人たち！　エマニュエル〔アラゴ〕は大使になり、バルベスは独房に。[18]」トレもまた行動に加わっていた。彼の「軽率な行動が彼の新聞を殺します。私に（……）こうした事件の責任をとることはできません」。だが、『公報』第一六号に五月一五日の事件のシナリオを読み取り、彼女に責任を帰そうとする者がいる。デモの最中、彼女がブルゴーニュ街で群集に向って演説するのを目撃したと主張する者もいるが、これは彼女の習慣とは完全に反する。彼女は家宅捜索を恐れている。家族や友人たちは出発するように、つまり、イタリアに亡命するよう促すが、彼女は拒絶する。

国内亡命の始め——隠遁生活

彼女の亡命地はノアンであり、五月一七日に帰って来る。彼女は隠遁したいと強く感じる。「私があなたに政治の話をすることはないでしょう」と、身を引く時にいつもやるように、その言葉を強調しながら、ジュール・ブーコワラン（一八〇八—七五。サンドの息子モーリスの家庭教師であると同時にサンドの執事的存在。）に書く。「もうたくさんです。現在は作り話や誹謗や疑惑、非難の連続です。愚かしく、嘆かわしい五月一五日の事件は人々を友愛の気持ちに戻すことに貢献しませんでした。」慰めを見出す。「ノアンは素晴らしいところです（……）楽園を再び発見した気がします[1]」彼女はノアンの生活を楽しむ。水入らずの生活に戻ることに常に伴う後悔の念がないわけではない、とりわけ六月の恐ろしい日々の後では。「あれほど多くの人々が

（……）共に苦しみ、また、滅びることを望みもしたその思想のために血と自由を犠牲にした時に、家庭の幸福にひたることにほとんど自責の念を感じます(2)。」

六月の事件は彼女を落胆させる。「友愛にみちた共和国という、われわれの美しい夢がこのような結末に終ったことに私は苦しんでいます(3)。」「涙を流すしかありません。私には未来があまりに暗いものに思われ、頭をピストルでぶち抜いて自殺してしまいたい気持ちと必要性を激しく感じています(4)」、一方、彼女が武器や反乱者たち、「加えてルドリュ＝ロランやラマルティーヌ(5)（一七九〇—一八六九）詩人・政治家。『瞑想詩集』（一八二〇）でロマン派の旗頭となる。二月革命の臨時政府で外務大臣。）」を匿っているという、途方もない噂が地方に広まる。「私は打ちのめされ、茫然として、百歳も年を取ってしまったように、そして、希望を失わぬための空しい努力をしているように感じています(6)。」

だが、彼女は勇気を取り戻す、つまり、ペンと思想を。当時、彼女の主たる文通相手であったマッツィーニばかりか、ポンシ、エッツェルらへの長文の手紙の中で、彼女は政治的、社会的考察を深める。何人かの友人たち（たとえばロリナ）と同じく、彼女は六月蜂起の中に部外者の陰謀の可能性を考え始める。しかし、事態の社会的広がりは明白な事実として存在する。「フランスはパリが付与した革命の性格を理解しませんでした、そしてそのことがまさしく不幸でした、（……）それは政治革命ではなく、社会革命なのです」と、労働者の強烈な悲惨を強調しながら、彼女はルネ・ド・ヴィルヌーヴに書く(7)。六月事件は階級闘争である。「すべての人間の富が一特権階級の賭け金となり、今日、この階級は国家財産の所有者であると、かつてないほど主張しています(8)。」したがって、この主要な問題に取り組まねばならない。彼女は、必要かつ合法的な個人財産と、国家により管理されるべき社会的財産を区別する。彼女は共産主義を非難するが、鉄道、交通手段、保険……に適用され、やがて集産主義と呼ばれることになるものを先取りする、「社会的共産主義」に賛同する立場をとる。「社会が文明化し、改善されればされるほど、社会は個人財産の濫用、過剰と平衡をとるために、共有の富を拡張するものです。[9]」「したがって、今日、必然的に政治問題となっている社会科学はことごとく、この区別を確立することにあるでしょう。[10]」この必要にして不可避の変革は暴力の所産であってはならず、彼女はこれまでにも増して、ブランキの蜂起主義に反対し、暴力を拒絶する。事実、暴力は目下のところ、中産階級の側にある。六月事件の制圧は共和国の評判を落とす、「プロレタリアの命をまず奪おうとするような共和国が存在するとは私には思われません。これこそ悲惨さの問題に与えられた奇妙な解決法です。正真正銘のマルサス（一七六六―一八三四）イギリスの経済学者。道徳的抑制により食糧増加を上回る人口増加を抑える方策を主張。）です。[11]」

彼女はこの一八四八年の秋、つまり大統領選挙の秋、このような共和国の民衆の基盤の脆弱さを実感する。その経済状況が最悪ではない（作柄が良好であった）にしても、はかばかしいものでない農民たちは「何が何だかちっとも分からぬ、このちっぽけな共和国」が好きになれない。「彼らは、ナポレオンは死んでいないと信じ、彼の甥に投票することで彼に投票していると信じているのです。[12]」労働者はもっと成熟している、「工業都市や大都市には一握りの卓越した人間がいますが、彼らは農村に住む民衆とは何の関係もなく、中産階級に魂を売ってしまった多数者から長い間、踏みつけにされる運命にあります。この少数者はその胎内に未来の民衆を宿しています。[13]」

目下のところ、彼女はカヴェニャック（一八〇二―五七）政治家。四八年六月のパリ労働者蜂起に際し、徹底的に弾圧。一二月の大統領選挙でルイ=ナポレオンに敗北。）が好きではないが、選択肢の少なさを強調しながら、「ルイ＝ナポレオンが具現する、帝政、中産階級、軍隊のおぞましい復活[14]」より彼の方を選ぶであろう、「問題はアルジェリアの血まみれのサーベルと帝政のさびついた剣の間にあります。私が男であったとして、実際のところ誰に投票すべきなのか、分かりません。[15]」ルイ＝ナポレオンは、一八四四年一一月二六日、彼女がハムの要塞に拘留されていた彼に宛てた手紙を発表することで、彼らの昔の友情を活用しようとしたが、彼女は公然と彼との間に距離を置く、「先入観により、また、確信に基づいて、共和政の形態に敵対するルイ＝ボナパルト氏に、大統領選挙に立候補する権利は全くありません。[16]」一二月一〇日、彼が選出されたことは彼女を過度に驚かせはしない。「皆が未知の人間に身を投じて、復讐されたのです。おそらくこれは大きな誤ちですが、民衆は政治の打算を知りません、生来の性向が突き動かすところに行くのです[17]」。そしてその性向を彼女は疑い始める。

いくつかの点で彼女はこの投票により解放されたのを感じるが、これは彼女にとっていわば休暇を意味する。『これ以上速く進みたくないし、自分の気に入る道を進む』とわれわれに言っているように思われる、民衆の意志を前にして、私は諦めを感じたのです。そして、自分の仕事に戻る善良な労働者のように、私は仕事に再び取りかかりました。私の『回想録』は大いに捗りました。[18]」かくして彼女は文学に戻った。彼女は『少女ファデット』のために「序文のようなもの」を書き、「なぜ田園詩に戻るか」を説明する。もっとも、この文章は、おそらくは危険にすぎると判断され、一二月一日より小説を掲載する、日刊紙『クレディ』に発表されることはない。[19]架空の対話者と交《か》わすこの対話の中で、彼女は現在の絶望――「われわれの気持ちは沈んでいた、われわれは不幸になった」――と未来への、「革命の命運」への信頼を語る。だが、「信頼は何世紀をも必要とし、思想は、日々や時間を数えず、時空を包含する。」この後、彼女が確信する民主主義的信念は長期間の問題となろう。芸術と詩に戻らなければならない。「(……)われわれが不幸な人々に与えられるのはそれだけだから、以前のように再び、芸術を創作しよう」、『ある旅人の手紙』、エヴラールとの対話の時代のように。かくして、彼女は再び共和国のために待機する。「五月以来、蟄居して来ました。あなたの隠遁のように苛酷で、残虐なものでは全くありません、けれども、おそらくあなたよりも多くの悲しみと落胆を味わいました」と、ヴァンセンヌに囚われているバルベスに書き送る。[20]

サンドはさらに三篇のきわめて政治的な文章を発表し、社会に関して(ヴィクトル・ボリの『労働者と有産者』への序文)、ルイ＝ナポレオン・ボナパルト選出について、そして、始まった弾圧に反対して、明瞭に自己の立場を表明する。ノシ＝べ島(インド洋上マダガスカル島沿岸に位置する島。)に政治的牢獄を建設する計画は予想される監禁の前兆である。[21]

この時代にもっとも政治的な女性たちの一人であったサンドの人生において短くはあるが強烈な挿話とも言える、直接行動の時期が終った。彼女は自らの確信を徹底して固守しよう。「私には平等の観念という、ただ一つの情熱しかありません(……)けれども、それは私がその実現を目にすることのない美しい夢です。私の思想について申し上げれば、私はそれに生涯を捧げました、それが私の死刑執行人であることは充分に分かっています。[22]」

模範性

以上が多くの点で模範的な道程であり、政治という特権領域における一人の女性の例外的で、また、矛盾をはらんだ経験であった。模範的――サンドはフランス革命に始まる一つの歴史の時代に、共和主義者たちの希望と幻滅の不調和なリズムに合わせて、続行し、完了すべき運動の展望に彼らと同じくささえられて生きた。(1) 彼女はその共和主義的、社会主義的潮流を例証する。大革命の所産である共和国への彼女の信奉は、象徴的な分岐点の幼年時代に根を下ろし、不正に対する強い感情に支えられた個人的な選択でより強固にされた、本質的、根本的なものである。この共和国は、民衆に権力を与える唯一の手段であり、彼女が神聖化し、絶対視する「普通」選挙の共和国でなくてはならない。それは社会問題を巡るものとなろう。階級間の不平等は糾弾すべきであり、国家はそれを改善しなければならないからである。共和国の三位一体のスローガンを大切にしながらも、(2) サンドは自由を平等の下位に置く。彼女は個人主義を非難する、その解毒剤は、彼女が友愛より好む連帯である。多くの民主主義者が共有する「中産階級への憎悪」を彼女もまた分かちあう。彼らの目に中産階級は自己本位で見識がなく、自らの出自に誠実でない階級の典型に映じる。(3) とはいえ、サンドは社会主義的流派の間でどれに与《くみ》するか長い間迷った。サン＝シモン主義者たちからは、所有権批判を採り入れたが、その他の点では警戒した。フーリエ主義者（ユートピア的労働共同体ファランジュを提唱したフーリエ（一七七二―一八三七）の信奉者たち。）に関しては？　それ以上ではない。「あなた方の平和的民主主義は冷ややかに理論的であり、また、冷ややかにユートピア的です。冷ややかなものは何であれ、私の心を凍りつかせます。冷ややかさは私が個人的に嫌悪するものです。[4]」彼女はカベ（一七八八―一八五六）社会主義者。ロンドン亡命中（三四―三九）オーウェンの影響を受ける。理想社会を描いた『イカリア旅行記』（四〇）。）についてほとんど語らず、プルードン（一八〇九―六五）社会主義者。『財産とは何か』（四〇）で私有財産制を批判。）をはるかに評価しよう。ピエール・ルルーは彼女が探し求めていた論拠と総合を与えた。彼は彼女のユートピアへの希求を明るみに出した。彼女は一八四〇年から四五年にかけて「回心」するが、その誕生を目撃しなかった二月革命への熱狂はその平和主義と、政治的市民権の実現、社会主義的都市の建設といった、一七八九年を完成させる能力に起因する。「社会主義は目的であり、共和国は手段である。」そして、所有権の改革が核心である。こうしたことすべてについてサンドには理論よりも直観と見解がある。彼女はとりわけ経済の領域において、理論家ではない。だが、彼女の疑問は現下の変動を明らかにする。

サンドが、時に迷いながらも、大きく受け継いだその政治的信条を修正するのは、実践と日々の考察においてである。聖なる共和主義者ロベスピエールに若者らしい賛辞を向けはしたが、恐怖政治と内戦に対する反感は次第に増大してゆく。彼女は、いずれに起因するものであれ、暴力を非難する、つまり、国家の弾圧の暴力ばかりか、彼女がその生じ得る理性喪失を危惧している民衆の暴力。「大衆」は常に群集に変化する可能性がある。彼女は同時代の人間の多くと同様、血に対して嫌悪感を抱いている。[5]自然の礼賛者である彼女は、都会の空気を楽しむことができない。けれども彼女は都市の住人たちの礼儀正しさを賞賛する。政治的に遅れている農民たちより都市労働者をはるかに信頼している。彼女はこの農民を説得することを自らに使命として課したが、当面は、大きな成功をおさめなかった。本書が対象とした時代の終わり頃、「この結構な街〔ラ・シャトル〕の飲んだくれたちが私の家の前を通りながら『共産主義者を打倒せよ……』と叫ばない日々はほとんどありません……」[6] サンドは世論を作る必要性を非常に強く感じる。共和国は私的な――この点で彼女が息子モーリスに与える教育は意味深い[7]――、また、公的な学習である。彼女の政治的文体は教育法であろうとする。このことから「手紙」あるいは対話の形式が生じる。つまり、他者を説得するためには、その人間に話しかけ、議論することが必要である。彼女は一八五一年に『力強く、共和主義的な礼儀作法論』の草稿を執筆するが、残念ながら、日の目を見ることはない。彼女は祭典やデモから発する一体感の力に敏感である。彼女は演劇の効力を見出し、演劇は今後、とりわけ第二帝政下、その創作活動のみならず、しばしば異議申し立ての主要な形式となる。しかしながら、彼女が理想としたのは、会話や文通、個人的読書で形成される内的な確信であった。革命の失敗や、後の国民投票の結果から、彼女は政治的変化に果たす時間の重要性を熟考することになろう。「社会主義はまだ、人々の頭の中でうごめいているさまざまな計画や、真実の思想や偽りの思想、また、すぐれた思想や粗悪な思想から引き出される一つの動向にすぎません（……）私は常に「民主主義」の未来に最大の信頼を抱いています。それは神の「法」であり、歴史の必然です。けれども、目下のところ、現実におけるその作用はまったく見えませんし、その芽も私の目にはほとんど見えません。騒擾や獲得された知識、闘争本能ははっきりと見えますが、至高のもの、それがなければ永続的なものは何一つできない、献身、公共の感情、真の友愛精神に関しては、顕著で安堵させる進展はいささかも認められません。[8]」普通選挙は最良のものであるが、〈啓蒙〉がなければ最悪のものとなる。だが、〈啓蒙〉は自分を押しつけはしない。

知性は波——磁気・電気・流体——のように伝播し、科学は不可視の世界におけるその伝播をとらえる。作家や芸術家の役割は言葉や像《イメージ》によってそれに寄与することである。サンドはここから、芸術家の有用性の確信を引き出し、読者の心に愛他主義的感情を呼び覚ます感動をかき立てようとする限りにおいて「理想主義的」な小説観を得る(はるか後にこの点でフロベールと相違することになろう)。彼女は、読者に態度を明らかにして一体化するよう促す、肯定的人物を描こうと努める。

サンドは、〈啓蒙〉の所産であり、公共の活動を急務とする「知識人」の先駆者である一九世紀の作家たちの潮流に属している。この態度の原動力は、何かを変えることができ、介入することが義務である、という確信を持った、不公平と不幸に対する固定観念である。一八四二年、アンリエット・ド・ラ・ビゴティエールへの手紙——「私は確かに幸せであるよう、大いに気にかけています。けれども、私の心をとらえているのは、そのことでは全くありません。私は自分の義務を探しています」、つまり、「社会問題[9]」の解決である。そして、共和主義者である俳優のピエール・ボカージュに書く、「利己主義者《エゴイスト》であれば、非常に幸せだと感じることでしょうが、私は老いて乾いた心にはまだなっていませんので、私の家と家族の静けさや安らぎが、必要なものさえ持っていない何百万の人々に平和も安楽も自由も与えることがないと考えると、しばしば憂うつな気分になります。不幸な人々を犠牲にして幸福になる権利がわれわれにあるのかどうか、知ることは重要な問題です。[10]」二〇年後、「われわれに社会的不公平を耐えられないものとする、この公的な良心の呵責から解放されずに眠りたくはないのです。[11]」後に、シモーヌ・ヴェイユが死の時まで感じることになり、おそらくキリスト教に根源を持つ、「不正の人々の陣営に」（フランソワ・モーリヤック）属しているというこの感情、世界の悲惨というこの固定観念はアンガジュマンの原動力の一つである。

サンドのアンガジュマン――彼女は一度としてこの言葉を使っていない――は広い意味で政治的である。彼女は「大義」、彼女が発刊した新聞の名によれば民衆の大義に「仕える」つもりである。行動方針では不断であるが、形態では、永続的な党や団体が存在しないだけに、状況や出会いによる、一時的なアンガジュマン。人間関係や友情、ネットワークが最重要の役割を果たす。ノアンは個人的な隠れ家であるばかりでなく、迫害される人々にとっての逃げ道、民主主義の鎖の中の一つの環、パリと地方、フランスと外国を結びつける一つの絆である。私信はコミュニケーションと情報の特権的手段である。このことから、第二帝政下では、彼女がノアンと同様、厳しい監視の対象となる。政治的近代性は啓蒙の世紀の社交性で築かれた規範からゆっくりと出現する。この観点から、経済的近代化の要因である第二帝政は、民主主義への動きが再開する一八六〇年まで、少なくとも抑制であった。[12]第二帝政下のノアンはいわば国内のガーンジー島（ブルターニュ半島の北方イギリス海峡にある英領の島。ユゴーがこの地に亡命（一八五五―七〇））、ヴィクトル・ユゴーが強烈な呪詛を発したガーンジー島ほど人目を引きはしないが、彼女の成熟には劣らず効果があり、大きな意味を持つ。サンドが証言者としての作家であるように、証言となる場所。

矛盾――女性性との葛藤

サンドの模範性はここで終わる。政治に関与した女性としての彼女は、それどころか、例外的であり、しばしば矛盾を見せる。サンドの矛盾は、個人的行動の大胆さと、女性の政治的平等に関する集団での要求の消極性、さらには無能との対照にある。サンドは自らの性を忘れ、自分が属する性に無関心な人間としてふるまう。この矛盾は彼女が置かれている両義的立場に、境界を覆し、男性の領域を奪い、足跡をくらまし、多様なアイデンティティを引き受けるこの先駆者が直面している不一致に結びついている。

個人的次元では、彼女は自らの性に満足している。「私があらゆる点で非常にうまく折り合いをつけている私の性」と書く。一見したところ、彼女は領分の分担を受け入れ、二重性を楽しんでいるように思われる。執筆するときは男性であろうとする。いわゆる「女性の」文学の凡庸さを拒み、彼女は「女性―作家」という社会的地位を拒絶する、彼女はその格下げを知っている。一八六三年の『ある若い娘の告白』(1)で初めて女性として語ったにすぎないほど、彼女は男性のペンネームを完全に受け入れ、公的文書では自分自身について常に男性形で語る、文法的一貫性を実践する。また、馬を駆けさせ、自由に旅し、都会を散策するときも、男性であろうとし、自在に男装し、同様に煙草《たばこ》を吸う。だが、彼女は愛する女(たとえば、ミシェル・ド・ブールジュが彼女と別れるとき、彼にあてた、欲望で燃えるような手紙に見られる)や、母、そして祖母であるときはなおさら、女性であろうとする。同じように幸せを感じながら、家事に専念したり、ジャムを作るときも同様である。

それにもかかわらず、サンドは女性の牢獄、『民法典』がフランスにおいて、その法的な、最も家父長的な表現である男性への従属で現れるこの相違を強く感じる。彼女は男性のことをふざけて「ひげをはやした性」と言ったが、彼らの根拠のない、余りにしばしば不公平な権力に対して彼女は抗議することをやめなかった。私生活で――。ジョゼフ・バリーが巧みに語った[2]「自由の悪評」は、あらゆる反対を押して自由を選択したことへの悪評である。文学作品で――。女性解放が基調ではないにしても主調になっている、彼女の文学作品はフランスばかりかヨーロッパの多くの女性たちにとってメッセージであり、行動力であった。現実の結婚制度に対する感動的な抗議の書である、『マルシへの手紙』のように、より直接的に論争のテクストで。離婚する権利の欠如、「娘たちに対する男性の最大の罪」である彼女たちの教育の愚劣さ。この『手紙』は、自らの新聞『ル・モンド』に掲載することを受け入れていたラムネーには大胆に過ぎると映じ、彼は六号（一八三七年二月―三月）で掲載を中止した。

とはいえ、サンドの見解は全女性にとって革新的であるには程遠い。彼女の考えはおそらく、時代とともに因襲的になった。年齢というよりもむしろ、ヴィクトリア朝風第二帝政のあまりに保守的な重圧。だが、ロマン主義的反逆の時代にあってさえサンドは、たとえばクレール・デマールといった何人かのサン＝シモン主義を信奉する女性たちが強く勧める解放の意図や、性的自由に、繰り返し抗議している。彼女はアンファンタンと彼の弟子たちが、しばしば彼らだけの利益のために称賛した「いかがわしい雑居生活」を批判する。「女性たちは隷属状態を告発するが、隷属状態は自由を与えられないゆえに、人間が自由になるのを待つように」と、『マルシへの手紙』で書く。彼女は社会問題を優先する。さらに、「平等は類似ではない」。サンドは、一九世紀の合理化の中で機能した、公的ならびに私的「領域」の概念を特徴づける、役割と仕事の性別分化に与《くみ》しているように思われる。「女性は、ある特定の時期に社会的・政治的役割を充分に果たすことができよう、だが、女性の生来の役目を取り上げるような役目ではない。[3]」彼女はしばしばいわゆる男性的役割を演じ、男性のように行動しようとする女性たちをからかう。一八三七年にすでに、女性たちに「慣習の鉄の輪をたわめさせることを期待する前に、知性を向上させるように」忠告する。「(……)われわれの隷属状態を作り出しているのはわれわれの堕落である。」このことを彼女は一八四八年に、毅然として繰り返す。あまりに成長していないとサンドが判断する同時代の女性たちに対して、彼女はしばしば、ある種の女性蔑視を見せる。メアリー・ウルストンクラフトと同じように、彼女は女性たちの軽薄さや、劣悪な教育の結果である無知を嘆く。彼女の目には教育は最重要問題である。[4]実際のところ、彼女は自分を例外と考える。彼女はすべてを望む、「私は自分が戦士であると、雄弁家であると、司祭であると感じています」と、彼女の代弁者であるマルシに言わせ、武器、言葉、祈りの、女性に禁じられている三つの機能を要求する。そして、対話者が、「あなたがなり得るのは芸術家だけ。それを妨げるものは何ひとつない」と言葉を返すのを聞いて、反抗するが、この芸術家という職業に払う敬意を奇妙なやり方で明らかにする。「私は詩人です、つまり、弱々しい男です」と、かつて旅人はエヴラールに書き送り、詩人に対する陳腐な評価を認めた。[5]男性たちの社会で例外的な女性であるのは難しいことであり、ジェルメーヌ・ド・

スタールがすでに充分に感じていたことである。[6]

女性であることの障害をあまりにしばしば体験したサンドが後になって、とりわけフロベールとの文通でその境界を消し去る希望を表明することになるのはこうした理由からである。フロベールとの書簡はこの点に関して示唆するところがきわめて大きい、「ひとつの性しかないのですよ」と一八六七年、彼に書く（彼女はこの時、六三歳）。「男性と女性、それはあまりに同一なものだから、このことに関して社会がむさぼった多数の区別や巧妙な論証はほとんど理解出来ません。[7]」「それではあなたは女性についてどのような考えをお持ちなのです、『第三の性』であるあなたは？」と、〈吟遊詩人〉は、一九世紀の厳密な定義[8]と真っ向から対立して、新たな性的アイデンティティを考案する道を示しながらたずねる。[9]

耐え忍ばれ、受容され、要求され、あるいは異議を唱えられた、この女性のアイデンティティ——サンドのマスクは多様であり、彼女は時代や状況に応じて変えている——は、彼女の政治的実践に影響したであろうか？　確かに。否定すべくもなく。そして、いくつかの面で。まず、文化的、あるいは政治的制約に結びついた表現形式において。涙を流すよう定められた女性は常に嘆き悲しむことができる。サンドは泣いている女たちに本能的に加わる。彼女は犠牲者たちに同情する。痛ましい事件に哀れみの情をほとばしらせる、公的舞台から離れているときはなおさらである、「血が流れると、私の内臓は痛み始めます」と、〈血の週間〉（パリ・コミューンで特に市街戦の激しかった最後の一週間（一八七一年五月二一日—二八日）。）の純然たる目撃者であった一八七一年に書く。[10]一方で、彼女は仲介し、募金を集め、請願し、取りなし、援助や恩赦を得ようとする。クーデタの後では主要なものとなる、この仲介者としての役割はしばしば友人たちをいら立たせ、さほど効果のないものとなろう。だが、女性の伝統的な役割への復帰は一八五〇年前は際だったものではない。

語るのは容易ではない。サンドはしばしばこの点での困難を報告している。彼女は女性の公開の言葉に重くのしかかる禁忌を内化した、「それは生来の臆病のようなもの(……)われわれがこの上なく強く感じていることを大きな声で言うのを恐れさせる、間違った羞恥心のようなもの。それは言葉で自らを表明することが絶対的に不可能であるということ。これこそわれわれができるのを望みもし、また、できなければならないこと」と、旅人＝サンドは雄弁家エヴラールに書いた。[11] かくして彼女は執筆に専心し、共和国の文書にかかわる。

法制上、方策は間接的なものとならざるを得ない。女性たちには請願の権利しかない(そしてサンドはそれを行使するよう勧める)。彼女たちには集会や結社あるいはデモをする権利がない(男性たちにもその権利はないが、彼らの実行は黙認されていた)。いわんや選挙権はない。サンドは、たとえ選挙に強い関心を抱き、だれそれのために運動し、結果を解説し、民主主義の好結果を祝いはしても、直接に関与することはできない。時として彼女はこの障害を残念がり、また政治は凡庸なものであるから時としてそれを喜ぶ。ラ・シャトルの反体制派であり、彼女がこの地方で浴びせられた激しい非難を手紙で弁解したシャルル・ドラヴォに対して、彼女は「策謀や不正な選挙運動に」加担することへの拒絶を正当化する。「それは私がかつて一度としてやったことがなく、今後も決してやらないことです」、さらに、男性も同じようにするのはよいことであろうと付け加える。[12]

女性であるがゆえに、観察者、補助者、せいぜい霊感を与える人間、真実のところは三文作家の立場に振り分けられ、共和国の「女助言者」——彼女の誹謗者たちの言葉によれば、女性に影と舞台裏の謎めいた力を付与する、相も変らぬ決まり文句を繰り返すだけ——は実際には目だたぬ役割を担っているにすぎない。「私はものごとの小さな輪の中にいる」と旅人は言っていた[13]。サンドはそれに甘んじているような感じを与える。一つには、自らの能力を疑っているゆえに。「私は、感受性と、社会的、哲学的思想に対するある程度の認識能力を持ってはいますが、政治的知性は持ち合わせていませんし」と、彼女の賛美者たちの中で、彼女の関与をもっとも尊重し、もっとも熱心に勧めたマッツィーニに一八四三年、打ち明けている[14]。政治活動の特性は彼女をしばしば制止することになろう。

他方には、この境界的状況は政治活動から、遠ざかり、隠遁することを可能にする。彼女は好んでこの可能性を利用し、パリを離れる。何かが出来すると、彼女は郵便馬車に、後には列車に——彼女は鉄道の迅速さの確固たる信奉者として、その利点をほめそやす[15]——飛び乗る。パリにうんざりしたり、吐き気を催すと、彼女の安らぎの地、ノアンに向けて発つ。「鼓吹者であり、首謀者ではない女性は、例外的な束の間、政治に遭遇する」と、ジュヌヴィエーヴ・フレスは、まさにサンドに関して、体制から常に距離を置いた関係を分析して書く[16]。定められた距離。だが、しばしば望外の幸運と利点として承認された距離。女性たちのいるべき場は、政治、つまり、倫理のないこの策謀以外にあるのではないのか？　それはまさに良俗、日常の、本質的な生活にあるのではないのか？　政治の領域での女性たちのある種の無関心の鍵である、このあまりに女性的な、批判的立場はまた、しばしば、サンドのそれである、少なくとも、彼女が幻滅や失望を覚えるときは。「いわゆる政治を私は嫌悪しています」と彼女はオルタンス・アラールに書いている。[17] そしてエドモン・プロシュには、「私は、正直なところ、今日、政治と呼ばれているもの、つまり、論理や真理の代りに予測や財力や妥協、一言で言えば王政の口実を用いる見え透いた、誠実さのほとんど見られない技法、必然の成行きや摂理に常に裏切られる技法を嫌悪しています。[18]」政治が社会主義――社会正義のもう一つの名――のための闘争であることをやめるとき、政治が方策でしかないとき、サンドがその手紙で強調する、いわゆる政治に限られるとき、別のことをする方がましだ。彼女がその努力を大いに支持した詩作する労働者の一人、ジェローム゠ピエール・ジランに書き送る、「言葉の厳密な意味での政治的情熱が私にないことはご存じですね（……）私の心を動かすのは、したがって、いわゆる政治世界ではなく、おそろしいまでに病み、取り乱している倫理的な世界です。人々は意気阻喪しています。」こうした理由から彼女は、読者の心に語りかけ、感動により意識を呼び覚ますことのできる小説に戻る。「何らかの理論を書くことが問題なのであれば、私はもっと慎重に、もっと明確に見解を述べたことでしょう。けれども、そうであれば、私は女性ではなく、小説以外のものを作ったことでしょう。[19]」亡命し、「嵐のただ中で抗議する」彼女を目にできないことを残念がるマッツィーニへの返書で、彼女は文学の権利を擁護する。「真の芸術家は司祭や戦士に劣らず有用です（……）芸術はあらゆる国、あらゆる場所のものです。[20]」男性たちの政治に対する女性の芸術、これはすでに一八三五年の旅人のジレンマであった。だが、かつての宮廷楽人《ミンストレル》は自らの価値と文章《エクリチュール》の力を自覚する、偉大な作家になっていた。

相対的な外在性のこの立場はサンドと一八四八年の女性たちとの対立を一層よく理解させる。彼女たちの闘争をミシェル・リオ＝サルセーが活写している。[21]男性にだけ選挙権を与えることで、一八四八年の共和国は女性の社会から疎外された状況を助長し、社会主義者たちが進んで女性とプロレタリアートの間に結んだ絆を断ち切っていた。この「普遍的」選挙を宣言することで、共和国は普遍に対する性別のある――男性の――定義への疑いを募らせていた。ここから、行動的で、熱心で、平等主義的な女性解放運動《フェミニズム》の波が生まれる。ウジェニー・ニボワイエ、デジレ・ヴェレ、ジャンヌ・ドロワン、そしてほとんどがサン＝シモン主義者やフーリエ主義者であるほかの女性たちが新聞――『女性の意見』、『女性の声』……――を創刊し、請願書を提出し、デモを組織し、クラブを開き、悪ふざけをする人間から野次られ、ドーミエ、ガヴァルニ、そして『シャリヴァリ』紙（シャルル・フィリポンが創刊した日刊の風刺新聞（一八三二―九三）。共和主義者が愛読。）の風刺の対象となった。これらの女性たちは正義と社会的効用性、つまり、女性たちは国家という、この「大きな家事」に主婦の力量を発揮できよう、とする論法に根拠を置いて、労働の権利と選挙権を要求する注目すべき文書を発表した。彼女たちは抗議運動を起こすために、一八四八年四月の国民議会選挙を有効に利用することを決めた。彼女たちの目に畏敬を抱かせる候補者と映じたのは、解放された女性であり、共和主義者、社会主義者、なかんずく著名なサンドであった。「力強さにおいては男性であり、神聖な意図（……）において女性である。彼女は精神では男性になり、母親としての面では変らず女性である」とウジェニー・ニボワイエは書いた。[22]だが、彼女たちはこの立候補を当事者に相談することなく発表した。重大な誤謬。自らの「象徴資本」を認識しているサンドは彼女たちの望むようには操作されなかった。加えて、彼女は現状での女性たちの投票に賛成ではなかった。彼女はそのことを冷やかに知らせた。この文章は後の章に載せることにした（第七章参照）。対立は市民権の考え方の相違を明らかにすることで個々の人格のみならず、論理をも対置する。サンドはあちこちで、主として『共和国公報』第一二号（一八四八年四月六日）、とくに『中央委員会委員たちへの書簡』で自己の見解を述べた。後者はその当時、発表されなかったし、送られさえしなかったようであり、したがって、かかわった女性たちがこの書簡を知ることはなく、討論は残念ながら行われなかった。

サンドの論拠は次元を異にしている。まず、この点に関しては彼女が袂を分かつことのない社会主義者たちの多くと同様、社会問題を優先する。「良き市民の資格を要求している、教育ある女性たちは今こそ、自分たちの人格を忘れるべきである。彼女たちがその才能を証明しようとするならば、それは民衆の貧しい女性や少女たちのことにのみ専念するために自己を犠牲にすることによってである。」選挙権の要求には「貴族階級的性格」がつきまとう。「仮に、社会が行政に女性の何らかの能力を受け入れることで多くを得たと認めても、多数の貧しく、教育を奪われた女性たちに利するところはいささかもないであろう。これから再建される社会は、全女性の名のもとに作成される素朴にして心を打つ請願書に深く揺り動かされよう。」[23] 貧困、無知、「多数の女性」の従属、これこそが「全女性」のアイデンティティを作り出している。教育ある女性は自らの境遇と、最も貧しい女性たちの境遇を切り離してはならない。彼女たちの市民権は社会問題の次元であり、政治の次元ではない。

第二の論拠。女性たちには政治に関わるよりもなすべきことがある。公的な言辞は彼女たちに似合わない。彼女たちはその説得の才能を家庭の中で行使するがいい。「あなた方の娘たちが青く、暗い顔で、夜遅く帰宅し、恐怖と激しい不安から痙攣に襲われて、あなた方の腕に倒れ込むのを抱きしめた、不幸な母親たち！　あなた方の夫や兄弟や息子たちに語ってほしい。女性の真剣で道徳的な解放の伝道は偉大な伝道である。それはあなた方に関わっている、あなた方の代弁者となる雄弁な口は要らない、あなた方は一人残らず、家庭の中で偉大な雄弁家となるであろう。」結局、サンドは領域論を根本的に検討し直すことはなく、それが前提とする役割と仕事の分担に異を唱えることはない。母性は女性性の中心であり続ける。

第三の論拠。最も強調される、つまり、最も衝撃的な論拠、つまり、民事上の権利の獲得こそ最重要課題であるとする論拠。これら民事上の権利を奪われている女性たちは現在のところ奴隷である。自立した個人ではないゆえに彼女たちは市民にはなり得ない。この自立を獲得することが第一段階であり、彼女たちの全エネルギーを必要としよう。「女性たちはいつの日か、政治生活に参加すべきか？将来において、然り。私はあなた方とともにそう信じている。それは近い将来のことか？　否、私はそうは思わない。女性たちの状況が改善されてそうなるためには、社会が徹底的に変革されなければならない。」「結婚により男性の庇護下に置かれ、男性に従属している」女性は身体ならびに精神、判断ならびに決定の自立を前提とする「政治的権限を立派に、公正に」遂行することはできないだろう。「政治的権利を行使することから始めようと主張しているご婦人方に申し上げたい、あなた方は子供じみた遊びに興じているだけであると。(……)個人の自立さえ果たせぬあなた方が、一体どのような気紛れから議会の争いに関心を持とうとするのか? なんと、あなたの夫がこちらの席を占め、あなたの愛人がおそらくはあちらの席を占めている、そしてあなたは、自身の代表でさえないのに、何らかを代表すると主張するのか?」女性は解放されない限り、奴隷の悪徳のすべてを、虐げられた人間の無能力のすべてを持つ。女性の解放は、「単に結婚したことで取り上げられる」民事上の権利を獲得することで実現される。「(……)民事上の平等、結婚における平等、家庭における平等、これこそがあなた方が要求できるもの、要求すべきものである。[24]」未婚の女性――「成年に達した娘」――は民事上、平等であるが、既婚の女性は未成年として扱われる。廃止しなければならないのはまず、不公平この上ない法典、『民法典』である。

サンドの論理は、ピエール・ロザンヴァロンが共同性を優先する民主主義のアングロ=サクソン体系に対置した、個を優先する民主主義のフランス体系の中で機能していると説明したものに近い。前者で、イギリス女性たち――あるいはアメリカ女性たち――が投票を認められているのは、彼女たちの性のゆえである。女性である彼女たちは女性を代表するであろう。フランスではこの性そのものが市民権獲得の主要な障害となる。なぜならその特性が、市民の基盤である個人の十全な社会的地位に彼女たちが到達することを妨げているからである。フランスの女性たちが個人として自己を認めさせようとして遭遇した困難さは、よく知られた「フランス的例外性」理解の鍵(あるいは一つの鍵)であろう。人間の権利と共和政の母国でありながら、ヨーロッパ諸国の中で最後に女性に参政権を認めた（一九四四年四月二一日）国、フランスのこの奇妙な遅れ。[25]

サンドと一八四八年の活動家たちの対立はしたがって、はるかに全体に通じる重要性を帯びている。対立は二つの論理、つまり、一つはより共同体的な論理（フェミニストたちのそれ）、もう一つはより普遍的な論理（サンドのそれ）、したがって、女性のアイデンティティの二つの見解を対置する。

この対立は、同じ時期、サンドがエリザ・アッシャーストと交し、マッツィーニに報告した対話からかなり鮮明に浮かび上がる。「男性と女性が彼女にとってすべてなのです、そして性の問題は（……）常に同じ存在であり、男性としてでも女性としてでもなく、魂として、神の子として完成すべきである人間の概念を彼女の中で消し去っています。[26]」性の相違に関する真っ向から対立する見解。エリザは根幹をなすものと断言し、本質を与えさえする。一方、ジョルジュは、政治への自らの関与がその幻想をあらわにするとき、性の相違を否定し、普遍的人間の概念を問題にすることをも拒絶する。

オランプ・ド・グージュや、性の境界を再び問題にし、女らしさの、規範について自問する、その他多くの女性たちと同様に、サンドもまたパラドックスを見せるばかりである。[27] かくも多彩な彼女の経験は、政治的市民権が一九世紀にどれほどまでに男らしさの結晶として形成されたかを示すものである。

第II部　政治と論争（一八四三―一八五〇）

第一章　社会への批判――『ファンシェット』

▲二月革命後の共和国臨時政府のメンバーたち。リュクサンブール宮にほど近い、コンデ街八番地のサンドの仮寓で、いくつかの「秘密会議」がもたれた。

『ファンシェット』についてピエール・ルルーは、「(……)これは優れた筋立てであり、傑作です(1)」と書いている。いずれにしても、このテクストはサンドの政治関与の開始を示すものである。彼女は憐憫の情と、「人間にとって有益であるが、近年もっとも欠如している感情(2)」である憤怒からこの作品を著した。

ファンシェットは、ラ・シャトル市の施療院の修道女たちが厄介払いするためにマルシュ地方の野原に置き去りにしようとした、一五歳ばかりの知恵遅れの――「白痴の」――貧しい少女。「憲兵班から憲兵班」(憲兵隊の留置所)へたらい回しにされ、浮浪者たちの犠牲になり、少女は「私が心配していたように汚されて、病院に連れてこられました、妊娠しているという噂です(……)私たち、つまり、私の友人たちと私はあの修道女たちの手から少女を救い出し、その惨めな境遇を和らげるために奔走するつもりでいます。修道女たちは少女に対する振舞で恥をかくことになった仕返しをするに決まっていますから。住民という住民が、このおぞましい事件に心の底まで揺さぶられています。彼らはこの事件をよく知ってはいましたが、忘れ始めていたのです(3)。」

この三面記事的事件で、「社会問題(4)」をより強く意識したサンドは、「知恵遅れ殺しという犯罪」をおかした修道女たちの残酷さ、官吏たちの怠慢、行政機関の「賃金労働者たち」の無能ぶりと偽善を暴こうと意図する。こうした事件を法治国家でもみ消す権利は誰にもない。「われわれはフランスにいるのか、それともロシアにいるのか?」

小冊子を作成する勇気のない地方の印刷業者たちの心配や、「攻撃し、ののしる」政府系の『アンドル県の新聞』の態度は自由な表現の手段を持たない世論の弱さを際立たせる。「したがって野党の新聞が必要だ、と皆が大声を上げています。[5]」その新聞は『アンドル県の斥候兵』となろう。

「私は首まで政治につかっていますよ」とサンドは息子モーリスに書いた。[6] それが始まりであった。

（ミシェル・ペロー）

第一の告発　哀れな白痴の娘の運命は

（ブレーズ・ボナンがクロード・ジェルマンにあてた手紙*）

親愛なる名親様、

親父様からの便りに礼を言い、あわせて、わしらの様子を伝えようとペンを取った次第です。わしらは、ありがたいことに、恙なく暮らしてますよ。今年は夏の天候が不順で貧乏人を震えさせ、医者様の懐をたっぷり膨らませもしたが、わしら家族は悪い熱が見逃してくれたって次第でさ、幼い子どもたちも大人に負けちゃいません。親父様が代母と呼んでおられるばあさまの耳が去年より少しばかり遠くなりはしましたが、ありがたいことに、生きる気持ちはまだ衰え知らずといったところ。小麦の収穫は怖れていたほど悪くはなかったものの、ブドウの方はといやあ、取り入れに必要な牛は八頭

---

*訳注　実際は、サンドの筆になる作品。この後、サンドがよく用いる形式。

どころか、六頭でも四頭でも、いやいやわずか二頭でも多すぎるほどでさ。ジャルヴォワのところのロバが一つのかごで全部運んでしまいましょうて。アルコールなしで済まさなきゃならんでしょうが、パンなしで済ますよりはましというもの。だが、この二つの中の良い方でも高が知れてまさ。どちらを取っても、貧乏人は苦しむことから解放されはしません。賢明なのは我慢すること。加えてそれに慣れなきゃなりません。わしらが困りきっていなけりゃ、言うは簡単だ。節食を説く人間だっている。地下倉が空っぽじゃない司祭様はこうした言葉をわしらに言うに決まっていまさ。だが、ほとんどの者が、ブドウ酒が無けりゃ、気丈さもくじけ、気力もすっかり失せてしまう、と答えましょうて。

もっとも、これはまだ最悪の事態というわけじゃない。気丈な人間は何とかやってみる。たとえ、彼らが仕事半ばでくたばってしまおうと、それは彼らの問題だ。自分の手足をみだりに使うことを望まず、日曜日には少しばかり気晴らしをしたいと思う人間（こんな考えをする者は大勢いるし、丘の斜面でとれたブドウ酒《ヴァン・グリ》を少々大切に保存したからといって絞首刑に値するわけじゃない）、彼らは司祭様の言い分に納得できず、いつものように、モチノキの枝をたたきに出かけることだろうて。親父様、今年は村の酒場が空っぽになり、水差しが割られ、クモが酒樽に巣をはるとお思いですか？　ああ！とんでもない！　いつもの年と変らずブドウ酒があり、おそらく、いつもに比べてはるかに高値になるようなこともないだろうて。その訳は誰も彼もが酒場に来なけりゃならぬからでさ。貧乏人が酒場の安酒なしに済ますことができぬと同様、酒場の方も貧乏人たちの小銭がなければやっていけませんや。あとはどんな安酒がわしらの炻器の茶碗に注がれるかでさ。イスーダンの畑は霜にやられなかったから、そこの粗末な黒ブドウ酒がこの村に送られて来ることだろうが、それでは、陽気な気分にしてくれる薄色の赤ブドウ酒に慣れているわしら百姓は重苦しく、悲しい気持ちになろうというもの。酒場の主人たちが手を加えるのは必定。なにしろ、彼らはイスーダンのブドウ酒一樽でたっぷり一〇樽を作り出す、仕上げは薬屋だ。色は見事で、風味も欠けちゃいない。健康が台無しになるのを除けば、損をする者は一人もいやしない。春が戻って来る頃に大病がどっと降って来ることだろうて。

親父様は施療院があとは引き受けると、つまり、慈善事業で天国の地代をたっぷり蓄えている信心深い魂を救済すると言われるにちがいない。一五年にわたって、施療院の土地を借りて耕作して来られた親父様なら、そこには貧者たちの救済に使える千八百なり二千ピストル（一ピストル＝一〇リーブル貨幣）の収入があることをよくご存知だ。仮に毎年一万五千リーヴルだけを投じるとしても、これだけあれば郡内の最も貧しい人間を助けるに充分でさ。だが、田舎のどんな人間がこれだけの資産で都会で救済されたことがあるか、わしに言えやしません。施療院にあるベッドは親父様がごらんになった時と変らず六台、それ以上でも以下でもありゃあしません。千ピストルの収入があれば、少なく見積もっても二〇のベッドを維持できぬでしょうか？　ちょっとばかり考えてもみてくだされ。収容室を作り、愛徳修道女と見なされている三人の修道女に食事を与え、お役所がどこかの公共施設から何としてでも盗み出そうとしている六つの小寝台のために、いくつかの建物を建て、さらには、一エキュ（貨幣単位）さえ持たぬ病人たちのためにミサを挙げようとしない司祭様にミサの代金を払っても、先ほどの収入でたっぷり釣《つり》が来るというもの。至る所での物価高ゆえ、わしらの司祭様はその代価に満足されてはおらぬが。

わしらの施療院に話を戻せば、演習中に馬の足に胸を押しつぶされて兵役から戻って来た、気の毒なドーデが施療院にとどまれるようにちょっとばかり骨を折りましたよ。彼らは奴さんを受け入れようとせず、ヘロデからピラトにたらい回しにしたって訳でさ。奴さんを路頭にたたき出させぬようにするのは大仕事だったが、そんなことは何でもありゃしません、大したことじゃない。生きていく術《すべ》のない男、なぜって肋骨が折れちまったのだから、こんな男のことは話すほどのことはありゃしない、なにしろ、わしらはびっくりするような事件に出くわしてしまった。ロランが親父様の頭を混乱させた迷子の一件でさ。親父様がわしにおたずねになられるから、それから、親父様は施療院の人間と言えるほどだし、この施療院の小細工にはいつも変らず関心をお持ちだから、事の次第を詳しく話しましょうて。

あれは今年の三月、種蒔きの時期のことだった。年の頃は一五歳ばかり、中々の器量よしだが、全くひどいぼろをまとった娘っこが、町を出たばかりの所にあるビュラの牧場に現れた。まるで天から降って来たようだった。娘っこは三日ばかり、そのあたりをさまよっていたが、どこの誰とも知っている者は一人としていなかったし、娘っこの方でも言うことができなかった。可哀相な娘っこだった。どうやら母親はあの娘《こ》にパンを与えてやれなかったばかりか、パンを乞う舌の方も授けることができなかったらしい。何しろ娘っこの頭の働きときちゃなた鎌のようだし、物分かりは子ヤギとおんなじだ。おまけに石のように口をつぐんだままだ。他人《ひと》の話は聞こえるが、自分ではひと言《こと》だって話せないってわけだ。昨日のことも思い出さなきゃ、明日のことを心配しているようにも見えない。詰まるところ、娘っこは何の役にも立ちゃしない。目先の暮らしのことだけが頭にある人間にとっちゃ、この娘っこのようなうすのろを家の近くで見つけるよりは、牧場でウズラを一羽見つける方がよほどましというものさね。

だが、こんな子どもは性悪じゃない。この娘っこも悪戯《わるさ》なんぞはこれっぽっちもしなかった、もっとも、やろうたって、出来っこないだろうが。どうしてこんな娘《こ》が死ぬような目に遭わされても当然なのか、わしにはとんと納得がいかぬ。無用のものはこの世からひとつ残らず片づけてしまおうって役目を誰がすすんで引き受けよう？　わしだって、お断りだ、わしにはやらねばならぬ仕事が山とある。

あの娘っこが死んでも当然でなかったとすれば、生きていく権利があるってことじゃないだろうか？　わしの考えを聞いてくだされ、親父様。つまり、パンや着る物を与えられ、住むところがあり、世話をしてもらって当然だ。詰まるところ、慈悲を受ける権利があるってことだ。お役所に白痴や体の不自由な人間を世話する手段がないというのであれば、わしら貧乏人の腕にかかってくるのは致し方のないことさね。なぜって、彼らがわしらの家の近くで死んで行くのを何もせず見ていることはできない。そんなことは大いに恥ずべき仕業だとすれば、それは紛れもなく、人の道にもとるひどい仕業だってわけだ。だが、わしらは頑丈であっても、やりくり算段するのにひどく苦労している。わしらのほとんどがまったく帳じりを合わせられずにいる。自分たちの家で老人や病人や体の不自由な者を世話できるとすれば、それは少々金持ちだということだ。わしらにそれができぬときは、さあて、どうしなきゃならぬのか？　一体全体どうなってしまうのか？　行政があるのか、ないのか、誰かこのブレーズ・ボナンに答えてほしいものだ。わしが法律の隠れた意味をたずねるのは当然のこと、何しろ、わしはこの村の助役だし、近い内に村長になれると思っている。自分で生活の糧を得られぬ人間をむざむざ死に追いやらぬために県には資金があるということだが、それはまったく不充分なものらしい。だが、ともかくも資金がある。だから、それを役立てることだ！ それに、もし使わなければ、また、その使い方を知らなかったら、使おうとしない人間たちに資金を管理させるのであれば、わしらは誰に不満を申し立てればいいのか？ 誰に裁きを求めればいいのか？

親父様も知ってのとおり、わしの妻のジャケットは愚かな女ではこれっぽちもなく、心の寛《ひろ》い女だが、この娘っこが泊まる所もなく、戸外にいるのを目にして、お上《かみ》が助けてくれないのであれば、お上を恥じ入らせたいと、たとえ自分の子どもたちのスープをさらに薄めて、パンに注がねばならぬことになろうとも、娘っこを引き取りたいと、まあ、こんな具合にわしに申し出た。

「妻よ、まあ、ちょっとお待ち、こんなことがいつまでも続くなら、そうしなきゃならぬだろうさ。だが、こんなことは続きはしないさ」とわしは言った。

「こうしている間にも、そろそろ年頃に見え始めてきた哀れな娘っこの身に何が起きているか、知れたものじゃありません。右手と左手の区別さえつかずに悪事を行うかも知れません」とジャケットは言う。

そこでわしは娘っこを捜しに出かけたが、ちょうど施療院の若い医者様が通りがかり、近くの子どもたちに取り囲まれている、ぼろをまとった娘っこに気がついた。子どもたちは娘っこに口を開かせようと乱暴に引っ張っている。娘っこの方は泣くことと、羊の言葉と同様、誰にも意味の分からぬ切れ切れの言葉を口ごもることしかできずにいる。立派な青年は事情を見て取り、娘っこを施療院に連れ帰った。娘っこが施療院に受け入れられ、苦痛から解放され、慰められたとでも親父様はお思いだろうか？　とんでもない。迷子になったというだけでも哀れな話さね。もし神様に祈りを捧げ、気の毒な人の役に立つことだけが、わしがこの世でやるべきことならば、わしは神様の思し召しと考えて、どんなことでも受け入れまさ。ところが施療院は娘っこをにべもなく拒絶した。うすのろ過ぎる、見捨てられ過ぎている、面倒がかかり過ぎるにちがいない、当方の全く与り知らぬこと、当方は白痴とは関わりを持たぬ、当方は浮浪者を収容するところではない。へえ、おまえさん方は施療院を精神病院か貧民収容所とでも考えておられるのか、われわれをまんまと騙すおつもりか、とまあ、こんな調子だった。それでも医者様はぜひにと頼み込み、娘っこのために病気の証明書をしたためた。そしてやっとファンシェット（この名で娘っこを呼ぶことにしたってわけだが）は、誰からも歓迎されないながらも、施療院に引き取られたって次第でさ。

娘っこはそこがひどく気に入った。その哀れな頭が許すかぎり上手に一日の時間を過ごした。娘っこは穏やかな性格だった。修道女たちが教えている他の少女たちと遊べるのが幸せだった。子どもたちの方も娘っこが好きで、いじめることはなかった。ひだのある小さな帽子をかぶせてもらうと、娘っこはまるで王妃のように着飾っている気になった。そしてミサに連れて来られると、あまりの見事さに目を見張った。さぞかしミサがいつまでも続いて欲しかっただろうて。神様がお造りになったこの哀れな子どもを世話することを施療院に禁じる決まりがあるのかどうか、わしは知らない。ともあれ、娘っこを預るのは誤りだったのだろうて。わしには、もっと悪い誤りが多数、この世にあると思われてならぬ、多分、施療院にも！

確かなことは、娘っこを施療院で世話したくなかったということだ。知事殿にその旨を書き送り、知事殿は精神を病んだ者たちに充てられた県の資金から、施療院の監督の下にファンシェットの養育のためにわずかばかりの額を給付した。ファンシェットは捨て子を預かっている女のもとに送られた。だが、そこにとどまらなくちゃならんと、ファンシェットに理解できただろうか？　いや、娘っこにはまったく分からなかった。一時間後にはそこを逃げ出し、少女たちや修道女のもとに、見事なミサに戻って来た。施療院は老婆の家に送り返す、夕方ファンシェットは逃げ出し、施療院に戻る。三度、四度、おそらくはそれ以上、これが繰り返された。無駄な骨折りだった。他の子どもが逃げ出すように、ファンシェットは施療院に駆け戻るってわけだ。こうなりゃとことん娘っこの面倒を見なきゃならんだろうて。

「さてさて、私たちに迷惑をかけ、ひどく困らせているあのファンシェットをどうしたものでしょう？」と院長がたずねた。

「いやはや！　詰まるところ、あれはわざわざ施療院の近くを望んで置き去りにされた子です。馬鹿げた贈り物ですよ、まったく」と誰かが言った。

「他の修道会の悪質ないたずらですよ」と修道女。

「それでは、」と参事会の中で一番弁の立つ男（もちろん、このあたりで誰よりも強い頭の持ち主だ）が言葉を継いだ。「娘っこが見つかった公道に戻さねばなりませんな。誰かが置き去りにした娘だ、皆さんも同様になさるがいい。娘っこは神様のもとからやって来た、したがって神様のもとに帰らねばなりません。」

「アーメン！」修道女たちが声を揃えた。

言うが早いか実行された。

「ファンシェット、おまえはミサに行きたいかい？」

ファンシェットは小躍りして喜んだ。

「さあ、日曜日のための帽子をおかぶり。今すぐ下女が連れて行ってくれるから。」

誰が大いに喜んだかって？　そりゃファンシェットだった。真昼のことだった。皆の目の前でのことだった。町を横切った。娘っこの知りあいの家の前を通りかかると、連れの下女は無邪気にもこう言ったものだ。

「さあ、ファンシェット、マルグリットにお別れをお言い。」「カトリーヌにさようならをお言い」と。嬉しくてならなかったファンシェットは精一杯、頭と手で身ぶりをした。帽子をかぶっていることがひどく誇らしく、カプチン会の教会を探してこんなに遠くまで行くことも嫌がらず、ミサを目ざして歩いていった。少女たちは戸口で声をかけた、よこしまな行為に目を見開いている救いの神はいつだっていなさるものだ。

「おや！　それじゃ、ファンシェットは行ってしまうの？　さようなら、ファンシェット。道中気をつけてね！」

町を出たところで、オービュッソン行き乗合馬車の御者をしているトマ・デロワがファンシェットを迎えた。娘っこは馬車でミサに行けることでますます嬉しくなって、少しも警戒せずに乗り込んだ。

「はてさて、こんな具合に子どもを道に迷わせるのはおかしなことだて」とトマ・デロワは独り言を言った。「昨日は犬を見捨てて五〇スー（一スー＝五サンチーム）を貰った。そして今日は、少女を置き去りにするのに百スーだ。町の住人の半分がもう半分の住人を道に迷わせるようわしに頼んでくれれば、結構な商売になるだろうて。」

日が暮れた。トマ・デロワは指示されたとおり、オービュッソンから二里《リュー》（メートル法以前の距離の単位。約四キロ）ばかり行った、マルシュ地方ショシドンの人っこ一人通らぬところに馬車を止めた。

「ファンシェット、さあ、ミサの場所に着いたぞ。急いで降りて、司祭様たちが通るのを待っているがいい。」

ファンシェットは疑いもせず、馬車から降りた。トマ・デロワは御者席に戻り、馬に鞭を入れた。つまり、一五歳になったファンシェットをたった一人で、夜中の道に置き去りにしたってわけだ。娘っこは一文の金も持たなきゃ、口を利《き》く舌もない、あるのはただ、涙を流す可哀相な目ばかりだった。

しばらくたって、哀れな白痴の娘を救ったあの若い医者が娘の姿が見えないことに驚き、娘はどうなったかとたずねた。

「このあたりにいますよ、いや、そのあたりにいますよ。そのうち会えましょう。」

だが、しっかり説明がなされる必要があった。カプチン会修道士通りの少女たちはファンシェットに別れを告げたことを思い出した。少女たちに口止めするのはたやすいことじゃない。それに、下女の良心は穏やかじゃなかったはずだ。トマ・デロワだっておんなじだ。すべてが白状された。修道女たちさえ、ファンシェットの行方は皆目見当がつかないと考え、それほど困惑もせずに事実を認めた。

そうこうするうちに親父様も知っての通り、代議士でもある、わしらの町長がパリから到着した。噂を耳にした町長は調査し、張本人を知ろうとする。誰一人、答えようとはしなかった。何しろ、子どもを道に置き去りにするのはそれほど立派なことじゃないと、そして、貧乏人がこのようなこっけいな行為を仕出かした日にゃ、彼らに生きていく道を教えるために徒刑が大いに話題にされると気づき始めたからだ。だが、町長は断念せずに、証拠を探した。調査がなされ、その結果、トマ・デロワが上司たちから、少女を置き去りにするよう命じられたこと、上司たち、つまり駅馬車の親方たちが施療院院長の求めに応じて命令を出したこと、この院長は参事会の最も有力な会員たちの助言を受け入れたことが判明した。駅馬車の当事者たちは、こんな依頼は迷惑だと思ったが、院長がその子どもの名は乗客者名簿には記入されないと言って、彼らの良心の呵責を取り除いたと証言した。院長の方は、参事会員が強く助言しなければ、この事件には関与することはなかったと言った。その他の参事会員たちは、これは困ったことだと、こうした事件を取り上げるのはこっけいだと、そうすることは醜聞を引き起こし、立派な人々が金持ちで権勢があるゆえに彼らの評判を落とそうと企むものであり、風紀のために、そして神のこの上なく大きな栄光のために口をつぐんでいることを決心したと言った。思想の指導者たる評定官は、侮辱され、中傷されたふりをし、騒ぎを大きくして町役場の名誉を汚すと脅迫する。わしらの町長はそんなことは一向気にせず、調査を続行した。トマ・デロワだけはもったいぶらなかった。この男は犬のときより五〇スー多く受け取った。

町長は一方で、正義の回復を図る。この事件で問われているのは神の正義と言っても言い過ぎではあるまいて。そしてもう一方で、ファンシェットを探させる。だが、ファンシェットの行方は杳として知れず、まるで消息がないまま三か月が過ぎた。オービュッソンで誰一人、噂を耳にしなかった。ファンシェットのことと同様、施療院に対する告発が至るところで書かれた。王室検事と副知事は告訴を受け取ったが、沈黙を守った。町の立派な人士（大革命この方、金持ちや有力者がこう呼ばれているのは親父様もよく知ってのとおりだ）は一人残らず、この事件を隠さなきゃならんと言う。

ああ！　もし親父様かわしが、あるいは、隣りのジャルヴォワかマルカスが、この半分のことでも仕出かしたなら、わしらを捕まえ、わしらに有罪判決を下し、わしらを罰するために、憲兵隊や刑執行人や証人や、判決、法律、牢獄は充分にないだろうか。こんなことは良くないと言うのではない。だが、ある者たちをしっかり叩く一方で、他の者たちにこれほど手心を加えるのはおそらく良くないことだ。わしは口うるさい人間じゃないし、何人《なんぴと》も呪いはしない。悪人を一人残らず罰したとしても、奴らのしたことで名誉や命を失った人々にその名誉や命が返ってくるわけじゃないことはわしにもよく分かっている。だが、そうは言っても、押しとどめるものがまったくない奴らのおかした過ちを隠さにゃならん、などと言う言葉を耳にすると、わしは少しばかりかっとなり、軽やかであるはずの心も重くなる。奴らにはお裁きがないからといって、わしらがとがめ立てるのを封じられるものじゃない。断じて！　わしはこの世におさらばする日まで、まるで捨て犬でもするように、子どもを道にほうり出す奴らを非難し続けよう。

ファンシェットのことを神様は施療院よりも哀れに思ってくださっただろうか？　神様は毛を刈られた雌羊には風を加減してくださる、ということだ。だが、荒野には多くの沼があって、夜ともなれば、何も知らぬ子どもが溺れることもあろうて。おまけに、夜の道には危険がいっぱいだ。一五歳の娘っこがたった一人でいるのを見た日にゃ、出生証書ばかりかどんな証明書にも目もくれず、ひどい目にあわせる悪人どもがいる。親父様にはファンシェットの運命がよくお分かりのはずだ。母親となったファンシェットを考えてみてもくだされ、そしてファンシェットがこの世に生み落とす子どもの運命をちょっとばかり想像してくだされ！　ああ！　浮浪者たちに、荒野の狼どもにファンシェットを引き渡したのは正しいことじゃない。まっとうな人間のすることじゃない。人間らしい心がなさすぎる。だが、それがきっとお役所のやり方というものだ。わしにはまったく分からない。たとえ一万五千リーヴルの年金ばかりか、町長の肩書をくれると言われたって、わしはそんなことをしたくない。わしの妻は恥ずかしさに涙をこぼしているし、ファンシェットが施療院に連れて行かれる前に、わしがビュラの牧場に探しに行かなかったことを恨んでいる。親父様の代母様は怒りで杖を振り上げ、親父様に話して聞かせなきゃならんと言っている。

ご立派な助言をした施療院の管理者は行政当局でなかなかの地位にあった。この結構な事件の最中に当局は奴さんのしたことを知ってか知らずか、奴さんは他の町の特別収入吏に昇進なすった。噂によれば、二千リーヴルか三千リーヴル、給料が増したそうな。

わしら善良な人間にとって、この一件の教訓は、わしらが自分の子どもを養えないとき、わしらが仕事半ばでこの世におさらばするとき、体が不自由だったり、年端の行かぬ子どもを公共の慈善団体や施療院にゆだねるとき、これがこの世でわしらの子どもたちに与えられる援助ということでさ。公共の保障に携わるお役人たちはこんな具合にわしらの子どもが必要とするものに気をつけてくれる。キリスト教の修道会はこんな具合に子どもたちの暮らしぶりに気をつけてくれる。何ということ！これは身の毛もよだつほどのことではないだろうか？

だから、親父様、わしは神様に親父様と、親父様の家族を一人残らずしっかりお守りくださいと、それから、釣竿のように真っすぐ天国にお迎えくださいと祈っていますだ。施療院の人間はきっと三日月鎌のようにねじ曲がって昇って行きますだ。

ブレーズ・ボナン

農夫、ラ・シャルトル（アンドル県）に近いモンジヴレ村助役

社会の裁きを（『独立評論』誌編集長への伝言）

隣人のブレーズから、この手紙を彼の名親のクロードに渡すよう託され、ついでに綴りの誤りを訂正してくれるようにと頼みこまれたのだが、私は、ここにきわめて率直に語られている事件——憤りを禁じ得ない、痛ましい事件は、二人の無学な農夫の手紙の中に埋もれてしまうべきではないと考えた。広く世間に知らしめるべき事件ではあるが、その仕事は二人に打ってつけとは言い難い。ほとんど信じられないほどのこの話に驚愕した私は証拠を探した。そして、ここに語られている経緯は真実そのものであり、私がその責任ある編者の役割を果たし得るという確信をもった。

反慈善的行為ならびに人間性冒瀆に対して裁判所が拒否しているように思われる裁きを世論に求めなかったことで、私は、事件の一部始終の目撃者と言っていい友人たちをとがめた。彼らが私に答えたところでは、彼らは声明文を作成し、『シエクル《世紀》』紙（一八三六年創刊の日刊政治紙。反教権主義的立憲王党派から共和派へと傾向を変えてゆく。）と他二紙に送ったが、掲載が拒否された。一方、『ナシォナル』紙は断定的なところを疑問の形で呈示し、一部削除し、論調を弱めて掲載した。私は、新聞が、これほどまでに奇妙で、これほどまでに言語道断で、現実に起きたこととは到底思えない事件を保証することに抱く嫌悪感を理解できる。またパリの生活と日刊紙の関心事がもっと詳細を求めはしないだろうことも分かっている。ラ・シャトルに住む私の友人たちが、敵対する意見の代表者たちをこれほどまでに恐ろしい非難で責め続けることに抱く嫌悪感も同じく理解できる。保守的な見解に対する庇護が彼らにとって脅しであるからではなく、地方では人々はいとも容易に、政治的見解の危険な領域で、私的な怨恨や個人的反感の疑いをかけられるものだ。私はあらゆる徒党の外にいる、この地方の保守派の人々も官吏も私にはまったく無関係である。手短に言えば、私はどんなつらい思いにも、議論にも、恨みにもまるで無縁であるから、罪をおかした人間の名を挙げなければならないとすれば、書面でその名を知らされる必要があるだろう。私は彼らと面識がない、あるいは、彼らを忘れてしまっている。こうした立場で私は、警察署長が作成し、市長に提出された取調べ調書が証明しているこの前代未聞の事件を世論に対し、改めて明らかにするという責務をいささかもためらうことなく、ただ一人で引き受けた。三か月が経過したが、王室検事は未だにこの調査に応じようとしない、一方、副知事は現在までのところ、事実を前にして心を動かさずにいるが、検査することも同じく氏の義務である。

この地方のすべての行政官の中で、ラ・シャトル市長であり代議士であるドラヴォ氏のみが義務を果たしたが、未だ、完全ではない。というのも氏のみが冒瀆された公道徳の修復を要求できる立場にあるからである。われわれは、全員が一致してこの事件をもみ消すことにした施療院委員会の説明に氏は満足しないだろうと予想している。この尊敬すべき行政官と臆病にすぎる市民たちは、彼らの真の義務は個人の尊重ではなく、社会道徳と公的信念の尊重であることを認めるだろう。公平無私で尊敬に値する人間と見なされている人々の中から集められたと思われる施療院委員会の委員たちは、ファンシェット誘拐の責任を認めるならば、自らを大いに責めなければならない。この市民たちの何人かは、おそらくは全員が一家の父であろう。家族の名誉を汚す、このような災厄に見舞われたとき、彼らの嘆きに対して同様の軽蔑が、彼らの苦痛に対して同様の無頓着が、彼らの子どもの誘拐者に対して同様の寛大さが世間に認められるならば、彼らの恐怖はどれほどのものであろう！　尊敬をかち得、財産を手にしている地位ゆえに、彼らが類似の不幸を免れていることを当てにし過ぎぬがいい。劣らず重大な不幸があり、天罰と言えるような災難がある。

この驚くべき事件の渦中にあるのは彼らだけではない。耐え難い嫌疑とおそらくは厳しい叱責が乗合馬車業者に重くのしかかっている。一つの犯罪を犯すためにかくも容易に、かくも無報酬でこれほど多くの共犯者を集めることができるのは信じ難い。したがって、これらの業者たちは騙されたにちがいない。不幸なファンシェットは、落としこまれた危険から抜け出すのに必要な利発さを持ち合わせていると信じこまされたにちがいない。嫌悪感を抱いたことを取調べで自供しているが、この嫌悪感を克服するために上司の命令を援用したにちがいない。こうしたことすべてにおいて何やら分からぬ恥ずべき陰謀があった、これは公判で暴かれるであろうし、副次的な被告人たちがおそらく、法廷で明らかにするであろう。

私について言えば、私はかなりブレーズ・ボナンの性格に似ている。彼と同様、金銭的罰を好まず、このような事件に対する世論の判決の効果の方を信頼している。精神的な死刑執行人の役目を私は嫌悪しているし、自分にその力があるとは少しも思わないが、もし執行人を委任されるならば、ためらうことなく、承知しよう。

この痛ましい使命を果たすために私自身に要求される勇気と公平さを貴殿の『独立評論』誌に見出せると確信して、詩情の余りに少ない物語を今日、貴誌の読者に語ることを詫びながらも、この短くはあるが、真実そのものの物語の発表を貴殿にゆだねる。

事件の結末をお知らせしておこう。

一昨日、リオン（カンタル県）市役所からの一通の手紙は、哀れなファンシェットが社会の舞台に再び登場したことをラ・シャトル市役所に伝えた。娘は身体的特徴からファンシェットと確認されたが、旅回りの軽業師の一座に加わっているところを保護された。憲兵班から憲兵班に、つまり牢から牢へ移されながら、ラ・シャトルの施療院に送り返される。一体どのような寝藁に寝かされ、どのような連れと一緒なのか、ああ！　胸が締めつけられる運命ではないか？　『パリの秘密』の創意に富む、そして心の寛い作者（ウジェーヌ・シュー）は、貧しい者や不具者の悲惨や恥辱を誇張しただろうか？　薄幸な娘ファンシェットはどのような汚辱とおぞましさに取り巻かれて施療院の修道女たちのもとに連れ戻されるというのか？　娘は善と悪を判別する力が奪われているゆえに、おぞましさにさらされたこの無垢の少女の体の中に売春の毒がすでに流れてはいないだろうか？

各人は自ら身を守るべきだと、また、義務の概念を理解しない人間に対して社会には果たすべき義務はいささかもないと、人は言うだろうか？　否。誰一人、そんなことを言いはしない。貞潔がかくも大切に守られ、恥じらいがかくも優しく保護されている、幸せな階級の母親の中に、ファンシェットの悲惨な運命を思いやって、苦痛と憤りで心が揺さぶられるのを感じないような母親はいない。施療院院長がおかした非人間的行為については、一八世紀および今世紀になされた、独身生活の反道徳性に関するあらゆる考察を踏まえてなお、熟考すべきことがあるのではないか？　おそらくは天職として、また、まぎれもなく習慣から慈善行為に献身している女性の心にこのような考えが宿るには、とくに未婚のままで年齢を重ねた女性の間でしばしば見られるように、病的な悪意がひそかにそのかすなら、子を持つ女性への反感から来る陰険なとげとげしさがあるにちがいない。

当然の保護、合法的で、侵すべからざる保護のすべてから見捨てられたファンシェットが偶然にも、ジプシーたち、つまり、文明社会の嫌われ者《パリア》の間で、われわれの社会やわれわれの公認の宗教がかくも奇妙に拒絶した保護や思いやりや敬いの心を見出すことができたというおそらく、ああ！　荒唐無稽にすぎる考えをわれわれは受け入れざるを得ない。娘が三か月の間、ジプシーたちの卑しい家族に混じりあって眠った藁の上に、パリサイ人に顔を隠している神がその慈愛にみちた手を伸ばしはしなかっただろうか？　捨てられた子どもが天の厳しく、神秘的な保護よりもっと明示的で、直接的な救いを手にできぬ社会とは何と痛ましい社会であることか？　おお、神よ！　幼子のときにあなたに無力の刻印を押され、ぬかるみの道をのろのろと進むことがその宿命である人々のために奇跡を起こしてくださるだろうか？　無垢な少女やみなし子が歩く道から、子どもを取引きする卑劣な老女を引き離してくださるだろうか？　夜の闇をよいことに四つ辻をさ迷い、無垢でか弱い子どもを待ち伏せして堕落させ、犯し、震えている少女や、堕落した少女を金持ちに、一家の父に、小都市の行政官にさえ引き渡す老女を？　小都市！　謎にみちたパリそのままに、脅すだけで悪徳や犯罪が罰せられずにすむ、腐敗の巣窟！

こうした不正の光景から目をそむけよう、そしてか弱き者のために神に祈ろう、人間は耳が聞こえぬゆえに。

ジョルジュ・サンド

第二章　新しい新聞の創刊
――『アンドル県の斥候兵』紙の時代――

▲ナポレオン・ボナパルト将軍の姿で描かれたサンドの風刺画（「挿し絵入り暫定風刺文書」第 44 号、1848 年 9 月 3-6 号）

『アンドル県の斥候兵』紙は『ファンシェット』発表の際に遭遇した困難から生まれた。「私たちに新聞を創刊することができないなどとどうして言えましょう？」と、サンドは近くに住む友人で、特別の話し相手であるシャルル・デュヴェルネに書き送っている。[1] 彼女は新聞を、『民衆の意識』（彼女が最初に考えた名）、とりわけ地方住民――デュヴェルネへの手紙や、[2]協力を懇請するためにラマルティーヌに宛てた書簡の中で、彼女が激しく告発するパリの中央集権化によってすっかり麻痺してしまった地方住民――の覚醒の手段と考える。彼女は一八四三年一月、ラマルティーヌの「巧妙さに関する演説」[3]を評価し、これに関してデュヴェルネに書く。「ラマルティーヌ氏は、中産階級の対立の可能性を明らかにするために私が期待している唯一の、そして最後の人物です。[4]」ラマルティーヌへの書簡は残らず、一巻にまとめられて出版された。[5] ここに引いた書簡に、民主主義的非中央集権化への意欲と、城塞の建設によってパリを取り囲むこと――彼女自身、強く反対した――への激しい批判が読み取れる。彼女は城塞の建設に、共和派の反対派と同様に、「フランスへの軽蔑」ならびに権力により制定されたパリと地方の分割の象徴を見ている。きわめて長期間にわたり、サンドの政治思想に繰り返し現れる非中央集権化の主題とその共和主義的解釈を伝える、[6]秀逸の文章である。

サンドは、この時期の書簡に明らかなように（第六巻、参照）、本新聞の創刊のために驚くほど精力を費やした。有能な主筆が容易に見つからなかったこと――最終的にテュールの共和派のジャーナリストであり、ジュール・ルルーの友人でもあるヴィクトル・ボリに決まるが――、印刷所の選定も同様に困難な問題であったことで創刊が遅れ、『アンドル県、シェール県、クルーズ県の新聞、斥候兵』紙第一号は一八四四年九月一日に出る。サンドは印刷を、ブサクに住むピエールの弟ジュールに託すことを望んだが、これはベリー地方の出資者たちの意に沿わなかった。[7] ジョルジュは一度ならずすべてを断念しそうになる。「ですから、ご自分の仕事をなさってください」と、共和主義者で、当時、ラ・シャトルのある銀行の支配人であったアルフォンス・フルリ（通称「ガリア人」）に彼女は書く、「私の信念に奉仕する手段は他にあります。新聞という手段よりも一層直接的な民衆とのコミュニケーションがありましょう。[8]」最終的に、彼女は編集委員会への参加を断念する。「単なる共同執筆者[9]」である彼女は「冒頭論説」さえ書かず、どちらかといえば「文学」欄を担当しよう。彼女は一八四四年九月一四日号に掲載された、「『アンドル県の斥候兵』紙創刊者たちへの公開書簡」で自分の立場を表明する。「政治から外れ、政治の助けを借りて働きかけようと望まずに、今日なお、何人かの人々を慰めることができよう」、そして彼女は夢想の力を主張する。もっとも、彼女はかなり定期的に寄稿し、ある時は、だれそれ――パリのパン職人やブレーズ・ボナン――に帰《き》した「手紙」の形式、つまり、つましい人々の声を聞かせる、という自らに定めた仲介者としての立場に合致するゆえに彼女がとりわけ好んだ形式を用いて、またある時は、これはしだいに多くなるが、政治論争に自分自身として参加することを自らに許すかのように、直接的に自分の意見を表明する（『政治と社会主義』参照）。

これらのテクストの大部分が、『政治的・社会的問題』（パリ、カルマン＝レヴィ、一八七九年）に再録されており、われわれは主としてこれに拠った。本書では年代順に採録した。これらのテクストは地方の政治活動に対するサンドの関心と同時に、そうした介入の困難さをも明らかにする。また、彼女の政治的考察の進展と本質を示すものでもある。

（ミシェル・ペロー）

第二の告発　労働者のあえぎ　（「パリのパン職人」）

〈パン職人〉Gより『斥候兵』紙に送られた手紙（パリ、一八四四年八月二〇日）の形で、サンドは、失業や就職斡旋所の「下劣な行為」、さらに、非衛生事業所を監察する役人が決して立ち入ることのない、製パン室という「人間屠殺場」のすさまじい労働条件にさらされている、首都のパン職人の「痛ましい状況」を描き出す。夜のパリにそのうめき声が聞こえるがゆえに、「うめき屋」と呼ばれる彼らに「とどめを刺す最後の場面に立ち会っているようである。」

（M・P）

最近、パリから一通の手紙を受け取ったが、差出人の要望にこたえるためにこの手紙を本紙に掲載することはわれわれの義務であると考えた。中央集権化の悪弊に抗議し、その有害な結果を明らかにすることは『斥候兵』紙の責務の一つである。本紙が対象としているのはこの地方だけではなく、全フランスであり、したがって、首都でもある。パリに働く一労働者の苦痛にみちた抗議は本紙の枠を越えるものではなく、すべてのフランス人、すべての人間の連帯の名において受け入れられるべきものである。手紙の素朴きわまりない語り口をわれわれは変えたくなかった（この手紙もサンドの筆になる）。芸術作品ではない。読者の目を楽しませるために紙面にはめ込んだ、きらめく宝石ではない。それは加工されていない小さな石であるが、そこに綴られた悲惨と不幸に心を動かされずにいる人間の良心に岩のように重くのしかかるであろう。

「パリ、一八四四年八月二〇日

「思い切って手紙を差し上げる失礼をお許しください。首都のパン職人たちが置かれている痛ましい状況をお伝えしようとしている私は文学者でも詩人でもありません。正直者の、一介のパン職人、ジャック親方の子孫に過ぎません。われわれの汗と引替えに別荘や大邸宅を購入するような、多くのろくでなしを富ませるために青春と健康を犠牲にしている、勤勉この上ない階層の、首都のパン職人たち。目下、少なく見積ってもわれわれの中の二千人に仕事がありません。この私は、一八四三年七月二五日この方、三週間と二日、働きました。どれほど多くの仲間が同様の状況に置かれ、生きていくために、身の回りのものを残らず質に入れる羽目に陥っていることか！　それがどんなに哀れなことか、お分かりください！　管理のやり方をお話ししましょう！　以前は周旋屋に一〇フラン渡していましたが、今では一〇フランしか払わぬ者は五か月から六か月、時にはもっと長い間、路頭に迷うのは確実です。三〇フランか四〇フラン渡さなければなりません。周旋屋の気を引こうと六〇フランに加えて、太っちょの七面鳥を一羽、差し出した者たちを知っていますが、そのおかげで彼らはあぶれることなく、仕事を続けています。彼らが斡旋所を訪れることはありません。一つの店をやめると、周旋屋が家まで来てくれるのです。そして翌日には別の店に入ります。したがって自由になる金のない、気の毒な男には働き口がありません。こうした周旋屋に、稼いだ金の半分を渡さなければならないのです。周旋屋たちは職人を仕事場に送り出せば、二週間後にその店に金を取りに行きます。そして金を受け取るが早いか、一〇フランしか渡さなかった職人をやめさせようと、あらゆる手を尽くします。もっと多くの金を受け取るために、別の職人をその店に入れるというだけの目的からです。私が働いていた店に、同じ日の午前中に五、六人の周旋屋がやって来て、職人たちに飲ませて酔っぱらわせるために金を各々の加入者に与えさえするのを何度か目にしました。職人に飲ませるのも、彼らの代りに別の職人を送り込むために、彼らを店から追い出す、ただそれだけの目的からです。どんな就職斡旋所でも行われている卑劣な行為は想像を絶しています。

「われわれパン職人にとって不幸なことに、店の主人の大半が、現在、パン屋を営んではいるものの、パン製造の知識を少しも持たない食料品屋や薬剤師、かつら師、靴屋、金物屋、居酒屋、等々であるということです。周旋屋は自分たちが望むところを口にします。彼らが職人たちを意のままに追い出させるのはそのためなのです。

「洗練され、ぜいたくで、そして高価な絵が輝いている店の内部をちょっとのぞいてみてください。地下室、というよりも、汲取り便所の便槽に取り囲まれ、壁のいたるところに水滴ができ、大気や日の光が決して入って来ることのない牢獄でなされる大半の仕事をじっくりご覧になるよう警視総監殿におすすめしたいものです。人間の屠殺場と名づけていいほどです。

「ひどく美しい店と何という違いがそこで見られることでしょう！　主人を富ませさえすれば、職人たちが冷気に当たって肺炎にかかり、苦しもうが、燠の蒸気や炉から出る薪木の悪臭、また、壁からにじみ出る便所の臭気を吸いこもうが、主人にはどうでもいいことなのです！　貧しい労働者のために施療院があります！　入院して三、四日後にはもう、「だれそれが亡くなった！」です。病院はパン職人でいっぱいです。彼らは大胆にも「自分たちは犠牲になった人間だ」と言います。彼らはどれほど耐えていることか！　仕事の大半で、不潔きわまりない光景を目にせざるを得ません！　汚水をことごとく流すこの場所の傍に井戸がありますから、汚水が井戸にしみ込み、泥土を作ります。泥土が厚くなりすぎると井戸に落ち込み、水を腐らせます。そしてこの水を緑青《ろくしょう》の出た大鍋に入れるのです。この大鍋は少なくとも毎週、洗うべきですが、半年に一度も洗われていないのです。腐った水が使用されるのはこうしたことからです。ほこりやコオロギやさまざまな虫がこの中に落ち、腐敗します。一昼夜働いた後に、われわれが五、六時間の休息を、地下室の隅の地面に置かれたマットレスと呼ばれる（一〇年に一度解きほぐします）粗末なベッドの上で取るのは、こうしたふさわしくない場所でなのです！　これこそが貧しいパン職人たちの生活です。もちろんすべてのパン製造所を視察する監督官がいます。だが彼らはその任務を果たす代りに、バターのたっぷり入ったプチパンや砂糖菓子を食べ、鏡に姿を映してネクタイが曲がっていないかどうか確かめることしか頭にないようです。立派な黒服が白くなるのを怖れて、仕事場に降りようとしません。われわれは六千人の署名を添えて、警視総監殿に請願書を提出しました。周旋屋の廃止と、不正や不公平が今後、起こらぬために新しい斡旋所が警察の監督下に置かれるよう求めました。職人は仕事のある者ない者も、毎月二フランを醵金《きょきん》しました。このお金は斡旋所の費用を支払い、病人を援助するのに使われるはずでした。しばらくすれば、老人と障害者のための家を建てることができるはずでした。このお金が、われわれを乞食の境遇に追いやる、ならず者ばかりの周旋屋の手に入るよりも、有効に使われるはずだったことがお分かりでしょう。

「以前のパン焼き窯には重さ四リーヴル（旧重量単位で、三八〇—五五〇グラム。地方により異なった。）のパンが六〇から七〇個入りました。今日、製造されるかまには一〇〇から一三〇個入ります。われわれの苦労は増加し、賃金は少なくなっています。四人の職人が必要なところに三人しか配置されていません。二人の職人がいるところは三人が必要なのです。仕事があまりにも苛酷なので、三か月、ここで働くと、もはや見分けがつかないほどに変り果ててしまいます。まるで幽霊のようです。われわれは一六時間から一八時間働いて、四フランと二リーヴルのパンを手にします。他の職業であれば、夜間に働けば二倍の賃金が支払われます。毎夜ばかりか昼間の一部も骨身を削っているわれわれはこんな具合に報われているのです。細々《こまごま》お話したことはすべて真実そのもので、必要とあれば、証言する覚悟はできています。ただ、立派な人々がわれわれの境遇に関心を寄せ、その庇護の下にわれわれを置いてくださるために、人類と私のすべての仲間の名において、この手紙を新聞に掲載していただきますようお願いいたします。警視総監がわれわれの要求に応じなかったからであります。

敬具

〈パン職人〉Ｇ」

職人の苦しみを力強い筆致で、また容赦ないほどありのままに描き出した手紙。しかもなんという職人！　われわれの食品の中でもっとも必須なもの、もっとも混じりけがなく、神聖なものとされる食品を製造する職人！　職人自身を憤慨させるほどの不潔さ、彼らの健康ばかりか命さえも失わせる、途方もない不潔さが、充分に組織化された社会にあって気高く、宗教的とさえいえる職業として尊敬されるべき、この仕事に蔓延している。大地が人間に与え、富める者から貧しい者まで、すべての文明人が食物の基盤としているゆえに、普遍的な交感のイメージを現実に抱かせる、もっとも貴重な賜物として、宗教が聖体の象徴に選んだのはパンである。ところで、祖国の祝祭では、市民らしく厳かに、司祭に続いて進むべきパン職人が、現在のこの社会にあってはこの上なく苛酷で、この上なく卑しい仕事に携わる手職人になり果てている！　そして、手紙の差出人が名づけているとおり、彼ら、生きた幽霊が、われわれの肉体の根源的な糧であるパンをこねるのは、思いつく限りもっともおぞましい絵図である、不潔な洞窟の中で、便所の悪臭のする蒸気に包まれて、胸の悪くなるような汚物さえ交じえてである！

このように、投機があらゆるものに、われわれが食するパンにまで及んだ。実際に汗と涙でこねられるパンは毎日、何百人という職人の命を奪っている！　大都市の驚嘆を目にしようと、毎年、やって来るおびただしい数の地方の人々よ、あなた方は、この労働者が真実の言葉で簡潔に描き出した、こうした店の前で足を止めたにちがいない。ヘルクラネウム（ベズービオ山の噴火によりポンペイとともに埋没した）の驚嘆や、没落前夜のローマ帝国の無用で常軌を逸した奢侈を想起させる、金ぴかの飾りや花々や絵画、大きな鏡板、祭壇にも似て、金色のブロンズ像で飾った大理石のカウンター、こうしたものがあなた方の目を奪ったにちがいない。だが、あなた方は豪奢な店の、あのじめじめした汚い地下室に降りはしなかった。古代の奴隷や、封建時代の農奴にもまして賃金の奴隷となった、不幸な人間が疲労困憊して死んでいくその場所に。彼らのうめき声のわずか一つさえあなた方の耳に届かぬままに！　苛酷きわまりない職業。生彩に富んだ隠語を巧みに使うパリの民衆が、パン職人をgeindre《ジャンドル》と名づけたことをあなた方はご存知だ。geindre《ジャンドル》はうめくを意味する！　あなた方がその白さと軽やかさを嘆賞するパンの生地を職人が持ち上げ、そして叩きつけているのは、実際、うめきを、苦痛にみちた荒々しい叫び声を上げながらなのだ。あなた方は、採光のための換気窓から夜間に燃えるように熱い蒸気が噴出しているのを見たことはない、あなた方は、眠りに落ちた街の静寂を破る、哀れなパン職人のぞっとするようなあえぎを聞いたことがない。それに答えるのは苦痛の時を刻む大時計だけ！　あなた方のためにやせ細り、壊れているのは人間の肺！　まるでとどめを刺す最後の場面に立ち会っているようだ。台の上に力一杯叩きつけられているパンの生地は、殴打を食らって倒れる死体のようだ。職人の肺のこの大きなあえぎ、それは断末魔の叫びにも等しい。

なんということ！　かくまでもつらい仕事に加えて、窯入れのさらにぞっとするような仕事が哀れな職人を一八時間、片時も手放すことはない！　そして、疲労困憊した体を横たえるのは穴倉の隅のみすぼらしい寝床の上！　彼の頭上の店ではぜいたく品がふんだんに飾られている。そして、職人たちの搾取者は、彼の店舗の必要な出費の一つが、風通しがよく、清潔で、健康的な一部屋を設けることであるのを忘れたのだ。激しく火の燃える大窯のそばで苦しんだ職人が、数時間であれ、すべてを焼き尽くすような熱気から、ものすごい騒音から、仕事場の吐き気を催すような、耐えがたい湿気から逃れられる部屋を。

これほど多くの労苦の果てに、ささやかな賃金や失業や周旋屋の策謀のおかげで、職人が頼みの綱とできるのは施療院だけ、避難所としてあるのは……死だけ！

多くの犠牲者、かくも悲惨な犠牲者が出る仕事はこれだけだなどと考えないでいただきたい！　あらゆる職業の苦痛の叫びを耳にすれば、この仕事が最悪のものでも、最低の賃金でもなく、また投機家たちの強欲にもっともさらされているのでもないことがお分かりになるだろう。目にするものがあまりに恐ろしく、説明に耳を塞ごうとされるにちがいない。貧しい者を破滅させ、富める者を欺く産業の不可避の力で盲目になり、腐敗した階級が、生産者と消費者の間に位置して、一方を疲労と悲惨で殺し、もう一方を詐欺的な製造法で毒するのをいたるところで目にされよう。国民の健康に重大な害を及ぼしている工場主たちを、警察は毎日のように見つけ出し、罰している。けれども、それが充分でないこと、その監視がまだ入りこめなかった部分のあることがお分かりになるだろう。今、このように話しているわれわれは、警察は労働の社会組織化ほど責任がなく、その協力は、搾取と競争の歯止めのない恐るべき行為に対しては取るに足らぬ救援であろうと考える。だが、われわれが警察に注意を要請しないのではない。警視総監殿には、パリの貧しいパン職人たちの請願の正しさを認められんことを。

一八四四年九月二七日

第三の告発　死刑・投獄制度への反対（「独歩爺さん」）

新たに制定された法律で浮浪取締りが強化され、浮浪者たちを帝政時代からの古い施設である浮浪者収容所に強制的に収容することが奨励されていた。サンドはこのことを強く心配し、『アンドル県の斥候兵』紙にこの問題に関するいくつかの論文をすでに掲載していた。フレデリック・ドゥジョルジュの『暦《アルマナ》』（正確には『一八四五年のフランス民衆暦』）に本論文を献じて、「ここにはきわめて残酷な何かがあります。浮浪者たちは閉じ込められることや規律をひどく嫌っています（……）悲しみのあまり死ぬ者も多数出るでしょう。子どもや若者たちであれば教化することも可能でしょうが、老齢者たちには遅すぎるのです。こんな生活は彼らを殺すことになりましょう」[1] と解説している。

一旅人より伝えられた、と想定されたこのテクストは、八〇歳の浮浪者と、作業施設への収容という解決策は公共の秩序と浮浪者自身にとりはるかに望ましいものであることをこの老浮浪者に説得しようと努める憲兵を登場させる。不精と気ままな生活を称賛する〈独歩爺さん〉は拒絶する。

「わしにはこの世にたった一つの楽しみしかなかった、それは気の向くままに、一人で歩いて行くことだった（……）ところがお上はわしらを修道院に入れて、わしらを修道士にしたがっている。たった一つの幸せが好きなように暮らすことだったわしらをだ。」

一八四〇年から四五年にかけて、取締りの強化と刑務所機関の補強が際立った。アレクシス・ド・トクヴィルが報告している、中央刑務所の独房収監制度に関する法律はその表れの一つである。(2) 死刑制度に反対のサンドは、精神病者と同じく犯罪者の独房収監制度に反対する。「私の考えでは、殺人者と気違いは同じ病気、つまり、宿命とも言うべき体質の犠牲になっており、これは慈善と人知で克服すべきであり、また克服できるものです。死刑や犯罪者の独房収監制度は、狂人が長い間、さらされていた激しい恐怖や監禁、絶望と同じように非難されるべき愚かな制度です」と彼女は、ステファンスフェルドで開放された環境の先駆的な試みを行っている友人のダヴィド・リシャール博士への一八四二年の手紙に書いている。(3)

（M・P）

ある旅行者が先夜、私に、彼が目撃したとある光景を語ってくれたが、私は大いに考えさせられた。彼が受け、そして私に語った感銘をうまく表すことは不可能であるにしても、彼が熱っぽく、感動をこめて伝えてくれた対話を聞いたままに写し取ってみようと思う。

憲兵——さあさあ、独歩爺さん、今日は私と一緒に歩いてもらわねばならぬ。

浮浪者——ということは、お前さんはわしが自分の名を改めるようお望みというわけかな？　わしは旅の道連れは好まぬ、勝手に思索にふけらせてくれ。憲兵、とっとと行かれるがいい。

憲兵——分からぬふりをしては駄目だ、独歩爺さん！　法律に従い、浮浪者収容所まで同行してもらわねばならぬ。知事閣下の命令だ。

浮浪者——このわしを投獄だと？　わしは容赦されていた。一体どんな悪事を仕出かしたというのかね？……哀れな若者よ、誰に対してであれ一度として迷惑をかけたことのない、わしのような貧しい老人を投獄する勇気があるとでもいうのかな？

憲兵——そなたを連行するのは私にとってもそれほど楽しいことではない、爺さん。だが、それが私の職務である以上、私にどうしろと言うのだ？　もっとも連れて行くのは牢にではない、独歩爺さん。先程も言ったが、浮浪者収容所にだ。

浮浪者——牢であることに変りはない、情けない！　それは牢だ！　外出したいときに出ることができぬ、いつでも歩き回れるわけじゃない。もう自分じゃない。

憲兵――雨や風の中を駆け回らぬことが不都合だとは！　そなたには避難する所がない、だから、確保してやろうというのだ。不満を言うのかね？　相変らずの変人だね！

浮浪者――避難所だと？　わしには避難所が無いとお言いかな？　毎晩一つある。だから無数に持っている！　あの谷間を眺めるがいい！　それからあの丘の上を。この近くの森の入口を。もっと遠くの川の上を！　水車小屋に、農場に、小作農の家に、城館に、わらぶき家に、司祭様の館に、それから居酒屋に目をやるがいい！　どれもこれもがわしの避難所だ。わしはこの中から選びさえすればいい。どこでもわしは快適でいられる。

憲兵――その通りだ、これまでは誰もがそなたを泊めてきたことを承知している。そうする必要があったのだ。収容所が無かったからだ！　だが、今やその施設があるから、そなたを迎え入れるべきではないのだ。

浮浪者――何と！　今では貧者を泊めることが禁じられていると？　知人や友人の家で夜食にあずかることがもはやわしには許されないだと？　わしには友人がいる、わしの故郷では誰もがわしを愛してくれ、わしのことを哀れんでくれる。わしが必要とする物を拒む者は一人もいない。わしは遠慮深いし、酒もほとんど飲まぬ、わしはわずかな物で満足する。わしを泊めてくれる人々に出費はさせぬ。百姓の家では大麦パンを一切れ、小作農の家ではどんぶり一杯のスープ、城館では二サンチーム（サンチーム＝百分の一フラン。ごくわずかな金の意味でも使われる。）、居酒屋ではコップ半分のブドウ酒といった具合だ。それもどこでも半月に一度だ、一体誰に迷惑をかけるというのかね？　それどころか、わしに施しをすることが皆を喜ばせている。彼らはわしにすっかり慣れている！　わしの姿が見えなくなれば、善良な人々は寂しがるだろうて！

憲兵――私には関係のないことだ、独歩爺さん。さあ、町に向けて出発だ！

浮浪者――わしはお前さんと並んで歩くことにしよう。並んで歩いたからといって、恥をかくわけじゃない、わしには気取りがない。だが、わしの話が分かったら、わしを一人で発たせてくれ。わしには自由でいる権利があり、お前さんにはわしを拘束する権利がないことを、お前さんに納得させ、証明しよう。

憲兵――ああ！　いやはや、しゃべりたいだけしゃべるがいい、そなたが歩いてくれさえしたら、私にはどうでもいいことだ。

浮浪者――わしは抵抗はせぬ。意地悪な人間じゃないからね。お前さんとも友達のように話しているだろう！　わしは老人で、弱ってもいる。わしを邪険に扱いはしないだろうな？

憲兵――そなたが法に従いさえすれば、そんなことはしない。法は、そなたが大騒ぎせずに不満を言うことは禁じちゃいないさ。だが、どうして不満を言う？　これからは毎日、パンと寝床があるのだ。施しを求め、家畜と一緒に藁の上で寝るよりいいだろう。

浮浪者――わしは施しを求めるほど堕落しちゃいなかった。わしは無一物だ。持っている人間の義務はわしに必要なものをくれることだ。

憲兵――そなたはそう思っているのかね？　何とまあ、おかしな考えをするものだ！　そうであれば、もし誰かがそなたにくれなければ、盗みを働くというのかね？

浮浪者――そうする権利もあるだろうて。皆がわしにくれるのだから、誰もがそう強く感じている。

憲兵――そなたにそうする権利はないだろうさ、なぜってその時はこの私がそなたを逮捕するからさ。そなたがそんなことをしないのは、はっきりそれを感じているからだ。

浮浪者――まるで子どものような話し方だな。力は権利を作り出しはせぬ。

憲兵――またまたおかしな考えだ！ この老人は気違いだ。何ゆえに私が剣と馬を持ち、何ゆえに、そなたにはないのか？ そなたを逮捕する手段を私に与えているのは法だ、したがって、私には力があり、権利がある。

浮浪者――お前さんは間違っている、わしは神に訴えよう！

憲兵――私には関係のないことだ。私は治安監督官と司令官に報告しさえすればいい。

浮浪者――わしは善意の人々、すべてに訴えよう！ お前さんはわしを逮捕し、わしの自由を奪う権利はない。

憲兵――そなたが抵抗すれば、逆の目に会うだけだ。

浮浪者――ああ、神よ！ 神よ！ ああ、人々よ！ わが兄弟よ！ こうしたことがあっていいものだろうか？ あなたはわしにはこの世で何もお与えにならず、自由だけをお残しになった、そうして今、わしからそれが取り上げられるのを許しておられるとは。

憲兵――そんなに大声でわめかないでくれ、祈りを唱えるために立ち止まらないでくれ、さもなければ、そなたを縛る羽目になろう。

浮浪者——わしを縛る、このわしを、罪人のように？　わしはいかなる罪を犯したというのかね？　言ってくれ、いかなる罪でわしを咎めるのか？

憲兵——何の罪もない。それだけ皆がそなたに善行を施している。そなたは一人一人に迷惑をかけた。一人一人が金を出してくれた。だが、もう皆に求める必要はない。一軒一軒たずねてそなたが手に入れたものを、これからは、そなたの家から出ずに手にすることができる。

浮浪者——わしの家から、だと？　牢獄がわしの家になる？　それはおぞましいことだ、残酷なことだ、それは堕落だ！　わしにはこの世でたった一つの喜びしかなかった、それは気の向くままに、一人で歩いて行き、疲れを覚えれば、「どこに食事に行くとするか？　どこで眠るとするか？」わしをもてなしてくれる人々の中の誰が、わしを泊めてくれる人々の中の誰が、わしが間もなく姿を見せるのを喜んでくれるだろうか？」と考えてみることだった。そして、わしが気後れせずに自由に振舞える家に入っていくのはどれほど心の和むことだったか。「おやまあ、お前様ですか、独歩爺さん？　さあさあ、お入りなされ！」と、一家の主人がわしの名を呼び、「お前様のパンにスープを注ぐまでちょっとばかり待ってくだされよ」と言ってくれるのを耳にするのはどれほどうれしいことだったか。そして、母親が一番幼い子に善行を教えようと、それから施しを受けるわしの気持ちを一層和やかにしようと、スープ皿をその子の手に渡すときは！……わしはいつだって子どもが好きだった、このわしは。子どもは生来、物惜しみしないものだ。自分たちの小さな手を差し伸べることが誇らしい。貧者を怖がりはせん、あれやこれやたずねる、貧者が知っているお伽話を所望もする。自分たちが持っているものを残らず差し出そうとする。与えすぎてはならぬことを子どもは知らないのだからね。

憲兵——そなたはひどく話がうまい、だが、そなたの歩みはのろすぎる。もう少し大股で歩きたまえ。

浮浪者——わしは八〇歳じゃ、お前さんの馬のように速くは歩けぬ。それに何ゆえにわしは急ぐことがあろう？　お前さんの気に入るために何ゆえにわしが疲れることがあろう？　お前さんを孫と呼んでもいい年の人間に敬意を払って、お前さんの方が馬の歩みを緩めにゃならん、お若いの。お前さんはわしが罪を犯した人間じゃないこと、わしを死刑執行人のもとに連行しているのではまったくないことを忘れている。わしは穏やかで、害のない人間じゃ。どのような罰も受けたことはない。浮浪者収容所に入りたくないわしを、お前さんが何ゆえにそこへ連れて行こうとしているのか、わしにはまるで分からぬ。

憲兵——私は公共の秩序の名のもとにそなたを連れて行く。そなたは物乞いするのをやめられるか？　生きていくために他に手立てがあるというのか？　しかるべき筋にそれを証明しなければならぬ。だが、それまでは私が責任を負っている、したがって、私について来なければならぬ。

浮浪者——ああ、何ということだ！　わしには他に生きていく手だてがない。わずかな財産さえない星の下にわしは生まれた。わしは何ひとつ蓄えることができなかった。どんな仕事も教えてもらえなかった。わしの親にはわしを見習いに出すだけの資力がなかった。わしにできるのは土地を耕すことだけだった、そして今はもはやそうする体力がない。

憲兵——そなたがこの上なく不幸な人間であること、公共の慈善費で、そなたを引き取って扶養し、そなたの役に立つことがよく分かっただろう。

浮浪者——だが、わしはこれまでも公共の慈善で救われ、養われていた。自分の境遇に不満を言いはしなかった。わしが働けた頃は、まったく哀れな有様だった。わしは疲労困憊していた、あんまりわずかな賃金だったから、今よりはるかにひどい暮らしだった。生きていくための苛酷な労働が課せられなくなってこの方、わしは大層心地よい日々を送っている。この生活がひどく気に入っている。わしはあちこちさまよい、居場所を変える。税金は払わぬ、恥じることなくぼろをまとっている。昔は、怠け者と見られぬために、窮乏を少々、隠す必要があった。この窮乏ゆえに金持ちたちはわしの賃金を出し惜しみしたが、今ではわしにパンを施す気になっている。したがってわしは満足している。何ゆえにわしから自由を取り上げることで、わしが望みもしないのに、もっと幸福にすると主張するのかね？　何ゆえにわし自身以上にわしのことを気遣ってくれるのかね？　分かるだろう、それはわしを束縛する口実だよ、そして、大いに不当な行為だよ。

憲兵——収容所を嫌悪するそなたの気持ちがよく分かった。そなたは労働をひどく嫌っている、働かされるのを恐れている。

浮浪者——否定してなんになろう？　その通りじゃ。貧しい人間の労働はおぞましいものゆえに、わしは労働を嫌悪している。労働はわしらの体力を消耗させるが、取り戻すための金を与えてはくれぬ。腕しか持たぬ人間の労働！　ああ！　お若いの、もしお前さんがそれがどんなものだか知っていれば！　男が貧しく、病気で、弱っていれば、ますます苦しめられ、強制され、おまけに賃金が少ないことを知っていれば！　ああ、お前さんが同じ目に遭っておれば、貧しい人間ほど労働をひどく恐れること、そしてその人間にとって仕事は最悪の方策であることに驚きはしないだろうて。

憲兵――そなたの話には確かに真実がある。騎兵の馬が駿馬であれば、速く進む。だが、病気だったり、不具の馬ならば、誰も隊に戻る手助けをしないのは確かだ。気の毒だが仕方のないことさ！　世の中はすべてこんな具合にできている。これまでずっとこうだったし、これからも決して変ることはないさ。

浮浪者――何とでも言うがいい！　だが、状況が変っている、しかも悪い方向にだ、貧しい人間は日を追ってもっと不幸になり、人間の屑とみなされて来た乞食の境遇は今や、お前さん方の浮浪者収容所、つまりは不幸な人間を入れる牢のおかげで、我慢できぬものとなっている。その通り、その通り、世の中は悪くなっていく、善行はすっかり消えてしまう。今まで、わしらのように、貧窮にあえぎ、身体の不自由な者には無条件でパンが与えられた。今では、わしらが囚人となり、労働するという条件でパンが与えられる。これは手ひどいやり方ってものだ！

憲兵――だが、そなたたちに課せられるのは至って軽度な労働だ。そなたたちが退屈せぬよう、けんかをせぬようにするための仕事に過ぎぬ。糸車を回したり、靴下を編んだり、あるいは、もっと軽度な仕事、そなたたちを疲れさせず、楽しみながら覚えられるちょっとした仕事をさせるだけだ。
浮浪者――お前さんはわしがこの年で学ぶことを望むのかね？　それは若者や子どもたちのことさね。だが、わしは何ひとつ学ばずに生涯を過ごした。何もせずに過ごす心地よさが身についた。わしはそれが気に入っている。それがわしのたった一つの幸せだ、わしの貧窮に対するたった一つの埋合わせだよ。どんな罪も犯していない人間に向かって習慣をことごとく変えろだの、家に閉じこもって勤勉で有益な暮らしをしろだの……一体どんな権限で命じることができるのかね？　だが、何ゆえにこのわしが有用な人間になるというのかね？　一体、何のために働くというのだ？　社会は今日までわしのために何かしてくれただろうか？　否《ノン》。わしにやる気を要求できる筋合いじゃない。わしが社会に要求するのは地上を歩き、大気を呼吸することだけさね。誰にとってもただであるものをわしに拒むというのはあまりにむごい。
憲兵――どうしても歩き回りたいというそなたには確かに不幸なことだ。だが、これは避けられぬものになっている一般措置だ。浮浪者の数は日を追って増加している。収入もなく宿もない、そなたのような風来坊がフランスに数百万人いるそうだ。彼らは社会の安全を脅かしていた。いや、そなたのことを言っているのではない、独歩爺さん。ある日、財産の略奪を目論んだかもしれぬひどい奴らのことだ。
浮浪者――それじゃ、恐怖なのかね？　わしらを恐れているのかね？　そういう理由でわしらを閉じ込めるとは！　だが、どんな人間であれ、思い込みだけで閉じ込めたことがかつてあるだろうか？　短気で、すぐに腹を立て、酒が入れば危険になる金持ちがいるものだ。お前さん方は彼らがいつか害を及ぼすかもしれぬという口実で彼らを投獄することはない。もっとも彼らはされるままになりはせぬだろう！　抵抗しよう！　彼らには金がある、彼らは弁護士を雇い、訴訟を起こしもしよう。彼らには使用人や労働者がいる。こうした人間を集め、騒動を起こすかもしれぬ。わしがお前さんに言いたいのは、金持ちたちは彼らの悪習を増大し、満足させ、恐れさせるあらゆるやり方で、貧乏人たちよりはるかに社会の平安を脅かしているということだ。それなのに、彼らに対して防止のための措置が取られることは決してない。わしらに対しては大違いだ！　わしらには自衛する手だてがない、わしらは抗議することができぬ、わしらの味方になってくれる弁護士がおらぬ。わしらの人権や命まで思いのままだ。わしらから自由を取り上げる。それはわしらの多くに死を宣告することだ……わしのような老人たちはこの新しい制度に慣れはしない、これは確かなことだ。わしらが慣れているものより、たとえ物質的には恵まれているにしても、わしらには不向きなんだ。何と！　規則的な時間や監視人や支配者に従わねばならぬ！　これまでいかなる規律も持たなかったわしらが、規律に従わぬ時には、わしらに苦行や断食や罰金、独房入りさえもが宣告されることだろうて。詰まるところ、わしらを修道院に入れ、わしらを修道士にするつもりだろうて。たった一つの幸せが、罪のない気まぐれだけを頼りに、気ままに暮らすことであるこのわしらをだ！　何と不当なことだ！　みすぼらしい家と地味のやせたわずかばかりの畑しか持たぬ、しがない地主たちに、大邸宅で共同生活をしたいかどうか、たずねてみられるがいい。もっとも、その家から出ることは許されず、これまでしたこともなく、今さら習おうとは少しも望まぬ仕事をし、従わねばならぬ管理者には時間の使い方や食卓での振舞、祈りの時間や寝床にいる時間まで説明しなけりゃならぬという条件づきだが。彼らを連れて行こうとやってみられるがいい。彼らがどれほどお前さんを押し返すか、どれほど声を張り上げるか、どれほど法を引き合いに出して、法の前での自由と平等を訴えるか、分かるだろうて！　だが、わしらは見たところ、法の外にいる。わしらに都合のいい法はない、法というやつはことごとくわしらに敵対している。わしらを奴隷にする法がなければ、たちまち作り出す。わしらは抵抗するには弱すぎるという理由で、その法に従わなきゃならんというのか？　そうじゃない。牢獄や隷従を好む者は進んでその法に従えばいい。乞食が屈辱であり、疲れである者のためには避難所を創設したのはよいことだ。だが、満足している者にとっては、それを禁止しようとするのは、殺人にも等しい行為じゃ。お若いの、わしはこれより先、お前さんについて行くつもりはない。

憲兵——そなたは警察力に抵抗しようとしている、正気の沙汰ではない。そなたに強制する苦労や心痛を私に与えないでくれ。

浮浪者——その苦労をし、心痛を乗り越えられようとも、どうにもならぬことじゃ。お前さんは確かにわしを殴ることも縛り上げることもできよう。さあ、わしは大地に横になり、愛情をこめて最後の口づけをしよう。さあ、わしは無防備だ！　お前さんの権利を行使なさるがいい。お前さんの職務ならば、哀れな老人を殺されるがよかろう。お前さんは命あるわしを起き上がらせることはできはせんよ。

憲兵——何て厄介な任務だ！　この頑固な老人より一〇人の悪人を相手にする方がましというものだ！　さあ、独歩爺さん、諦めてください。私はずっと以前からそなたを知っている。われわれはこれまでもめたことは一度もない。そなたは命令を無視して施しを求めた。さらに悪い立場にならないでください。

浮浪者——わしは抵抗しない。わしを殺してくれ。あちらで苦しみながら死んでいくよりも、ここでひといきに死ぬ方がいい。

憲兵——私がそなたを苦しめてはならぬことも、また私にそのつもりもないことをそなたは充分に分かっている。だから、起き上がるんだ、さもなければ、そなたを縛らざるを得なくなろう。

浮浪者——お前さんの馬のしっぽにわしをつなぎ公道を引きずるがいい。わしは歩くつもりはない。こうしてお前さんはわしの死体を要求している人間のところに連れて行くがいい。お望みならば、わしの死体を食らえばいい。

憲兵——そなたは今や、お裁き《ジュスティス》と裁判官を侮辱するのか？

浮浪者——わしは正義《ジュスティス》を侮辱したりはせぬ、存在しないのだからね。裁判官たちをののしりはせぬ、彼らはやっていることが分からぬのだから。ラザロ（イエスの友人。イエスの奇跡によって死後四日目によみがえった。）が食卓のパン屑を集めるのを目にする困惑と恥ずかしさを感じたくないばかりに、善行に嫌気がさし、この世の初まり以来、初めて貧乏人を牢に追いやろうとする人間をわしは一人残らず侮辱し、呪っている。

主任司祭（馬に乗っている。村の助役が後から来る）――一体、何を聞かされることやら。いつも、あれほど敬虔で、あれほど穏やかなあの老人の口から呪いの言葉が出て来るとは？　何があったのですかな？　憲兵殿、老人は何をしたのです？　禿頭《はげ》をいたわってやってくだされ。

憲兵――ご心配にはおよびません、私は冷酷な人間ではないし、老人を苦しめるつもりもありません。私に力をお貸しください、主任司祭様。この老人が物乞いするのをあきらめて、入ることになっている収容所まで私について行くよう、説得してください。

助役――この老人をそこに認めさせるよう願書を作成したのは私ですよ。そなたはそれに同意したね、じいさん？

浮浪者（ひざをついて）――お前様がわしにそれを説得したのじゃ、お前様が！　従わにゃならん諸々の規則があるとはお前様はわしに言わなかった。どんな所だか分かったゆえに、わしは行こうとしなかったのじゃ。わしの習慣でもあり、権利でもあると思う物乞いを止めなかった。すると物乞いは今では不法行為だと彼らは言い張った。わしを捕らえて、牢に入れると脅迫した。だが、わしの言葉に心を打たれ、わしが収容所に行くという条件で、わしを容赦した、という次第じゃ。

憲兵――確かに、老人はそこに行くことを約束したのです。ところが今、道の半ばで、拒んでいるのです。

主任司祭（浮浪者に向かって）――それは良くないことですぞ、わが兄弟！　人々はそなたに対して大変優しく、人間らしい心で振舞った。ところがそなたは神と人々を非難し、約束を破るとは恩知らずですぞ。

浮浪者――ああ、司祭様もまた！　善行に嫌気がさされたのか？　わしの悲惨な境遇にうんざりし、わしが戸口に立つのをもはや目にしたくない、わしを哀れんでくれる人々から遠く離れたところで、わしが悲嘆に暮れて死んでゆくのをお望みだ。

主任司祭――そうならぬことを願いますぞ、わが兄弟！　新しい法律が無ければ、そなたはいつでも私の家で歓迎されよう。だが、法には従わねばなりませぬぞ。

浮浪者――それは自然に反した法だ！

助役――そんな風に話すとは、お前は哀れな老人だ！　それは賢明で、有益で、必要な法律だ。この法のおかげで、どんな悪事もやりかねない、大勢の怠け者がわれわれの家の近くから追い払われるのだ。われわれが仕事に出た後に、お前たちが群をなしてやって来て、女、子どもを脅迫し、金を奪い取った、安心していられなかったのだ。

浮浪者――お前様がそんな非難を浴びせるのはこのわしにかな？

主任司祭――そうではない。それは間違っていよう。そなたはいつだって控え目に施しを求めた。そなたの年では怠惰だと言ってそなたを非難することはできぬだろう。だが、例外を作ることはできぬのだ。したがって、共通の法に従わねばならぬ。制度そのものは道に適ったものだ。それが慈善の精神で管理されていれば、そなたやそなたの仲間たちは満足できましょうぞ。

浮浪者――だが、もしわしだけがそこで満足できぬとしても、それは皆にはどうでもよいということかね？　わしはもう顧みられぬのか？　わしはもはや自由に振舞えぬのか？　わしはもうよるべない身じゃ。今や神様までが司祭の口を借りてわしを否認なさる！

助役――心を動かされてはいけませぬ、主任司祭殿。この男はおしゃべりな上に、話がうまい、耳を傾けてはいけませぬ。彼らの話を聞き入れてやれば、浮浪者をやめたい者など一人としていなくなりましょうて。さあ、さあ、憲兵殿、努めを果たされるがいい、私の言葉を信じられるがいい。われわれは田園のこの毒をもう充分、我慢してきた、われわれは怖びえながら長い間、暮らしてきた、今こそ、こうしたことを終りにする時ですぞ。

主任司祭――失礼ながら、今の言葉は神の御心にかないませぬぞ、わが息子。そのように法を考えてはなりませぬ。もしこの法がかような精神で構想され、かような利己心で作り上げられたのであれば、それは不公平この上なく、また神を敬わぬ法ですぞ。だが、私は、そうではなかった、憐憫の情だけがこの状況で人々の心を動かしたと思いたい。したがって、法の精神をそんな風には考えますまい、かような解釈は、まだこの法を理解していない不幸な人間たちに嫌悪感を抱かせましょう。彼らの中には個人的な反発から拒絶する者もいましょう。彼らの規律のない生活を終らせるのは、公道徳のためであり、彼らの利益になることだと、彼らに示してやりましょう。

浮浪者――わしはこれまで自堕落な生活をしたことなど一日とてない。わしと同様、何ひとつ非難されるところのない仲間は大勢いる。そうした仲間のためにわしは自由を求める。わし自身のために自由を求める。お前さんたちが主張するところの公道徳や社会の秩序についてわしに何を分かれと言うのかね？　これまで一体、誰がこうしたことすべてをわしに教えようとしただろうか？　わしもまた社会の一員だとわしが信じるようにしてくれただろうか？　わしには一度としてゆとりも教育も与えられなかった。お前さんたちがわしのことを思い出したのは、わしを隷従させようとする時だけだ。

助役——言わせるままにしておけば、この男は貧乏人にも金持ちと同じだけの権利があることを証明もしよう。憲兵殿、黙らせなさい、そして、連行するがいい。

主任司祭——助役殿、われわれは法を越えてはなりませぬ、社会の秩序を口実に権力の濫用をしてはなりませせぬ。非の打ち所のない法などはどこにもないのです、少なくとも、適用や細部で何らかの不都合な結果をもたらさぬ法はないのです。厳しさをいくらかでも和らげることで、善行の士は法の実施に力を貸せましょう。その厳しさにとりわけ苦しんでいる人々を哀れみましょうぞ。ところで、容易にできる調停がありますぞ。こちらに向かって百姓たちが近づいて来る。さあ、こちらに来られよ、わが子たち、わが兄弟たち。私があなた方に提案することに同意していただけるかどうか、お答えくだされ。ここにいる独歩爺さんをあなた方の誰もが知っているし、これまで迷惑に思ったことは一度としてない。

百姓たち——まったくその通りだ、気の毒に！　真実、善良な人だ！……

主任司祭——さてと、皆さん、老人は浮浪者収容所をひどく嫌っている。老人はあなた方になじんでいる、ちょうどあなた方が老人になじんでいるように。老人はこのあたりの野原や道や家々、村の鐘が好きなのじゃ。

百姓――爺さんはこの村の人間だ。わしらは一〇年この方、爺さんが食べるパンを惜しまずに与えて来た。

主任司祭――老人があなた方のことを愛し、あなた方から離れてしまうことになれば、悲しくてならないのはそのためですよ。

百姓たち――わしらはそんなことを求めちゃいねえだ。

主任司祭――その通りじゃ。だが、今日では物乞いをすることは、皆さんも知っての通り、この県では禁じられている。

百姓たち――爺さんはこっそり施しを求めればいいんだ。

主任司祭(微笑みながら)――それを禁じることが職務の憲兵殿を前にしてそんなことを言うとは！

百姓――ああ！　わしらの憲兵殿は心優しい人たちだて！　わしらと同じ人間だ、意地悪じゃない。

主任司祭――私たちは憲兵殿を尊敬しているからこそ、間違った立場に追いやってはならないのです。だが、和解の道がありますぞ。私たちの昔からの友人である独歩爺さんは、施設に収容されるぐらいなら、つまり、生活の規律で縛られるぐらいなら、死んだ方がいいと言う。私たちは老人に死ぬほどの悲しみを与えていいものでしょうか？

百姓――免除してもらえるよう、やってみようじゃないか。

主任司祭――よくぞ言われた！　だが、老人は二度と物乞いをしてはならぬとすれば、牢で死ぬことになり、これでは浮浪者収容所に入るより、もっと不都合ですぞ。
百姓――どうすればいいだ？
主任司祭――あなた方の中の誰かが老人を引き取れるでしょうか？
百姓たち――誰にもそれはできねえだ。
主任司祭――私にもできません。だが、一人ではできないことを皆で一緒にやることができます、さあさあ、私を含めて、今ここに七人がいます。誰もが一週間に一日ならば、この不幸な老人にパンと寝床を申し出ることができる。この世話を一緒にしてくれる人をもう七人見つけられれば（もっと多くいることでしょう）、やがてこの老人のために各人は二週間に一度、パンを与えるだけになりましょうぞ。
百姓――それじゃ、主任司祭様、以前と同じだ。何ひとつ変っちゃいない。願ってもないことだ。
主任司祭――いや、老人がもう物乞いをしないという違いがありますぞ。老人が必要とするものを私たちが見越すのですからな。今日から早速、私たちの家で食事と休息を取るよう、老人を誘いましょう。
百姓たち――結構ですだ。
憲兵――私だけではそうと決めるわけにはいきません。助役殿のご意見は？
助役――皆と同様に言わねばなりませんな。たった一人で反対すれば、意地悪な心の人間と思われますからな。
憲兵――だが、それはやはり物乞罪でしょう。
主任司祭――そうではありませんぞ。私たちは名誉にかけて、この哀れな老人が客人であることを証明できましょうからな。
憲兵――まったく巧妙なやり方だ、主任司祭殿。さあ、所轄当局と論じてください。
主任司祭――私たちが論じなければ、当局は目をつぶりましょう。誰一人としてこの法律を残忍で冷酷無情なものにしたくないのですからな。
憲兵――それでは私の囚人をあなたの許に残し、私も同様に、目をつぶらなきゃならぬということになるのですか?
主任司祭――村の名において私は老人を要求しますぞ。
憲兵――これが法律に適っているかどうか、私には分からない。上官にたずねて来ましょう。老人が歩こうとしないので、私が戻って来るまで、老人を見張っておいてください。主任司祭殿、責任を持っていただけますか?
主任司祭――結構です。それに助役殿も。
浮浪者――さあ、行かれるがいい、憲兵。神が同行されんことを！　ああ！　善良な人々に神の祝福があらんことを！

一八四四年一二月二五日

第三章　共和国よ！——最初の呼びかけ

▲P・ルルー（右下）ら社会主義者たち。ルルーはサンドの思想に大きな影響を与えた。

一八四八年二月の事件が突発したとき、ジョルジュ・サンドはノアンにあって、『わが生涯の歴史』執筆の計画と、父の書簡の探索に没頭し、娘ソランジュとの確執やショパンとの別れに耐えていた。マッツィーニと文通し、両シチリア王国の情勢の推移を注意深く追っていたが、息子モーリスや友人たちが知らせて来るパリの騒擾についても同様であった。彼女は懐疑的であった。「ボリはパリで近々、革命が起きると考えて気が動転しています。私には改革宴会（七月王政末期、改革宴会（バンケ）というかたちで集会を組織し、選挙改革、やがて、社会・経済的改革を政府に要求した。）にもっともな口実が見あたりません（……）民衆がギゾー氏との対立でティエール氏に味方するとは思われません。(1)」彼女はモーリスに荷担しないよう忠告する。そして二三日には、ベリーに戻ってくるように懇願している。「あなたのいるべき場所はここですよ（……）パリで革命が勃発すれば地方に、とりわけ、ニュースが数時間で届く、この地には直ちに影響が及ぶでしょう。(2)」

だが、彼女自身、じっとしていられずに、三月一日には首都に到着し、直ちに臨時政府のメンバーや友人たちと連絡を取り、三月七日まで滞在する。秘密集会が何度もコンデ街の彼女の仮寓で持たれる。「大臣は私の友人たちの行動」と、とりわけ、地方の意見に対して「私に、言ってみれば、責任を負わせました。」

すべての人々を「共和国」に賛同させようとする熱烈な意志を示している、地方新聞に発表された最初のテクスト——『中産階級へ』、『富める人々へ』（日本語版では割愛）——はこうした状況で執筆された。

本書では全く異なった手法による二通の『民衆への手紙』を収録することにした。もっとも、第一の『手紙』のみがパリ滞在中に執筆された。八日にはもう、選挙に専念するためにサンドはノアンに戻る。

この時期、サンドは熱狂――「公的な生活が私たちを呼び、没頭させるとき、個人的な悲しみは消えてしまいます。『共和国』は最良の家族です」――と同時に、かなりの急進主義――「時には狂信が必要です（……）ブルジョワ精神を持つものはためらわずことごとく取り除かなくてはなりません。(3)」――を表明する。

（ミシェル・ペロー）

現在を学べ（『民衆への手紙』）

民衆の政治教育はサンドにとって片時も頭を離れぬ関心事である。『民衆への手紙』ならびにブレーズ・ボナンの『言葉』はこの努力を具体化したものである。三月の初め、パリで執筆され、直ちにジュール・エッツェルにより小冊子として出版された『民衆への手紙　第一信』には、「恒久的な社会の代表的形態である」「共和国」を暴力に訴えずに建設したばかりのこの「善良にして偉大な民衆」、「勇敢であると同時に温和な」民衆に対する熱狂がみちている。自由と友愛の中で平等の支配を確立すること、つまり、「根拠のない差別をことごとく打ち砕き、新しい人類の場から階級という語そのものを削除する、友愛の団結を作り出す」ことが重要である。「圧制者も奴隷と同様に不幸であり」、サンドがしばしば表明する感情であるが、「他の人々に共有させることを願わない安らぎ（……）は胸を締めつけ、睡眠を乱す後悔である」ゆえに、それはすべての人間の解放の行為である。

三月一九日――『第一信』より一二日後――に発表された第二信に見られる陶酔感ははるかに薄い。三月一六日、「毛帽子隊」と呼ばれる反動的デモが行われたが、これは唯一の国民軍と警視総監コーシディエールの「山岳党」を援助するために選抜隊の解散で引き起こされたものである。方々で、抵抗が表面化し、経済的、社会的情勢が緊迫する。通貨の不足、作業場の閉鎖、機械打壊しを伴った暴動が、「共和国」反対者たちのあおり立てる恐怖を募らせる。(1) サンドは扇動政治家たちの二枚舌を暴き、過去を繰り返さぬよう民衆に懇願する。行動の手本はフランス革命ではない。別のやり方を考え出さなければならない。

第一信と同様、この小冊子は二つの異なった判で二度印刷され、二五サンチームと一〇サンチームで売られた。サンドはその普及に腐心した。彼女は第一信をトゥーロンの労働者にして詩人のシャルル・ポンシに送り、地方に住む民衆の読者にとって文体が適切で、内容が妥当であるか自問しながらも、トゥーロンで複写し、広めるよう提案する。「残る問題は、パリ市外区の聡明で、教育のある住民にとっては進歩的に過ぎはしないこの手紙が他の地域でも理解できないものではないかどうかを知ることとです。今に分かりますよ。(2)」

今日では入手できない、この二通の『手紙』の成功の程度を見極めるのは困難であるが、これらは、サンドの革命時の高揚と民衆の理想化の頂点を示すものである。

（M・P）

昨日そして今日

善良にして偉大なる民衆よ。あなた方の崇高な勝利の疲労が消え始めている今日、この一週間の出来事を少し振り返ってみてほしい。血や汗や涙をぬぐい、神の御前《みまえ》にひざまずいてほしい。労働の神聖な作業を再び始めようとしている、この厳かな時にあたって、少しの間、あなた方の運命に思いを巡らせてほしい。心の中を見つめ、あなた方の考えと一体をなしている良心にたずねてほしい。瞑し、神をたたえてほしい。そして、神の助けを借りて、あなた方自身を知ってほしい。

あなた方の血が流れた深淵があなた方の昨日までの生活と今日の生活を隔てている！　昨日まで、あなた方は苦しみに押しつぶされ、打ちのめされているようであった。恥辱がわれわれの上に重くのしかかっていたゆえに、そして恥辱はフランスという名のこの国家にとって耐え難いものであるゆえに、この共和国の夜明けに祖国はかつてないほどの危機に瀕していた。昨日、事態は万事休すに見えた。悪の権力を間近に見ていた人間たちでさえその権力がまだ長い間、確固としていると信じていた。一握りの者だけが狂気の中で勝ち誇っていた。多くが漠然とながら、明日を心配していたが、自分に抵抗する力があると感じていた者は一人としていなかった。この正義にもとる権力の所有者たちさえ、大部分が勝利に力を貸すよりも敗北を是認しようとしていた。神のたたえられんことを！　勇敢な民衆よ、あなた方の真の敵は多くはないのだから。どこででも、無信仰者は例外的な人間であり、神を知らぬ者だけが同胞を見くびっているのだ。

あなた方は立派だった！　あなた方は生来、勇者だ。戦闘で見せた大胆さも危険を物ともしない雄々しい態度も驚くにあたらない。あなた方の中の老人や女性や子どもたちが成し遂げうる奇跡を、昨日、この世の誰一人として否定する勇気はなかったであろう。だが、昨日なお、貴族階級はこぞってあなた方を恐れていた。そしてあなた方の寛大さを疑って、ある者たちは暴力という武器を、また、ある者たちは策略という武器を用いて、あなた方の高揚を止めなければならぬと考えていた。しかし、あなた方は勝利をおさめ、そして、許すことができるのをすでに示した。だが、とりわけこの一八年間、あなた方の頭上に多くの害悪を積み重ね、あなた方に対して多くの大罪が犯されるのを黙認して来たために、あなた方の復讐を、正当ではないにしても——復讐は決して正当なものとはなり得ない——避けがたいものと考えていた。あなた方は今ひとたび、そして、歴史が神聖なものとしたどの日にも増して輝かしく、きわだって寛大な国民であることを証明した。勇敢であると同時に何と温和なことか！　おお、民衆よ、あなた方はかくも善良であるゆえに、何と力強いことか！　あなた方は最良の友だ。いかなる私的な愛情よりもあなた方を選び、信頼し、必要とあれば、あなた方のために、もっとも親密な愛情や大切な利益さえも犠牲にする幸せを得、その自尊心をつらい嘲笑にさらした人々。あなた方のために祈り、あなた方と共に苦しんだ人々は、あなた方を誇りに思い、あなた方の美徳がついに神の御前《みまえ》にはっきり示されるのを目にする今日、充分に報いられる。高名な死者たち、崇拝された指導者や殉教者たちすべてよ、やって来てほしい、今、この地上で起こっているものを見に来てほしい。おお！　犠牲者たちの王たるキリストよ！　誰よりも先に来られんことを、そして、あなたに続いて、あなたの精神の息吹を糧にして生き、あなたの民衆を愛したがゆえに、責め苦の中で非業の死を遂げた人々の長く、血みどろの行列！　やって来てほしい、大勢で来てほしい。その精神がわれわれと共にあらんことを。民衆が自らの歴史を知ることを故意に、犯罪と言えるほどに阻んで来たゆえに、民衆は聡明ではあっても、その名を多く知らない。そして、おそらくは一度ならず、その仕事を理解しなかった。だが、彼ら民衆がすべてを知るにはほんのわずかな時間で事足りよう、彼らは若いのだから。彼らの精神を照らすには、彼らの心が受け取った、真理の言葉がいくつかありさえすればいい。自己を抑制するよう心がけ、学ぶ手段を作り出すならば、数年後の、この民衆の姿はどうであろうか？　おお、民衆よ！　あなた方がやがて支配しよう。あらゆる階級の、あなた方と対等の人々と共に仲よく支配してほしい。同盟の神聖な箱舟である共和国、それを見捨てるよりも、その瓦礫の下でわれわれのすべてが、滅びるべき共和国、永続する社会の代表的な形態である共和国が、全世界を誓いの証人として、すべての人間の権利の平等を宣言し、確立する。あなた方がやがて支配しよう。昨日まではあなた方の指導者と呼ばれていた、あなた方の兄弟たちの知識をやがて伝授されよう。充分に形成された基本原理を手にしている彼らは、社会科学をあなた方がいないゆえに空しく探し求めていた。あなた方は彼らにあなた方の心の光を、生来のもので、その純粋さはいかなる詭弁にも曇らされることのなかった光を与えよう。

思い違いをしないでほしい、おお、民衆よ！　現代の学者がすべてを知っているのではない。何人かはうそをついた。何人かは真摯に探求した。多くが、すぐ近くにある真理をあまりに遠くに探すことで間違えた。今、いかなる者も、重大な誤ちをおかさずに、あるいは、狂気に陥らずに、自分は絶対的真理を持っていると言うことはできないだろう。どうしてそんなことができよう？　一体どこで見つけたと言うのか？　それは書物の中にあるのか？　確かに。ある程度までは。それは宗教の中に、しきたりの中に、人間精神の偉大な所産の中に、歴史の教訓の中に、そして、人類の永久に進歩する、集団の行動ばかりか、個人の意識の霊感の中に存在する。だが、それは、時に抽象的にすぎ、時に相対的にすぎる、不完全な形で存在する。それは即座に応用できるように表明されてはいない。われわれのすべてを、師匠も弟子も、単純素朴な人間も博学者も等し並に驚かせた、現在の重大な状況にぴったりかなうようには推論されても、導き出されてもいない。

しかし、われわれは神の為《な》し給うたこの思いがけない出来事を嘆かぬようにしよう。反対に、真理の道にわれわれを駆り立て給う神の手を祝福しよう。「早すぎる。われわれは心構えができていなかった。どうすればいいのか分からない」と誰一人、言うことがないように。早すぎはしない、民衆の打ち鳴らす早鐘が大空を揺るがすとき、雲が大きく裂け、神殿の幕が上から下まで引き裂かれるとき、時機は到来した。やがて神の息吹が聞こえよう。真理に向かってわずか一歩さえ進まずに、心と知性のおぞましい争いそのものであったこの偽りの平和の状態で、われわれはまだ一〇年、二〇年、百年を過ごすことができもしたであろう。死の静けさは何ものをも生み出しはしない、おお、フランスの論理好きな、分別のある民衆よ、あなた方はよく知っている、自称あなた方の指導者たちが彼らの政治経済学と統治のつまらぬ方策で誤った方向にますます進んでいたことを！　あなた方の友人もつらい思いで働いていた。上からの光は弱い照り返しを送るだけであった。孤独が彼らの心を貧しくし、探求する気力を失わせていた。最も優れた人々の中でもある者は狂人となり、またある者は死ぬほどの悲しみを味わった。健全で、申し分のない日々を送っていた者たちも同様の疲労困憊を耐え忍ぶことになったであろう。それは確かなことだ。

知識人たちのこの病、かくも遅く、かくも漠としたこの進歩、これら難解な解決策、想像力のこの逸脱、道の半ばで信仰を見失ったがゆえに、おそらくは何人かが悪意なく背いたこれらの誓いは一体どこに由来するのか？　したがって、現在の最も優れた、最も強固な精神の持ち主たちと向かい合ったとき、あなた方が目にして不安に陥る、この無力やためらいはどこに由来するのか？　その秘訣があなた方の友人たちの抑制された考えの中に隠されているとあなた方が思っているのに、なぜ、一言であなた方の生活の問題が解決されないのか？　おお、民衆よ、それはきわめて単純な、だが、絶対的な真理、あなた方自身、やがて確信することになる真理に由る。孤立した人間は無価値である、これがその真理だ。この真理は、庵《いおり》に閉じこもって書物だけを相手にしている隠者には不充分に、ぼんやりとしか明らかにならない。選ばれた人々の集会や学識者たちの会合さえ、孤独な夢想家より多くを知っているわけではない。これら学識者たちが生きている人間と関わりを持たなかったゆえに、個々の知性でしか寄与できぬからだ。死者たちはわれわれに多くを教えてくれよう。だが、書物を学ぶことで、われわれにできるのは、過去の学問から類推を導き出すことだけだ。この類推もやがて未来が反証することになろうし、現在すでに必ずしも正当化することができない。歴史を学ばなければならぬ、書物を研究しなければならぬ、過去を知らなければならぬ、未来を考えなければならぬ、それは確かだ。そして、あなた方はこれらすべてをやがて学ぶだろう、かくも早く学習する、論理好きのあなた方、民衆は。しかし、過去についてのこの学問と未来のこの予想があろうとも、あなた方の教育はまだ限られたものであろう。あなた方がそれだけしか学ばなければ、学者たちの教育と同様、誤ったものとなろう。現在についての学問を学ぶことが必要である、このことをよく理解してほしい！現在、それは生活である、そして生活は孤立の中にはない。今日まで社会は階級制度の中に続いて来た。これは社会的な孤立であった。社会の単位を成す各々の家族は特権の慣習の中に封じ込められていた。一方に余暇と安楽の特権、他方に苦痛と絶え間ない労働という特権。この重大な結果をもたらす分離の状態で、一般の家族の構成員たちは彼らの間にあるべき必要な交渉を奪われ、互いに理解していなかった。政治的権利を奪われたあなた方は未成年、永久に子供の身分に置かれていた。自分の子供たちの全ての教育方法を、一人一人の適性や欲求、切望を一度としてたずねることもなく、先験的に決める家長のように、社会科学の学者たちは振舞っていた。こうした教育はまったくの愚か者か狂人しか作り出さぬであろう。したがって、学識者たちから素朴な人々の協力を奪う、この非難されるべき制度の下で、優れた知性の持ち主たちが多数、精神を病むことを驚かないでほしい。子供ののびのびした汚れのない声が父親の耳に必要であるように、素朴な人々もまた、学識者たちに必要なのだ。人類の一部分が他の部分から、心情でも交渉や同意の考えからも、分離することはできない。必ずや偽りと不公正に陥るであろう。

おお、民衆よ！　あなた方は現在を手にした。それは公共の広場であり、自由である。それは是非にも保持しなければならぬ共和国の形態である。それは思考し、話し、書く権利である。それはあらゆる権利の根源、投票し、代表者を選ぶ権利である。それは君主制のいかなる形態も確立することのかなわぬ権利である。それは生きる権利である。それは他の階級の兄弟たちに素早く近づき、あらゆる誤った差別を打ち砕き、新しい人類の書物から階級という言葉さえ抹消する友好的な団結の奇蹟を起こす唯一の手段である。

おお、フランスの民衆よ！　あなた方は最後の戦闘でかくも偉大で、かくも寛大であったゆえに、あなた方を愛していなかったすべての人間にもあなた方を高く評価し、尊敬させることになった。社会のすべての階層に目をやるとき、驚嘆すべきことがある。それは、昨日はあなた方を憎悪していると信じていた人間の多くが思い違いをしていたことであり、また、それを率直に認めていることだ。彼らはあなた方を想像上の生き物に、彼らが思い描くようにはかつて一度として存在したことのない、恐ろしい、激昂した民衆の亡霊に作り上げ、そして怖れていた。激しい怒りはあなた方の長く、耐え忍んだ人生の中でごく一時期のものであった。その亡霊は消滅した。あなた方はもはや熱狂の時でさえ憤怒とは無縁だ。あなた方が知っているのは勇気だけだ。あなた方の熱狂は激昂の代わりに英雄的な行為を生み出した。目を開き、あなた方の勝利を活用してほしい。あなた方は愛されるに値するがゆえに、愛されるだろう。無感動この上ない心の持ち主でさえも、あなた方のことをよく知るにつれて、そしてあなた方との関係が共和国の生活の中で増すにつれて、日を追う毎に、友愛に目覚めるだろう。彼らに善行という、このキリスト者の教えを示し続けてほしい、神の腕と神の声になった、親愛なる、偉大な民衆よ！　理解してほしい！　一度としてパンを欠いたことはないが、利己主義の法の下であなた方から遠く離れて暮らし、公的な生活において兄弟たちの協力と愛を空しく求めていたわれわれは非常に不幸であった、あなた方と変わらぬほどに不幸であったことを。あなた方と共有することがわれわれにできなかった、この苦い余暇は、真正な心の人々にとって何と耐え難い倦怠であったことか！　そして、あなた方を排除して、あなた方の意に反して、われわれが行使した支配する権利は何と無味乾燥で、やりきれないものであったことか！　われわれの中でこのことを理解しなかった人間でさえ、原理において分割され、ゆがめられた生活に対して同じ嫌悪感を抱いていた。嵐で暗礁に乗り上げ、乗船者たちが腕を差し出しながらも、互いに助けとなることができず、深淵に隔てられて死んでゆく難破船のように、われわれは生きてきた。確かに、権利と利害で分かたれた人類の運命は、これと変わらぬほど恐ろしい。それは、中に入れられた人間が愚鈍になり、気違いになってしまう独房にもひとしい。

新しい生活が始まる。われわれは互いに知り合い、愛しあうだろう。われわれは協力して社会的真理を探し、見出すだろう。選び出さねばならぬ。これまでわれわれは別々にそれを空しく探していたにちがいない。それを見出すのは、確かに明日ではない、おそらくは、最初の国民公会でもないだろう。時とともに試みを繰り返し、そして経験と、とりわけ、団結と誠実の精神で見出すだろう。この精神がなければ「共和国」は不可能である。昨日の政体は一世紀かけて人間の一歩ほどの進歩をなしたが、今日の政体は一年毎に巨人の一歩にもひとしい進歩をするであろう。おお、兄弟である民衆よ、われわれの全てが必要としている平等を獲得する手助けをしてほしい、あなた方が知っている通り、圧制者は奴隷と同様に不幸であるゆえに。消滅したばかりの旧体制はわれわれの多くをその意に反して圧制者にした。他人に共有させることを望まない安楽、同胞のすべてに拡げることができないままに享受する安楽は心を締めつけ、睡眠を乱す良心の呵責である。この筆舌に尽くしがたい苦しみをかくも長い間、耐え忍んだことでわれわれを哀れんでほしい。そして、この苦しみを終らせてほしい、祖国と人類の偉大な魂であるあなた方よ！

さらに話し合う前に、握手をしながら、今まで話したことを要約しよう。

社会的真理は表明されていない。勝利の日にあなた方が選んだ代表者たちの胸から引き出そうとしてもむだであろう。あなた方が彼らを信頼したのであるから、彼らは間違いなくそれを求めている。

あなた方が霊感に導かれて決断するとき、絶対に誤りはしない。

だが、彼らは人間だ、彼らの学問は人類の法則を破ることはできない。

人類の法則、それは真理は孤立の中になく、すべての人間の協力を必要とする、ということだ。

孤立は利益と権利が分離した政体であった。

この政体は「共和国」という神聖な言葉の前に永久に滅びた。

あなた方は権利を行使し、あなた方の心の光と良心の票を投じよう。辛抱してほしい。やがて正義がはぐくまれよう。

民衆よ、昨日と同じように今日も、あなた方とともにある。

パリ、一八四八年三月七日

今日そして明日

おお、民衆よ！　数日前、「あなた方はやがて愛されるだろう、愛されるにふさわしいゆえに」とあなた方に書き送ったとき、私は間違ってはいなかった。そして、この点に関して私の信念が揺らぐことはない。他者の愛情や尊敬を失う行為をしていないにもかかわらず、見くびられ、中傷されてきた人が尊厳や愛情を取り戻すのを、われわれは毎日、身近に目にしている。臆病者たちの恐怖からひどい侮辱を受けてきたが、英雄的行為で名誉回復した、巨大な階級のあなた方が一般生活でどうして同様でないことがあろう？　したがって、私の期待は寛大な幻想ではない。それは明白で、証明済みのためにありふれているとさえ言える論理である。

だが、私が思い違いをした点は、そして私が子供のように夢想した点は、今日にもすべての階級を近づけ、昨日の特権者たちを民衆の栄光ある集団となんとしても一体になり、混じり合いたいという気持ちにさせる、この迅速な和解までに、この友愛の崇高な発露までに、この無限の信頼までに必要な時間を短く見積もりすぎたことであるのを潔く認めよう。

民衆よ、あなた方を誤らせたことを許してほしい。私はそう信じていた。あのような日々の後で、私の同胞の中のただ一人にであれ、恨みや策謀や裏切りや忘恩が可能であるとどうして信じることができたであろう、想像することさえどうしてできよう！　否《ノン》！　あなた方の敵対者たちのうそ偽りのない、完全な再生をこれほどまでに疑うとすれば、それは私の心の中で人類を冒瀆することだと考えもしたであろう。

ところで、数日が過ぎた。私の夢はまだ実現していない。君主政の慣習の有害な遺産である、警戒心とおぞましい懐疑主義が金持ちたちの心に浸透し、燃え上がろうとする火花を消すのを私は見た。野心と欺瞞が賛同の仮面をかぶるのを、恐怖が多くの自己本位の心をとらえるのを、苦い恨みがほのめかしを生み出すのを見た。ある者たちはその富を隠し、機能を停止させた、また、ある者たちは、民衆の行為を糾弾できぬために、その意図を中傷した。あなた方を注視してきたゆえに善行のみを目にしてきたこの私が、ついに悪事を見た。今日なお、理解できずにいるゆえに、予測できなかった出来事を見た。

それでも、思いやりを持とう。こうした嘆かわしい出来事を確認し、説明するよう努めよう。われわれが公平であろうとするならば、思いやりの心はわれわれにこの努力を命じるであろう。慈悲心のない公正はもはや公正ではない。偉大な本性を持ち、常に慈悲心から偉大な行為ができる民衆のあなた方のように、このことを理解できる者はいない！

われわれが神の法に従って、つまり、過去の人間の作った法より優れた考えで公正を実施しようとするたびに、この公正があらゆる復讐に対して憐憫の情を持つようわれわれに命じるであろう。

したがって、何ゆえに彼らが勇気ある人間でも、寛大な人間でもないのか、知るように努めよう、数日前はわれわれを見くびり、われわれに戦いを挑み、そしてわれわれが強者となって以来、われわれが罰することも、侮辱することも、脅かすこともしなかったこれらの人間が。

その理由はおそらく、彼らは理解しないということだ。そう、きわめて単純だ。彼らは彼らだけで生きてきた。彼らの間で生きてきた、と言ってもいい。彼らは民衆に目を向けず、民衆を理解しなかった。民衆は公共の広場に多く姿を見せていなかった。民衆は仕事場で暮らしていた。日曜日には、金持ちたちは家に閉じ込もり、隠れている習慣だったから、出会うことは全くなかった。加えて、民衆の生活も同じく隠され、内にこもっていた。民衆には一緒に行動し、話し、呼吸し、生きることが許されていなかった。戸外での仲間同志の楽しい集会はすべて監視され、追い散らされ、歪曲された。民衆に自由の風習があるかどうか、全く知られなかった。民衆がひとたび公共広場を支配すれば、そこで人間のいけにえをささげるだろうと信じられていた。人気《ひとけ》のない場所に立ち上がる異常な姿を描いていた。人間は生来、ほとんど性悪ではない、誤った制度が生来の性向を変え、欲求を歪めるとき、常軌を逸した行動に出る。したがって、考えが狂気に変われば、感情は麻痺してしまうのだ。

あなた方は自分の力に従って立ち上がった。あなた方の真実の力は優しさであることを人々は知った。そこで、何人かにあっては、恐怖が過度の信頼に変わった。「あの民衆は危険ではない」と金持ちたちは言った。「恐ろしいのは外観だけだ。親切にすればその心をとらえることができる。甘い言葉でその心を惹くことができる。民衆がどれほど忍耐強く、どれほど素朴であるか、見てみるがいい。実際、奴らを恐れ、鎖につないでおいたのは間違いであった。もっと自由を与えることができたのだ、奴らは悪用しなかったにちがいないから。これほどに素直で、柔順な道具をかくも長い間、われわれから奪っていた王国は引き下がるがいい！　一〇年前に普通選挙を承認していれば、われわれの権力は昨日の激しい衝撃にもぐらつくことはなかったであろう。もちろんのことだ！　だが、公益の仕組みはまるで理解していないが、子供のような正直さと素直さを持っている選挙人を相手にするのは楽しいことだ！　少しばかりの辛抱だ。われわれが望むところに彼らを導くのだ。そこで、共和国万歳！　と言おう。われわれは常に共和主義者であったと宣言しよう。われわれが保守主義者であると言っていたのは、君主政を一層巧みに裏切り、破滅させるためであった。今は、共謀しよう。突然、大きな恐怖に襲われたふりをしよう、あの善良な民衆はわれわれに同情してくれるだろう。そして、心が寛いという自分たちの評判に少しばかりうぬぼれて、彼らはわれわれを安心させ、われわれに好意を示すだろう。そして、彼らがまだその道具であり、犠牲者であるのがやむをえない、ぜいたくのよく知られた手法で、公共財産の水源を再び開くようわれわれに勧めるだろう。確かに、共和国万歳！　だ。労働に衝撃を与えるために、われわれの出費を抑えよう、われわれの資本にしばらくの死を課すことにしよう。彼らが生きることをわれわれが望まぬならば、彼らは生きることができないと善良な民衆が理解すれば、彼らはわれわれのところにやって来て、その票、すなわち、その自由と良心と未来をわれわれに売るだろう。ひとたび勝利を収めれば、われわれは彼らのために寛大な、つまり一見、自由に見えるが、真の自由が消されている法律を作ってやろう。それから、彼らを再び働かせ始めよう、彼らの賃金を少々上げてやろう、それですべてだ。そこで、三度、共和国万歳！だ」こんな具合にこうした人間たちは考える。よろしい、彼らは気が狂っている。彼らは民衆が実直であるゆえに愚鈍だと思っている。民衆が心が寛いゆえに間抜けだと思っている。

こうした人間たちと民衆の中間に、まだ怖がっている者がいる。彼らは恐るべき思いつきの中に勇気を見出さなかったのだ。おそらく心底、共和主義者である。だが、彼らは「大革命」の社会的影響力を理解していないばかりか、民衆のことも知らない。彼らは言う、「用心されるがいい。民衆はあなた方が考えておられる以上に狡猾だ。彼らは自分たちの利益を非常によく理解している。あなた方が彼らをだますようなことがあれば、あなた方は打ちのめされるだろう。彼らは結局のところ共産主義者なのだ。彼らは一掃しようとして、その口実や機会を探しているだけなのだ。彼らは憲法制定議会の扉を木っ端みじんにするだろう、そしてあなた方は窓から脱出する羽目になるだろう。パリの労働者たちがフランスの至る所で合法性の神殿を冒瀆している一方で、地方の労働者はあなた方の機械を壊し、森林に火をつけ、家屋敷を略奪しよう。内戦になるだろう。過去の恐怖がぶり返すだろう。そして、あなた方があおり立てる情熱は何ものをも尊重しないだろう。文明よさらば、フランスよさらば、人類よさらば。それは世界をおおう災厄となるだろう。われわれとしては、民衆が望むところはすべてしなければならぬと確信している。もちろん、すべてを！　そしてそれ以上を。あなた方は臨時政府があまりに忍耐強く、人間的にすぎると思い、われわれの方は、あまりに断固とし、公正にすぎると思う。われわれを火山の上に引きとめているようなものだ。ああ！　われわれには唯一の手段しかない、それは民衆にへつらうことだ。あなた方は彼らの爪を切ることを自慢するだろうか？　われわれは彼らの爪に口づけしよう。このいとしい民衆！　この善良な民衆！　彼らの賃金を一挙に二倍にしよう。そして、何かを要求する時間を与えぬようにしよう。彼らの思いのままにしよう！　彼らはあまりに善良だから、われわれが彼らに反対するふりをすれば、彼らはわれわれを殺戮することだろう」と。

民衆よ！　臆病者たちの追従を軽蔑し、裏切者たちの策謀を失敗させてほしい。恐怖ゆえにあなた方を丁重に扱う人々を尊敬しないでほしい。あなた方が怒っている時でも、臆せずあなた方に、「話し合おう！」と言い、胸襟を開いてあなた方に向かう人々だけを尊敬してほしい。これから先、あなた方が過去を繰り返すことは決してない。かつては、あなた方は時に崇高で、時に罪を犯す過去の人間であった。あなた方の父祖の犯した誤ちを認めてほしい。だが、父祖の名と思い出を尊び、祝福してほしい。彼らが暮らしていた時代の無軌道にもかかわらず、彼らは未来の美徳を持っていた。彼らが偉大であると同時に非難されるべきであるのはこのゆえにだ。断定的に父祖を憎悪し、糾弾する者は、人間の意識を徐々に啓蒙している神を激しく非難するに等しい。だが、あなた方が過去を文字通り繰り返すならば、われわれが人類の歴史と、不完全さそのものに根拠を置いた改善可能性の法則を呪うことと同じく、罪を犯すことになろう。

おお！　民衆よ、過去は理想ではない。思い出は後悔に結びついている。未来には不可避の考えはない。有徳で熱意ある人間が、予想しなかった、また、予想することが耐えられなかったであろう無軌道にしばしば落ちるにしても、誠実で敬虔な人間は悪の可能性を認めはしない。そして、われわれの未来が日光のように純粋でなければ、われわれは共和国にふさわしくない。共和国は洗礼であり、それを毅然として受けるには恩恵の状態にあることが必要である。恩恵の状態、それは悪を憎むことで悪を信じない心持ちである。

したがって、あなた方を信頼する人々を信頼してほしい！　こうした人間だけが恩恵の状態にある。今日、あなた方がやっていること、つまり真理にのみ従うことを明日も続けてほしい。だが、常に真理に屈してほしい。あなた方におもねる人間に哀れみの微笑を送ってほしい、それは彼らの利益を守るためにあなた方をだまそうとするのか、あなた方の怒りから身を守るためなのだ。彼らを大目に見てほしい、そして理想が浸透したあなた方の意識からのみ教えを引き出してほしい。あなた方を侮辱する、これら恐怖にとらわれた人間にはただ軽蔑の沈黙で恨みを晴らしてほしい。あなた方に攻撃をしかける勇気のある者は一人としていないゆえに、あなた方が打ち倒す必要は決してないだろう。人類に自らを敬わせるためにあなた方がその中で泰然と、生きている壁とならんことを。この壁はびくともしない。それは偉大な民衆の考えだ！　それは大砲の弾丸を通さなかったと同様に欺瞞の息をも通さぬであろう。

暴力の性向を今もなお持ち、労働者の救済となることを目的としたこれらの機械を無知ゆえに、あちこちで壊している者たち(3)にとりわけ話しかけているのではない。どこの家庭にも手に負えぬ子供がいるものだ。家族に話しかけるとき、一人の犯した誤ちを当人に感じさせるのは、そうした誤ちをみなの前では黙っていることによる。ここでの私の役割は細部の取締りをすることではない。それは、自らを教化し、自身の声と手を抑制するあなた方、正義の士の民衆がやることである。いくつかの思わしくない事態も、改善しうるゆえに、本来、不完全な人間に関する事象の調和を乱すことはない。大切で、偉大な家族である民衆よ、あなた方を支配しているもの、それは秩序の考えである。あなた方の眼前にある社会はぞっとするほど混乱している。混乱によって混乱を収拾することはできない、という英知にみちた考えをあなた方は不意に抱いた。あなた方の社会的信条に微妙な違いが多く見られるにせよ、あなた方の第一の関心事は社会を今ある状態に維持することだ。それが社会を修正し、変える唯一の手段であることがあなた方には分かっている。ローラーで地ならししても、種子を蒔くことから始めなければならぬ大地を肥沃にはできないであろう。あなた方がこのように粗野に行動すると恐れている人間はその愚かさをまさに露呈している。

だが、あなた方が新しい地味を作りながら、自分たちの手で蒔こうとしているこの種子が開花し、結実するまでには、疑いなくまだ待つことが、まだ苦しむことが必要である。どのようなやり方で行動しようとも、絶対的幸福はこの世のものではない。そしてあらゆる進歩は分裂や苦悩や労働を伴う。われわれが大いなる労働や感動、したがって、高潔な人々にとっては大いなる苦痛の時代に入ることは明白である。だが、何と気高く、貴重な苦しみであることか、おお、民衆よ！　未来の世代に生命を与えようとしているこの苦しみは！　それは、母親の腹を激しく打ち、神を喜ばせる産みの作業である！　その通りだ、かくも長く、かくも恥ずべき無為の後で、われわれに帰すべきであった、大いなる時代にわれわれは入る！　文明国の永遠に変わらぬ指導者たるフランスの民衆よ、あなた方の気高い天命の達成においてくじけないでほしい！　そして、あなた方の役割について愚痴をこぼさないでほしい。それは神が人類に託した、この上なく苛酷で、そして気高い役割なのだ。

これこそが、あなた方に、何世紀にもわたる殉教者にしてキリストの子であるあなた方に言わなければならない言葉だと私は思う！　人間は苦しむためにこの世に生まれた、と言う者たちと、人間は苦しむべきではない、と言う者たちはともに、冒瀆的な言葉を吐いているのだ。義務は神聖な大義、すべての人間の大義のために苦しむこと、これが真理である。虚言は、ギゾー氏よろしく、貧乏人は永久に必要であり、労働は束縛なり、と言うことである。

束縛！　神が人間に与え給うた、重要にして神聖な責務を拷問の道具と同じ役割におとしめるとは何という卑劣さ！　人生の目的は苦しみではない！　神が希望の庇護の下に置き給うたこの人生の終わりを絶望とするには神はあまりにも公平であり、また、優しい。目的、それは信念によって、そして、美と善を作り出した栄光によって幸福であることだ。この目的に到達する道は、かなり激しい苦痛と、多少とも完全な充足が交互に継起する道である。したがって、われわれの人生には苦痛が入り込むだろう。その苦痛を逃れようとする者は利己主義者である。苦痛は神聖である。苦痛は天に祝福されている！　もっとも、不敬虔な考えの持ち主がわずかな人間を利する形で何人もの人間に押しつけ、命じる苦痛ではなく、すべての人間に有益であるように各人が受け入れる苦痛である。これこそまさに命の秘跡である、敬虔な気持ちで受けよう。そうすれば自らがこの上なく崇高な領域に達していることを感じるであろう。

あなた方は金銭的問題のために戦っていると、あなた方は賃金水準と労働時間に物質的なゆとりの条件のみを見ていると言って、あなた方を中傷する人間がいる！　確かに、あなた方にはこのゆとり、この休息を手にする権利がある。だが、あなた方のことを知っている人間は、そこには肉体を養うパンの問題以上のものがあることを充分に理解している。あなた方は心のパンを求めている。あなた方は知識や教育を、読書し、熟考し、同胞と考えを交わす時間を求めている。あなた方が要求しているのは知的な征服である。あなた方の父祖の偉大さを作ったもの、われわれが彼らの悲劇的な生活を気の毒に思う一方で、彼らを賞賛してやまないのは、ぞっとするような物質的苦しみの時代に、飢餓や戦争や激しい恐怖の時代に、彼らが公的生活のために、祖国を救済するために、われわれに伝え残す栄光のためにすべてを忘れたことである。

同様の悲劇的事件はもはや起こらぬであろうが、まだ、苦しい日々には遭遇することになろう。今日からわれわれはそうした精神的ならびに物質的苦しみの日々に備えよう。ところで、われわれはそうあることを望まぬだろうか？　こうした大きな苦しみを克服しなかったことを、この一時的な困窮や欠乏、絶え間ない疲労を耐え忍ばぬことを望むだろうか？　否《ノン》、絶対に否《ノン》！　共和国はこうしたあらゆる犠牲に充分に値する。かつて公共の広場であなた方の一人が言った、「われわれの貧窮は共和国に尽くすためのものだ」と。国威にふさわしい、崇高な言葉！

このような考えを理解しない人間を哀れんでほしい！　あなた方の前で震えている人間を哀れんでほしい！　あなた方のところまで、フランス人のまっすぐな心と勇気を高める信頼と熱意を感じることができない不幸で、彼らは充分に罰せられている！　彼らを哀れんでほしい、彼らは現在の亡命者たちだ！　彼らは国境の向こうに逃げはしない、だが、彼らの意識は公共の大義を放棄し、彼らの心は祖国を否定している！

自由の空気が彼らを活気づけるのを待つことにしよう。彼らが理解し、回復する時間を与えよう。そして、彼らの心が死んでいるのであれば、『福音書』にあるように、「死者に死者たちを埋葬させよう」。一方、われわれの仕事は、人生を実り豊かにするために生きることである。まだ苦しまねばならないのであれば、長い間、大いに苦しまねばならないのであれば、苦しもう！　これからの苦しみはむだにはならない。未来はそれを多とするだろう。そして、もしわれわれが仕事半ばで命を落とすとしても、われわれは満足して死んでゆくだろう！

民衆よ、今日と同じように明日も、あなた方と共にある。

パリ、一八四八年三月一九日

第四章　歴史の証人——『民衆の大義』誌

LA

CAUSE DU PEUPLE

PAR

GEORGE SAND.

N° 1.　UN NUMÉRO PAR SEMAINE. — PRIX : 25 CENTIMES.　9 AVRIL 1848.

Introduction, George Sand. — La Souveraineté c'est l'Égalité, G. S. — Première Lettre au Peuple, G. S. — L'Augmentation de l'impôt, Victor Borie. — Des Candidats à l'Assemblée nationale, V. B. — Mœurs. Les Bons de Paris, G. S. — Arts. Théâtre de la République, G. S.

	3 mois.	6 mois.	1 an.
Paris	3 fr.	6 fr.	12 fr.
Départements	3 fr. 60.	7 fr. 20.	14 fr. 40.
Étranger	4 fr. 20.	8 fr. 40.	16 fr. 80.

On s'abonne à Paris, chez Paulin et Lechevalier, éditeurs, rue Richelieu, 60.

INTRODUCTION.

Au milieu des faits qui se pressent, les journaux quotidiens, forcés de suivre l'action jour par jour, heure par heure, n'ont pas le temps de s'occuper beaucoup des principes. Pourtant, à la veille de faire une Constitution, dont la responsabilité ne pèsera plus sur quelques-uns, mais sur chacun et sur tous, jamais le peuple n'a eu autant besoin de s'occuper des principes qui serviront de base à un nouvel ordre social.

Dans un écrit intitulé : *Première lettre au peuple*, écrit tracé sous l'influence des premières manifestations populaires depuis l'avénement de la République, nous avons posé un principe auquel nous avons eu foi toute notre vie et dont ces manifestations admirables ont été la réalisation frappante. Nous rappellerons ici ce principe avant d'entreprendre un travail périodique qui n'en sera que la déduction modeste et patiente :

« L'homme isolé ne compte point devant Dieu et ne saurait agir sur les hommes. »

Par l'homme isolé, j'entends celui qui se renferme systématiquement dans une retraite intellectuelle et morale, sans consulter les pulsations de la vie qui circule dans les veines du genre humain. Par l'homme isolé, j'entends celui qui s'individualise systématiquement dans l'esprit d'une caste ou d'une secte, qui se fait le chef, l'apôtre ou le disciple d'une théocratie ou d'un privilége. Certains utopistes de ces derniers temps me paraissent des intelligences frappées de mort ou de maladie par l'isolement, tout aussi bien que les économistes de l'école aristocratique. Il faut dire bien vite que la différence morale est grande entre eux. Les premiers ont été abusés par un dérèglement de bonnes aspirations, par l'orgueil des sentiments généreux. Les seconds ont eu le jugement perverti par l'égoïsme. — Avant le 24 février, les premiers marchaient dans la fièvre, les seconds s'arrêtaient dans la paralysie.

Il y a presque toujours de grandes et belles clartés dans l'âme troublée d'un fanatique sincère. Il y a toujours des nuages obscurs et des exhalaisons mortelles dans la pensée d'un sceptique endurci. Il y a du respect mêlé à la douleur qu'inspirent certaines aberrations. Il y a toujours de la répulsion dans la pitié qu'inspire une prétendue raison qui, par la froideur et l'insensibilité, aboutit à l'absurde.

Ainsi donc, deux écueils dont il faut se préserver avec des sentiments et des armes différentes, mais dont il faut se préserver sous peine de quitter le chemin de la vérité : l'erreur de la secte ou de l'orgueil individuel, l'erreur de la caste ou de l'intérêt personnel.

Ces deux écueils ont été produits par la même erreur : c'est que la vérité pouvait être une révélation isolée dans le monde. Cette erreur repose fatalement sur un principe aristocratique ou théo-

▲週刊の『民衆の大義』誌22号。1848年4月9日。

「機関誌のようなものを発刊するために、多分、数日後に再びパリに向けて発ちます」と、サンドは三月八日、シャルル・ポンシに書き送った。「私の歌の伴奏をする最良の楽器を選ぶつもりです。私の心はいっぱいで、頭は燃えています（……）私は生きています、強く、精力的に動き回り、まるで二〇歳のようです。(1)」

しかし、三月二一日、パリに戻った彼女は、新たな仕事、とりわけ、ルドリュ＝ロランの『共和国公報』への寄稿に忙殺される。三月二五日から四月九日まで、九篇の論文を執筆。テオフィル・トレにわずかな余裕もないと嘆く。「数日前から手はずがすっかり整い、私を待っているばかりの廉価な『雑誌』にまだ着手することさえできずにいます。(2)」そして息子のモーリスには、「私の雑誌の準備はすべて整っています。ただ、それに取りかかる時間がありません。(3)」

雑誌、サンドが自分の週刊誌を呼ぶときによく使う言葉である。もっとも、逡巡を見せてもいるが。「この機関誌は雑誌ではいささかもない、あらゆることを報告しようとするものではない」（第一号）。第一号は四月九日、日曜日に刊行され、第二号、第三号が続く。誠実なボリ（第一号、第三号）および『独立評論』誌のかつての寄稿者であるポール・ロシュリ（第二号、第三号）の論文を除けば、サンドがほとんど一人で執筆した。「私はほとんどたった一人で『民衆の大義』誌第一号を書き上げましたよ」とモーリスに報告する。(4)第一号の〈序〉で彼女は発刊の精神を述べる。つまり、孤立状態を打破すること、「既成の教義」はことごとく拒否すること、民衆の集会における「論理的精神の再生」に寄与すること、今日的意義を持つ報道を促進すること、「その瞬間の感動を、直接伝える」のだから、「出来事」を追うこと、である。

『民衆の大義』誌はこの方針を忠実に守るであろう。「社会主義」に関する三篇の論文に加えて、「パリの街」や四月一六日事件——陰謀によるきわめて混乱した一日の純然たる証言——、そして彼女が凱旋門上から見つめ、「歴史上、最も美しい一日」と呼ぶ、四月二〇日の「『友愛』の祭典」のルポルタージュ。目撃者にして俳優のまなざしが作家の物語に生彩を与える。

しかしながら、雑誌は突然、終わりを迎える。読者がほとんどいなかった。「私の雑誌はうまくいきません。人々は心配事に心を奪われ、その日暮らしをしているからです。(5)」予約購読者はさらに少なかった。版元は怠惰であり、宣伝もせず、発送もしない。

紙価の値上がりで経費が上がる。彼女の個人的な出資——「『民衆の大義』誌は私が準備することのできたわずかばかりのお金をすでに使い果たしました。(6)」——や、ルイ・ヴィアルド、エリザ・アシュールの心の寛い援助——もっとも、彼女は拒んでいるが——にもかかわらず、資金が不足する、それほど状況は危ういものであった。三号を出した後で、「私はこの刊行を中断せざるを得ません。(7)」ほとんど同時期に、『共和国公報』への寄稿をやめたため、彼女はトレの申し出に応じることが可能となり、『真の共和国』紙が彼女の論壇となる。

『民衆の大義』誌の経験はサンドの生涯で特異なものであった。彼女の最も優れた政治的論文のいくつかは本誌に掲載されたものである。

（ミシェル・ペロー）

皆に真理を

（『民衆の大義』誌のための序）

次々に起きる出来事がひしめいている真中《さなか》で、日々の新聞は一日ごとに、一時間ごとに事態の推移を追うことを余儀なくされ、原理に充分かかわる時間がない。しかしながら、もはや何人かの特定の人間にではなく、一人一人、すべての人間にその責任がある憲法典を作る前夜にあって、民衆は新しい社会秩序の基盤となる原理に、これまでになく深い関心を抱く必要に迫られている。

共和政の到来以来、民衆が初めて行《おこな》ったデモの影響を受けて書いた、『民衆への手紙　第一信』と題する文章の中で私は、これまでの生涯で変ることなく信奉してきた一つの原理を明らかにしたが、民衆の見事なデモはその感動的な実現であった。定期刊行物を創刊するにあたって、ここでその原理にもう一度触れておきたい、この刊行物はまさにそれを、節度をわきまえながらも忍耐強く演繹するものであるから。

「孤立した人間は神の前でいささかの価値もなく、人々に影響を及ぼすことはできないだろう。」

私の意味する、孤立した人間とは、人類の血管の中に流れている生命の拍動を聞こうともせずに、知的、精神的隠遁の中に徹底的に閉じ込もっている人間のことである。私の意味する、孤立した人間とは、階級や党派精神に一貫して固執し、神権政治や特権の長や布教者、あるいは信奉者となる人間のことである。最近の何人かの空想家たちは、貴族的な学派の経済学者たちとまったく同様に、孤立することで死や病に襲われた知識人と私には思われる。もっとも、両者の間にある精神的相違が大きいことは、急いで言っておかなければならない。前者は適切なあこがれが狂ったり、寛大な気持ちの思い上がりに欺かれた。後者は利己主義でゆがめられた見方をした。——二月二四日以前、前者は興奮の中を歩き、後者は沈滞の中に止まっていた。

真摯な狂信者の混乱した心の中には、ほとんど常に偉大で美しい真理がある。無感動な懐疑主義者の考えの中には常に暗雲と耐えがたいほどの臭気がある。ある種の錯乱が抱かせる苦悩と混ざり合った敬意がある。冷たさと無感動で愚かしさに達する、似非《えせ》理性が抱かせる憐憫には常に嫌悪がある。

したがって、認識と、異なった防御手段で避けなければならない二つの暗礁、真理の道から外れないために避けなければならない二つの暗礁がある。すなわち、党派や個人のおごりによる誤謬と、階層や個人的利害による誤謬である。

これら二つの暗礁は同一の誤謬、つまり、真理はこの世にあって孤立した啓示でありえた、と考える誤謬が生み出した。この誤謬は貴族政治や神権政治の原理の上に必然的に根拠を置いている。共和主義的感情、すなわち、平等主義的感情はわれわれの中にあるその誤謬を打破しようと努める。そして、変貌した人類の中にあっても誤謬に立ち向かうであろう。

真理は神がある特定の人間にだけ授ける恩恵ではない、すべての人間にそれを教える役割を彼らに託しているのだ。絶対的に受け入れられた信仰は過去の錯覚であり、自由になった人類はそれから解放されるだろう。

神がさまざまな役割をすぐれた知性の持ち主に託すことは確かである。神はある者には形式を授け、またある者には本質を授ける。考えを説明するよりも、構築することに秀でている者もいれば、その逆の者もいる。自己を示すやり方は各人各様である。一人は語り、もう一人は書き、三人目は歌う。ある者たちは芸術の領域で自己表示し、他の者たちは科学の領域においてである。ときにそれは、真理の伝達手段となる、雄弁な人間の演説であり、またときにそれは、集団を啓蒙する、明晰で好ましい人間の率直な会話である。したがって、優れた知性は貴重である。だが、彼らが真に有用であるのは、自分の中と同時にその外に、つまり、個人の意識の中に、と同時に、人類の意識の中に真理を探求するときである。

『民衆への手紙　第一信』(本創刊号に再録し、読者諸氏の御覧に入れる)は、本誌発刊の信条表明としてここに宣言するところをさらに詳述しよう。われわれが標榜する信条は、一言《ひとこと》で言えば、「われわれは真理をわれわれ個人の財産とはみなさない」に要約される。

この言葉が明らかにするように、『民衆の大義』誌は、既成の教義、われわれは決して誤謬を犯しはしないとして、公衆の意識や理性に押しつける教義であると主張するものではない。弁論は最終的判決とは別である。それは反論を容認し、検討を要請する。

真摯と勇気が民衆の大義の生命力であるから、それを力の及ぶ限り支持するために、民衆とともにあり、その真中にあり、その前に現れるわれわれは、急ごしらえの慎重さのヴェールでわれわれの個性を隠しはしない。この策略の駆引きや、かくも多くの隠しだてを誘発した時宜を得た率直さに一度として信を置いたことがないから、われわれは機会があれば、心にあることを残らず話そう。われわれは率直さは常に必要だと考えている。自らの信念の最も完璧なしるしを見せようとしない人間は誠意を持ってはいない。誠実さが唇の上にないのに、それが心の中にあると、どうして主張できよう？

したがって、逆説に論拠を置いているように見える危険をおかしても、生命を奪われるとき以外は奪い取られることのない完璧な形の真理をわれわれは自らの中に持っていると言おう。われわれがこの形に信を置くのも、それがすべての人間の要求と願望を実現するようにわれわれに見えるためにほかならないと言おう。何かがわれわれを今以上に、それに結びつけることができるとすれば、それは同胞すべてのいや増す賛同であると、そして、何かがわれわれをそれから引き離すことがあるとすれば、それは人類の真の希求に一層かなった、一層すぐれた真理の、人類自らが提出する証《あかし》であると言おう。

読者である民衆に、検討し、熟考すべき主題を提示することで、私自身に明らかになる期待を抱いて、刊行する本誌でこの完璧な形の理想を予言できるかどうか、まだ分からない。そうすることに危険がありはしたが、私は多数の著作の中でかなり明瞭にその理想を予感させたので、ここで信条表明をしなければならないとは思わない。「九月の諸法」（一八三五年九月制定。出版の自由に制約を課する法律。これにより出版の検閲制度が強化された。）の脅威にさらされて、個人の信条を表明することは義務であった。自由の体制下では、かつて勇気であったものが衒学的態度となりうる。その非難に身をさらす可能性から、われわれの個人的な勉学や研究の結果にほかならない思想に対して、われわれは非常に用心深くなるであろう。

したがって、個人の信条を保持することと、この信条の承認を民衆の願望と要求の中にのみ求めて、広がろうとする真実に競合させることは、首尾一貫しないことではない。

もしわれわれがこの競合にいかなる寄与もしないのであれば、参加するに値しないであろう。それは、人類の歩みと救済に関心を持たずに現在まで生きてきたことの証《あかし》であろう。外部から来るあらゆる光を拒絶させるために、あらかじめ決められ、ほとんど反論を許さぬほどに定まった体系を出すならば、集団生活に参加するに値しないか、参加することができないであろう。こうした哲学的虚栄心は共和主義的考えに対する抗議であろう。

党派の精神には個人的に嫌悪を覚える。

とはいえ、信条の多様性と、あらゆる真剣な探求の絶対的自由は認められよう。信条の統一はまさにこの一時的な多様性から生み出されることは充分に理解している。したがって、われわれの精神が拒絶するのは党派それ自体ではない、あらゆる党派が本質的に持っている悪習であり、不寛容、傲慢、虚栄であり、真理の形態や表現、実践や組織化を独占するという思い上がりである。偏狭になり、原理を破壊することができる武器の役割を果たす体系である。虚言を手段として用いる真理の宣伝、己れのためには要求する自由を、他者に対しては打ち砕こうとする自由の宣伝、尊大な神権政治を自任する平等の宣伝、憎悪や糾弾、嘲弄や侮蔑、恨みを実践する友愛の宣伝である。これらがまさに、致命的悪習である党派の精神とわれわれが呼ぶものであり、この悪習の消滅に進歩がかかっている。そしてこの進歩は党派の有無にかかわらず、この世で現れうるものであり、また、是非にも現れるべきものである。

学派《エコール》は党派とは異なっている。われわれはいかなる学派にも属さなかったことを自慢するつもりはない。学派という言葉は、知的生活の成熟期にあっても、揺籃期に意味するもの以外を意味しないゆえに、適切である。われわれは学校《エコール》に行く。それは非常に良いことだ。だが、そこで得る教育はわれわれの将来を束縛するものではない。熟考する習慣、勉強する習慣をそこで身につける。われわれの個性が吸収されてしまうことはない。今後、他の勉学がわれわれにさせるであろう進歩の萌芽が、われわれの能力のこの最初の発達によって摘み取られることはない。学派はわれわれの間に新しい学派をわれわれ自身で自由に形成させ、われわれの最初の授業を思い出させて、解説させ、発展させ、あるいは修正させよう。党派は小さな教会であり、その外に救済はない。党派は進歩をただ一人の手にゆだね、複数の人間の提唱を認めることさえしない。高度の権力を持った孤立である。

一つの新しい要素が今後、光をもっと拡散させ、もっと広範なものにするだろう。その要素はクラブ、つまり、民衆の集会である。さまざまな学派がそこで相争うことができよう。そして、意見を述べるために話す術を見出せば、政治、哲学、社会、そして宗教の卓越した勉学がなされるであろう。

現在、原理として、きわめて優れたこれらの民衆の集会は、実際は不充分であり、結果は漠としている。新しい力の試みが直面しているこの最初の難点は、進歩を否定する人間にのみ憂慮すべきものなのだ。間もなく、空虚な雄弁や油断のならない当てこすり、虚栄にみちた大言壮語が、立派な良識を備えた民衆からきびしい判断を下されるだろう。フランスの精神は深い洞察力を持ち、だまされたままではいない。やがて、無用な演説を聞いた民衆は時間と関心を無駄にするのにうんざりして、イギリスの詩人（シェークスピア）のあの皮肉な分析を繰り返すだろう、「言葉、言葉、言葉！」と（ハムレットのせりふ）。

本刊行を企てたのも、民衆の集会が組織されているフランスのあらゆる場所で論理的精神の再生を促そうとするためにほかならない。本誌を教義集として、炉辺で入念に作り上げ、世界を救うことをまぎれもなく目的とした政治教理として世に出すのではない。時宜を得た問題をときどき現場に立ち返らせること、並びにそうした問題がつぶさせる時間ゆえに、空虚で危険な長談議にできる限り逸脱させぬことを目的とした、討議の一材料として提供するだけである。

立候補（憲法制定国民議会選挙の）の検討にわれわれは全時間を割いた。だが、もう時間がない、その時が迫っている。なんの成果も見ない論争に多大な時間を費やしているのだ。さらに今後三週間、誰を候補者にするかで、揺れ動くだろう。どういう状況を望むか、心を決めていれば、ふさわしい人物はすでに決まっているだろう。困ったことは、理念や体制の選択と同様、われわれを代表する役目を担った人間の選択に決心をつけかねていることである。多様きわまりない意見の持ち主たちを同意させる人間を見出そうと望むのはほとんど不可能である。真の共和主義者を選ぶよう、互いに勧め合おう。だが、真の共和国とは一体、いかなるものか、充分に知られているだろうか。まる一週間、人物の問題を無視して、原理を検討することに専念するよう、全フランスを説得できるならば、また、フランスのあらゆる場所で、民衆の集会で、真剣で、率直で、自我から完全に解放された意見が、毎日述べられ、耳を傾けられ、討議されるならば、この一週間は一年分の進歩をもたらし、われわれの選択はより迅速となり、選挙はより容易に、結果はより意義深いものとなるであろう。一致して候補者たちに信条表明を求めるのが一般的である。それは適切なことだ。だが、手際よく進めるために、彼らが信条表明で是認するはずの原理について、あらかじめ合意すべきではないだろうか？　こうした問題はこれまでのところかなりあいまいであり、懐疑的態度や曲解を誘発しているように思われる。将来には、ほとんど信じられないだろうが、数日間、労働者クラブの立候補者たちが受けた第一の質問は、「市民ルドリュ＝ロランの回状を賞賛するか、それとも非難するか？」であった。

純粋に行政的な通達に関して原理の質問をしたのだ。

しかしながら、一般的表明で無意味なものは何一つなく、この表現にも原理が隠されていた。もし、原理が、単なる政治的感動ではなく、ちがった形で表明されていれば、社会的な見解をさらに抱いたであろう。ともあれ、この質問がなされ、多くの候補者がそれに答え、この質問は真剣な意見によって理念の役目を果たしたのであるから、われわれはこの質問を真剣に受け取り、その真の意味を表現するように努力しよう。この言葉に基づいて委任者たちに誓いを立てた人々が、彼らの承認なり、拒否がいかなる結果を導くかを充分に知るためにである。これを本誌の第一の課題としよう。これを選択したことで、民衆の集会に冷静さと明晰さをもたらすことを特に目的としている本誌でどのような順序で進めるつもりでいるか、おのずと明らかであろう。

規則的、体系的な順序を取ることができなかった。共和主義の卓越した教理問答集がすでに出版されているか、間もなく出版されるかであろう。民衆はそこに望ましい順序を見出そう。時間と継起する出来事に責め立てられ、政治宗教のこうした概説書の項目を次々と展開させることはできないだろう。加えて、これらの項目のいくつかはわれわれの感情を完全に表していないこともありうる。そして、われわれは民衆の判断を受け入れるにしても、あくまでもわれわれの頭に浮かぶ形式で主張を民衆にゆだねるつもりである。

したがって、われわれが取ることのできる順序は純粋に年代順である。つまり、流れて行く時間に沿った複合的な出来事がわれわれの検討課題となろう。本誌はその瞬間の感動を直接伝えるであろう。精神を昂揚させるこの感動を共有することで、われわれは確かに全体の生活の中にあり、われわれが今日、その大義を守護している民衆の感情を自らに吹き込もう。後世がこの大義に審判を下すであろう。

一八四八年四月八日

未来の解放者たち（「パリの市街」）

本論文は中産階級、つまり「恐怖を抱いている人々」に向けた、「あなた方の支配は終った。空気と街は今日、すべての人間のものだ」という呼びかけであると同時に、パリの市街で行動するさまざまな分子——「若者たちの民兵」である国民遊撃隊、聖職者、鼓手、学生、労働者、種々の同業組合——や、行進、自由の木の記念植樹、募金、共和国への供物といった多様な形態の催しの生彩あるルポルタージュとなっている。「パリには秩序が行き渡っている、だが、それは一六年前、ワルシャワの街を支配していた秩序ではない。」（一八三一年九月、民族解放を求めた蜂起部隊をロシア皇帝が鎮圧。フランス外相セバスティアーニは「この上なく完璧な秩序がワルシャワを支配している」と評した。それは恐怖の秩序であった。）

（M・P）

街路や広場、まさにこうしたところで、フランスの生活が目下、繰り広げられている。一刻も早く、共和国の到来を祝おうとし、また、そうできることがうれしく、フランス中の人間が駆けつけ、これまでのものとは、かつて一度でも存在したものとはいささかも似ていないこの都会の、今までにない光景を強い関心を持って観察している。

実際、不思議な光景。この一か月、日毎に変化した、時々刻々変化した光景。事件の翌日のパリは、われわれには平穏すぎるように思われた。金持ちたちは新たな事件を懸念しているようであり、身を潜めていた。市庁舎やリュクサンブール宮付近を除けば、疲労困憊した民衆はほとんど姿を見せていなかった。政権の座についた愛国者たちは途方もない仕事に没頭していた。したがって街に見られるのは、生来、穏和で、すべてをなすにまかせ、すべてを疑いながらすべてを受け入れ、自らはかかわりを持たずに、歴史が過ぎてゆくのを眺めている人間だけであった。パリの至る所で舗石がはがされていた。まるで小さな地震が地面を波立たせたように。馬車は苦労して走っていた。不可抗力的にストライキが広範囲で発生したが、一斉の活動停止に対してことさら抗議する者はいなかった。通行人やあらゆる種類の車の往来は驚くほど迅速に回復した。高位高官が多数逃亡したり、彼らの豪華な馬車を廃したが、そうしたことに気づく者はほとんどいない。彼らのパニックは有害で、とがめられるべきことだとどれほど話題にされようとも、そのことについて考えるのは難しい。つまり、興味をそそることが山ほど眼前にあり、新しい感動が心にあるからだ。

とはいえ、保守的と言われる中産階級は目にするものに怯え、また、憤慨する。「あの怠け者たちは街頭で一体、何をやっているのだろうか？」と、用心深く、窓を細目に開けて、小声で言う。「パンを手にするために働くこともせず、旗や松明《たいまつ》を振りかざし、『ラ・マルセイエーズ』を歌い、ありとあらゆる幼稚な示威行動をして、夜も昼も歩き回っているのは、奴らに実に似つかわしいことだ！おかげでこちらは、食後に休息をとり、心安らかに消化に努める手だてがもはやなくなってしまった。爆竹や銃撃の音に思わず飛び起きる。暴動が界隈に広がっているような気が絶えずするのだ。それは太鼓をたたいている鼓手や、新聞を運んでいる街角の新聞売りであり、また、ちょうちんをねだっている子どもたちや、通り過ぎる国民遊撃隊、自由の木を植えている音だ。どちらに注意を払えばよいのか、皆目分からぬ始末だ。それから、代表団、式典、聖職者や兵士たち、おまけに、この街で自分たちの国の『ラ・マルセイエーズ』を厚かましくも歌っているイタリア人やポーランド人、などなど！何が何だかさっぱり分からぬ。こうしたすべてがわれわれに不安を呼びさます。臨時政府ならびに警視庁に勇を鼓して言おう、フランス中が耳を傾けてくれんことを。「われわれは恐怖を抱いている！」と。われわれの不満を言おう、「目下、出来《しゅったい》していることに抵抗しよう。今こそ、姿を見せる時だ。われわれは怯えている。」」

——怯えている？　今、フランスにあって怯えるのは素晴らしいことだ！　実に感動的だ、実に高貴で、実にフランス的だ、自慢するに値することだ！　保守的な中産階級にわれわれは敬服する。彼らは恐れている、そして、そのことを進んで口にするのだ！　彼らは金を隠す、その顔には引きつったような笑いが貼りつき、ひざは震えている。彼らが仕事を停止させながら、仕事をしないと言って民衆を非難する。激しい恐怖を少しずつ蒔きちらし、偽りの情報をでっち上げ、荒唐無稽な考えを抱く。財政危機を嘆きながら、その危機を精一杯、増大させる。どうしろと言うのか？　彼らは恐れている！　彼らは脅し、陰険に傷つける。何故《なにゆえ》に国家の運命を危うくするのか、彼らにとって費用のかさむものになり、また、弱体化するのを見るにつれて不満をもらしていた権力を、今になって何故《なにゆえ》に惜しむのかとたずねられると、彼らは恐れていると答え、そうした言葉がフランスという名の国のあらゆる共感を呼びさまさぬことに、あらゆる敬意、あらゆる賛辞を得ないことに驚くのだ！　何と見上げた中産階級であることか！　フランスというこの言葉が何を意味するのか、ご存知ない？　二千年の昔からこの名が全世界にあって名誉と勇気の同義語であったことをお忘れなのか？「フランス人のように勇敢だ」と外国人が評されるのをご存知ない？　七月と二月の日々に、パリの女や子どもたちが胸をはだけ、素手で砲弾に立ち向かったのを目にしなかったのか？　否、確かに見なかった、隠れていたのだから、怯えていたのだから！

おお、何という意気地なし！　卑劣にして滑稽な亡霊、異様で、軽蔑に値する醜悪さ、民衆の雄々しい精神が世界の自由を宣言するときに、ここで何をしようというのか！　わが国は悪ふざけでそなたを大道芝居の舞台に押し出したと思っていた。青ざめ、引きつったそなたの仮面を嘲笑する権利が無いなどと思うような、場末の人間は一人としていなかった。だが、そなたは実在の人間だ、虚構の人物、道化芝居の登場人物ではない。そなたは震えながら近づいて来、市民の祭典が挙行されるのを怯えた目で見つめている。そして、いかなる出自で、何者なのかとたずねられれば、そなたは答えるのだ。「どれほどの代価を払おうとも、平和を望む、高貴にして有益な体制の出身である。私のことはよくご存知のはずだ。戦争、反乱、変動、進歩を常に怖れていたのは私だ。国家が望むものことごとくに反対していたのは私だ。私は常に抵抗し、常に震えている人間だ。私は怖がっている人間だ」と。

――確かにわれわれは互いによく知っている。そなたの名はカサンドル（元来、イタリア喜劇の登場人物。間抜けで、こっけいで、醜悪な、だまされてばかりいる人物）。いかなる時にも猜疑心が強く、それでいて果てしなくだまされる。常に怒っていながら、常に逃げ出す。そなたは杖を手にし、それですべての人間を威嚇するが、もっと速く走ろうとすれば、たちまち捨ててしまう。奴隷にして追従者であるそなたは、口やかましく、横暴だ。抵抗できない者は誰であれ虐《しいた》げ、そなたに真っ向から立ち向かう者には怖気づく。そなたは喜劇の役人役に熱中している。そなたの窓の下で人が歌を歌うのを望まず、自分のまわりの空気が他人に吸われるのを望まず、自分の住む界隈を人が歩くのを望まない。ああ！　われわれはそなたを哀れむ！　そなたの支配はもう終ったのだ。空気も街路も今日ではすべての人間のものだ。民衆は大胆不適にそなたの屋敷のすぐ傍を通行し、散歩し、すぐ傍で呼吸し、歌う。そなたがまだそこにいるかどうか知ろうともせずに。そなたが隠れているところが地下倉なのか、それとも納屋なのか、誰にもたずねようともせずに。何をなすべきか？　善人と言われている警視総監が民衆に、家や作業場から出ぬように頼みこむことがありはしないか、確かめる必要があるだろう。もっとも、民衆が非常に快適な住まいを持たず、作業場に仕事がないということがない限り、事情は困難になるだろう。その時にはそなたは市民コーシディエール[1]に、パリのあらゆる通りに――ちょうど高級住宅街にある金持ちの病人の邸の前で、馬車の騒音を弱めるためにやるように——藁を厚く積み重ねるよう要求するかもしれぬ。そなたの大切な耳に甲高く響く音を抑えるために、太鼓の上にゴムを一枚、置かせることを拒むとすれば、彼にはほんのわずかな処世術さえも欠如しているにちがいない。それでも、方策を探すだろう。見出さねばならぬ、なにしろ、そなたは最高の、譲渡できぬ権利、結構な権利、つまり、恐怖という権利を持っているのだから。さらば、カサンドル閣下、神々がそなたの天使のような睡眠の一時間を奪うよりも、人類を皆殺しにされんことを！

こうした客寄せ芝居がパリの、どこの表門でも、どこの窓辺でも、どの通りでも、いついかなる時にも上演されている。無料で目にすることが、耳にすることができる。

だが、この笑劇《ファルス》のあとにどんな叙事詩が続くのか？　通りの奥から風変わりな行列が進んで来る。人間を申し分ない機械に変えてしまう軍隊の隊形のようにしゃちこばってではなく、行動することに満足し、情熱を燃やしている、自由な人間を感じさせる志願兵のようにのびのびと、闊達に歩を進めている。秩序はこの若い民兵、即席の規律を自らに課すことが誇らしく、進んで整列する民兵の列の中にある。ある日、われわれの近くで、注意深く観察していた一人のイギリス人が国民遊撃隊(2)はどこにいるのかとたずねた。「あなたの目の前を通り過ぎていますよ、ほら。」「何ですって、あの少年たちですと？」「その通りです、彼らは世界中の四つ辻に、お望みとあらばテムズの河岸にも、自由の木を植える手伝いをしようと待ち構えていますよ。」

確かに彼らの多くはまだ少年だ、背丈が低く、ひ弱な感じがする少年たちだ。彼らはパリの子供たち、奇跡の子供たちだ。悲惨の中に生まれ、苦しみの中に成長し、欠乏の中に生きている子供たちだ。気難しく、神経質で、遅鈍でもある、だが、興奮しやすく、激しく反応する傾向がある、つまり、複雑な気質なのだ、感動と知性と活力に富んでいる。こうしたことはすべて彼らの思考に影響を与えている。体はひ弱に見えるが、精神はかくも強固だ！　この若々しい民兵の昂揚に立ち向かおうとする巨人はいない。てこや斧はおろか、いかなる種類の道具も持たず、ただ、いかにも都会育ちらしいやせた腕とほっそりした手だけで、乗合馬車を転覆させ、並木を切り倒し、鉄柵を引き抜き、舗石の山を築かねばならないのか？　作業がなされ、バリケードが築かれてはじめて、人々は奇跡を理解し、奇跡を目の当たりにする。それから、われわれは芸術家であるゆえに、色彩と優雅さと装いを愛するゆえに、築いたバリケードの頂に飾りとして緑の枝、赤い吹き流し、旗、そして勝利を記念するものを置く。ただ防御の壁であるだけでは十分ではないからだ。祭壇であることが必要なのだ。市内の至る所で、芸術家にして労働者であり、そして戦士であるパリの若者の漠としてはいるものの、昂揚した精神主義がその作品に刻印を押す。

われわれがヨーロッパの未来の解放者たちを観察している間も、行列は途切れることなく続く。司祭たちが太鼓の音に合わせて歩き、うっかり前の者の足を踏んでしまう。キリストの十字架像が共和国の旗と並んで、群集の頭上を舞う。感動し、行進に引き込まれたこの聖職者たちを偽善者呼ばわりし、背徳者呼ばわりするカサンドルが何と言おうとも、この光景は自然で、申し分なく論理的な結合を示している。

もし太鼓というものが存在しなければ、考察する必要があるだろう。その低く、よく響く音は民衆の声に似ている。それは神経を刺激し、血を沸き立たせ、耳をつんざき、好戦的感情をかき立てる。その音にどれほど慣れていようとも、どうすればそれから身を守ることができるのか分からず、もはやどうすることもできない。――ついで労働者たちが、学生やあらゆる学校の代表者、あらゆる同業組合のメンバーたちと入り混じってやって来る。作業着、軍服、平服、ジャケットが混じりあう。腕を絡ませて、連帯、つまり、友愛にみちた平等が獲得されたことを宣言する。

だが、それはまだ、巨大な蛇のような行列の先頭にすぎない。行列は狭く、奥行きのある通りに広がってはいるが、誰の邪魔にもならず、誰を傷つけることもなく、一般の群集が縦隊の周りを埋めるのを妨げず、また、支障なく自由に歩き回るのを妨げることもない。木々の葉の冠をかぶり、銃の代りにつるはしやすき、あるいは斧を手にして、前進するこれら頑強な労働者たちは一体、何者なのか？　若いうちから白いものの混じったあごひげに、頑健そうな顔色をし、重々しくしっかりとした足取りの、一目でそれと分かる舗装工であり、土工であり、木こりたちだ。彼らの後ろで五〇人の男たちが軽々と松の巨木をかついでいる。その緑の枝は少年たちに支えられ、舗石の汚れから守られている。通り過ぎてゆくのは自由の木、つまり、共和国の象徴なのだ。脱帽されよ、カサンドル、誰一人、そなたに強制はしない。だが、誇り高く、燃えるような彼らの視線がそうするように勧めている。もっとも、そなたは二つ返事で承諾する人間だ。

これが、パリのそこかしこで絶えず出くわす行列の光景だ。時には三色飾りのかごであり、その長いリボンを運ぶことを彼らは誇りにする。そして、それが通過するとき、共和国への供物で一杯になる。労働者たちは重い箱をかついで、さまざまな同業組合の一日の労働の報酬を臨時政府にうやうやしく献じにゆく。感動を呼ぶ示威行動、貧者の崇高な献金！

自尊心や個人的利益が傷ついた芸術家たち、そなたたちにはこのような動く絵、表情豊かな顔が見えはしないのか？　このような即興の作品を作り出すのに大きく働いた感情はそなたたちの心や才能に何も語りかけはしないのか？

そして、そなた、カサンドルよ、そなたの窓をもう一度開けるがいい、そして、銃剣の先に首が吊り下げられていないのを、舗石に血が流れていないのを見るがいい。パリには秩序が行き渡っている、だが、それは一六年前、ワルシャワの街を支配していた秩序ではない。

一八四八年四月八日

紛糾（一八四八年四月一六日の一日）

四月一六日は極度に混迷した一日であった。サンドは一六日から一七日にかけての夜、息子モーリスに宛てた手紙の中で詳しく言及しているが、とりわけ、参加者および目撃者としての自らの立場については、本論文以上に明確に語っている（『書簡集』第八巻、四一一頁―四二〇頁）。

おそらく、初めに、選挙の延期を求めるブランキ派の集会があった。サンドはむしろ賛成の立場を取り、これに参加するためにパリにとどまっていたと思われる。「この陰謀には充分な根拠がありました。共和国を救うことができもしたでしょう」（モーリスへの手紙）。だが、反乱分子の間に合意がなく、「四つの陰謀」が存在した。サンドはルドリュ＝ロラン、ルイ・ブラン、コーシディエール、バルベスを支持し、「愚か者の」カベ、および、「当節のマラー（一七四三―九三）フランス革命の大立物。『人民の友』紙を創刊。ダントン、ロベスピエールとともにジャコバン派を指導。）たる二人の卑劣漢」ラスパイユとブランキに断固として敵対していた。彼女は次に、群集のほとんどただ中で目撃した一連の出来事を詳細に伝える。三万人の労働者が市庁舎に出かけて、臨時政府に対し「人間による人間の搾取の停止」を要求するために、シャン・ド・マルスに集結した。だが、彼らはほどなく、「共和国万歳、ラマルティーヌ万歳！」と叫ぶ国民軍と機動憲兵隊の三縦隊に取り囲まれる。そこでサンドは、『民衆の大義』誌に寄稿しているポール・ロシュリと連れ立って、労働者たちの行列とともに歩く。だが、少しずつ機動隊に押し戻され、気がつくと、「機動憲兵隊の若者たち」の真中にいた。抜け出すことにする。夜、ボリとパリの街に出て、すっかり状況が変わっていることを認める。「労働者は一人残らず立ち去っていました」（モーリスへの手紙）。街は中産階級やぶらぶら散歩する人間たちに占拠され、彼らは「カベを殺せ、共産主義者たちを打倒せよ！」と叫んでいた。サンドはそこに、翌日には、「社会主義者を皆殺しにせよ、ルイ・ブランに死を！」と叫ぶことになる展開の始まりを見る。そして「今日、パリはまるでラ・シャトルのように振舞いましたよ」と書く。

最も深刻であると彼女に思われるのは国民軍に操られた機動憲兵隊の堕落である。「中産階級の立派な部隊に編入された一部の民衆は新しい、きらびやかな服を着ることで、中産階級の考えを抱いた。しばしば、作業着を脱ぎすてることで、本来の心を失うものだ」。この時以来、サンドは、パリではもはや大してなすべきことがないと考え、国民議会招集後にノアンに戻ろうと考える。『民衆の大義』誌の論文はより暗示的である。いかなる名も挙げてはいない。サンドが党派を告発するとき、念頭にあるのはとりわけブランキのことである。

（M・P）

党派の反動と平等に反対する特権階級の反動

党派とは何か？

もしそれが単に、社会にまだ受け入れられてはいないが、人々の意識の中に漠然と広まっている特定の主義の宣伝なり論証を目的とする、信念と意志を持った人間の集まりであるならば、啓蒙を渇望している社会は、その変貌期にあって、あらゆる党派の中に自発的発展の条件を探すことができるであろうし、また、探すべきであろう。党派の長なり、傑出した弟子は、時代が充分に考えた問題、あるいは、将来、取り上げられるべき問題を検討する、上級の委員会のメンバーに招聘されるべきであろう。政権、真に政治的な権力はその性質上、道徳的、知的、物質的状況を充分に把握することができるが、現在、果たすべき使命は、こうした主義の適切な実践であろう。第三の権力は施行を担うであろう。かくして社会の形態がいかなるものであれ、それは自由で無限の考えに基づき、現実感覚に支配され、激しくかき立てられる自らの力を賢明に行使し、行動するであろう。

この理想は直ちに形となって実現されるであろうか？

否《ノン》。現在、存在している党派は自由の体制下に生まれたのではなく、抑圧の体制下に生まれ、彼らの優れた着想の世界で行動することが不可能な状況に追いやられ、明確に定義することが重要な、何か私的なものになっているからである。

党派は、迫害の体制下では秘密結社を、また抑圧の体制下で小教会を作ることで一般教育の性格を失ってしまう。自由の空気の中では有益で友愛にみちているものが、それを圧迫する不寛容の体制下では必然的に辛辣で、不寛容で、傲慢なものとなる。

したがって、党派はもはや主義の宣伝だけを目指すのではない。世間に対して、党派が妄想にふけるものではまったくないこと、そのメンバーは、彼らを否定する社会の真中で、誰よりも学識があり、純粋で、幸福な人間であることを示すために、その理想とするところをその内部で実行し、実現しようと望む。

それは進歩のない社会が生み出し、忌まわしくならないように、消滅させることのできない悪である。それはこうした社会の後も生き続ける悪であり、社会がその存続を妨げる障害を覆そうとする時に社会を乱す悪である。

実際、こうしたすべての燃えるような、あるいは現実離れした、また寛大な、あるいは狂信的な思想には、抑圧の体制下でやってみるべき仕事、おそらくは有益な仕事があった。というのも、精神がどのような形で現れようとも、精神は必要であり、しばしば、無数の誤謬と無数の錯乱の真中で、党派は知性の神殿——人気のない、閉じられた神殿の中で神聖な火を保持することがあるからである。だが、神殿の扉が開かれ、群集が戻って来る時、党派は変貌し、追放の契約を破棄することが、そして、党派を解放し、彼らに自由な考え、共通の考えを持って来たこの群集を歓迎することが求められよう。党派はそこでいわば消滅し、今まで離れていたこの人々の中に、活気ある真実の新しい形を探すことが求められよう。党派としての時代は終りを告げたことを理解し、力尽きた闘いの勇敢で粘り強い道具であったことに満足し、今後、無益な物質的闘いを一切、考えてはならぬであろう。

われわれの考えをよりよく理解してもらうために、次のように言おう。専制政治下では、秘密結社、陰謀の段階にある党派は義務であり得るが、真の共和国にあってはそのような党派は犯罪になると。同様に、個々の実践の段階にある党派は、専制政治下では権利であったが、共和政下では乱用になると。

党派は言う。

「われわれには真理がある。

「もしわれわれがそのことを確信していなければ、われわれは存在していないだろう。社会が誤謬の束縛の中で悪戦苦闘したあとで、遂に目を開き始めているのは、われわれのおかげなのだ。分別を失った社会に抵抗したわれわれは、したがって、真の指導者にほかならぬ。そして、今、われわれのこの優越性を否定するのであれば、われわれを侮辱し、われわれに払うべき敬意と感謝の念を欠くことになる。

「われわれは権威を欲する。われわれの仕事、知識、そして、われわれが耐え忍んで来た長い間の苦難ゆえに、われわれにはその権利がある。われわれがいなければ、たちまち行き当たりばったりに進み、闇の中に迷い込むであろうこの新しい社会の指揮をとることを欲する。」

このように思考する党派に対して、われわれ民衆は返答する権利を持っている。われわれはこう答えよう。

あなた方は真理の一部を持ってはいるが、真理のすべてを持っているのではない。人間は決して全真理を持つことはない。それは進歩を否定し、まるで新しい教皇権のように絶対に誤解を犯すことはないと新たな教皇権の不謬性を宣言することであろう。議論を速めるために、あなた方の尊大な言葉を用いることに、そして、あなた方が最大限の真理の保持者であると認めることに同意しよう。民衆は詭弁を使いはしない。あなた方が真理を所有していると認めよう。だが、われわれもまた、同様に所有してはいないだろうか？　血を流すことで常にその勝利を確固たるものにするわれわれは、闇の中にいるのだろうか？

たとえあなた方がわれわれより多くの学識を持ち、歴史をより一層知り、より多くの書物を読み、著したとして、われわれに生来の光がいささかもない、ということになるだろうか？　老練なあなた方よ、神の真理は人間にあって二つの表れ方をするものだ。瞑想で明らかになる真理と行動での真理、精神の真理と本能の真理がそれだ。ところで、われわれには一方があり、あなた方にはもう一方がある。そして、この二つの真理はもう一方がなければ、完璧なことは何ひとつできない。あなた方が教えるのは良いことだ。われわれが行動するのはよいことだ。われわれの本能に聞いてごらんになるがいい。知ることのないままに排斥してはならない。われわれに真理を与えられんことを。われわれは大いに望んでいる。だが、われわれに押しつけられることのないように。あなた方が権威を欲するのであれば、われわれがあなた方のことを知り、入念に検討した後に率直にあなた方に認めた限りにおいて主張されるがいい。それは、あなた方がわれわれのことをご存知ないだけに、一層必要なことである。あなた方は党派に閉じ込もって生きてきた。党派の精神はあなた方をわれわれの精神から引き離した。あなた方は民衆の中に生きていると思っていたが、そうではなかった。あなた方が細心の注意を払って教義を説き、あなた方の作り上げた社会機構――あなた方に似せて作った大きな社会の模型――に服従させた、ごく一部の民衆は民衆そのものではない。あなた方の周りにいたのは信奉者のみ。彼らは裏切者のおべっか使いとは大違いの、誠実で、献身的で、純朴な追従者たちであるが、彼らの意見を聞こうとする知識人にとっては一層危険である。彼らのお追従は裏切り者のへつらいほど下品ではないが、より強度で、他の誰よりも優れていると知識人に信じ込ませるからである。

党派の長たち、これこそがあなた方の悪である。あなた方は無知を軽蔑し、あなた方に異を唱える人間ばかりでなく、あなた方を理解しない人間をも容赦なく傷つける。あなた方には確かに反対者がいた。公正を欠き、理性を欠いた反対者たちであった。だが、もう反対者がいないのに、なぜなお闘うのか？　あなた方はなぜ、まだその時でもないのに、迫害の外套を身にまとったのか？　あなた方が迫害を挑発するならば、それはあなた方に及ぶだろう。迫害は本質的に理性を欠いた、臆病な力であり、そしてまさにそれゆえに残忍な力であるからだ。それは眠らせておかなければならなぬ怪物である。自尊心がそれをかき立て、爆発させよう、したがってあなた方の自尊心を内に隠されるがいい。

共和政下ではいかなるものも、進歩も反動も陰謀を企ててはならない。進歩はそれ自体で、公然と許された主要な、唯一の陰謀である。民衆が群集となって集まり、真摯で、思いやりのこもった言葉だけを武器にして、誓いを表明するのであれば、そこには陰謀はない。クラブや団体が彼らの欲求を共同で表明するために、前夜、集合し、理解しあうのであれば、そこにはいささかも陰謀はない。党派が満場一致の決定に任せるという決意、あるいは、彼らの時代がまだ到来していないのであれば、落ち着いて、静かに退出するという決意を抱いて集会に参加するのであれば、これはすべて自由の精神にかなったことである。そして、それは彼らの行動の大きな進歩であり、われわれが共和政に対して成熟していることの大きな証拠であろう。

しかし、党派が不意を突いて政権を奪取するためにひどい誤解を利用しようとするのであれば、その決断は暴政下では英雄的行為になり得るが、共和政下にあっては——優柔不断のためにまだ崩壊の危機にある、始まったばかりの共和国にあっては非難されるべき自己本位の行為となる。

こうした事態は、われわれの若き共和国の誕生以来、一度も出来してはいない。偽りの恐怖に駆られた声で何人かに対しなされた非難をわれわれは信じることはできない。しかし言明しておかなければならないが、何人かが、党派精神のみが引き起こし得る態度と言葉でこの突然の恐怖を抱かせた。以上の理由でわれわれは党派精神が、それを大目に見させる圧制下で生きのびたことを残念に思う。以上の理由でわれわれは民衆に言おう、「もしわれわれが何か新しい考えを共同で実行しようとするのであれば、なによりもまず、慈悲と友愛の心を持とう。いかなる教皇も絶対に認めぬようにしよう。すべての教皇が絶対に誤りを犯さぬ存在であろうとし、『わが教会の外に救済なし』と言うからである」と。そしてある集団がこの法則を宣言すれば、彼らは当然ながら、絶対的真理を有していることに嫉妬する、他のすべての集団と敵対することになろう。

われわれが確立に努めている区別に注意してほしい。教義が純粋で無害であれば、われわれは個々の教義の試みを排除するものではない。社会は信条の絶対的自由を宣言しよう、とはいえ、個人の信条の実践に対する高度の後見と侵すべからざる統制を譲渡することはないであろう。もしフーリエがこの世に戻ってきて、共和政下で彼のバッコスたち（ディオニュソスに同じ。ブドウ酒と豊穣の神。）の理想郷を始めようとするならば、市民コーシディエールがこの党派の乱痴気騒ぎを抑えるために介入する権利と義務を持っていることは明白である。だが、ある党派が道徳にも治安にも害を及ぼさない限り、それは存在する権利があり、その党派に対する実質的迫害をかき立てるようなことは、われわれが身を置くべき真の寛容の体制にふさわしくないであろう。

しかし、われわれが闘うのは、現在まで党派の中に入り込み、党派と社会間の家族契約を破った傲慢という悪魔である。カトリック教徒は新教徒が自分よりも前に神の恩寵の中に入ることを決して望まなかった。われわれはこの古く、哀れな宗教論争を再び始めようとしているのか？　国教徒は非国教徒にとって醜聞の種となるのか？　名前が変化しても、党派精神はいささかも変らないのか？

こうしたことをすべて考えて、先の四月一六日、パリを興奮させた、滑稽なまでの興奮におとし入れたある事実に関して、ここで、触れておく必要があるように思われる。いくつかの固有名詞については、中世の時代であれば、兄弟同士で殺し合ったことであろう。武装し、血気にはやった民衆のグループが、臨時政府の何人かのメンバーが激しく攻撃されていると思い込んで、市庁舎に突進した。武器を持たず、そして、まさにそのゆえに、前者に負けぬ勇気を持った民衆のグループも、別の国民代表者たちが攻撃されているという、何やら分からぬ罪深い噂を耳にして、駆けつけた。武装した民衆と武器を持たぬ民衆が互角に走り、向かい合った。そして互いに相手が分かり、彼らの競争と恐怖の原因をたずね合った。恐れはたちまち消え失せた。両方の民衆が「共和国万歳！」と叫びながら仲良く行進し、そして臨時政府の全員が群集を一様に安心させた。

しかしながら、二つの異なった思想がこの群集を導いていた。武器を持った労働者たちは彼らの旗に、〈共和国万歳！〉を掲げ、誤って脅かされた共和国を救うために行進していた。武装していない労働者たちは彼らの旗に〈平等万歳！〉を掲げていた。その定義は民衆の合意で多少とも受け入れられる種々の解釈を可能にするものであった。この標語には地方の民衆の大半にとって、敵意にみちた、威嚇的な点はいささかもなかった。民衆の多くが自由な結社と、友愛の原則に対する政府の奨励を要求するのは初めてではなく、政府はそれに反対する権利も、また、その意志も持ち合わせていない。特定の定義の採択には無縁の群集には、共和国の息吹の下に生まれた、この大きな党派の中に信念の自由と組織の習慣に対する脅迫を見ようとする考えはまだなかった。したがって、意見を異にする二派は、政府に対して、「われわれの自由を保障してほしい。結社の自由を認められたわれわれに、連合する権利を与えてほしい。われわれが結社の原則をまだ理解していないのであれば、連合しない自由を与えてほしい」と要求しに行くために、衝突することなく、並んで歩くことができた。対立、相互の猜疑心をかき立てるきっかけが存在したのか？　相互の警戒心にもかかわらず、二派の同時のデモは仲良く行進し、そしていかなる敵意もなく解散したのであるから、そうしたきっかけはまるでなかったのだ。

だが、なぜこうした猜疑心がしばらくの間、存在したのか？　なぜ間違った情報が、パリの民衆が踏む燃えるような舗石の上を昼近くまで流れたのか？　なぜ夕方、孤立し、武装し、いわば暗い猜疑心に燃えたデモが市庁舎への道を再び進んだのか？　数時間前に、合流したデモとの連帯をことごとく否定するためであるかのように。意見の差異がある中で連帯は存在しないことがよく分かっていたが、異なった旗印のもとで支援しながら、共和国を保持し、強固にするために一致して行進できると証明したのは立派なことだ。このことを非常に強く感じ、人々は一体となって、声を合わせて市庁舎に敬意を表した。そして、全ての者にとって落ち着きの時間が恐怖の時間に取ってかわった。したがって、一部の国民軍 garde nationale はなぜ夜半、あの動き（収集された国民軍は、銃剣を突き立てて人垣を作り、その隊列の中を進むデモ隊に向って「共産主義者くたばれ！」と大声で叫んだ。）をしたのか？　目撃者のほとんどはその日一日の満足のいく結末と考えたが、その場に居合わせなかった人々の目には無分別な挑発と見なされ得るあの動きをなぜしたのか？

われわれは個々人の問題にかかわることをせず、また、錯綜した細部に立ち入ることなく、率直に言おう。そうしたところに真実はないだろう。副次的な事実にかかわれば、問題を絶対的に認識することはできないだろうから。評価を誤まり、公正を欠き、不当に非難し、解釈の山を積み上げて歴史を黒く汚すであろう。われわれはもっと高い所に真理を見出す、事実を司る精神の中にこそ真理を見出すであろう。

したがって、四月一六日の大きな誤解の第一原因は次のものである。

つまり、四月一六日、歴史の舞台に登場した民衆の二集団の中に自由に反対する反動要因が忍び込んだ。これらの要素が個々人に代表されているかどうか、われわれは知らないし、知ろうとも思わない。双方とも独断性が同じように刻み込まれた、これらの反目要因、反動要因は激しい抗議、密告、あるいは中傷、まき散らされる固有名詞、偽りの情報、幼稚な不安となって現れた。一方で反革命精神は、このとき武装していた民衆に対し、この日、武器を持たない民衆は懐に匕首《あいくち》を忍ばせていると信じ込ませようと躍起となった。この反動精神は一体、何であったのか？　それは失墜した君主政の亡霊であり、兄弟に対し武装させ、共和主義を信奉する民衆に闇の中で殺し合いさせようとする、特権階級精神であった。

他方で、神権政治精神、党派精神は、結社の自由を要求する武器を持たぬ民衆に働きかけ、警戒させようと努めた。こうして、盲目的で執拗な過去の偏見は、盲目的で不寛容で傲慢な進歩と同様、憎悪の中で現在を窒息させようと、嘆かわしい対立の中で、生まれつつある平等を窒息させようと躍起になった。

幸いなことに、民衆は変らず賢明で、変らず寛大であり、他人の強欲や野心のために内戦をすることにすっかり嫌気がさしている。民衆は信条の自由を望んでいる。一方の懐疑主義、他方の狂信にもかかわらず、民衆はその自由を手に入れることになろう。民衆は彼らの連合の試みが奨励されることを求めている。彼らは必ず奨励されるだろう。民衆は意に反して連合するよう強制されることを望まず、また強制されることはないだろう。思想だけを前進させてほしい。考えは急速に進展するだろう。

銃剣や中傷を無用に伴わせてはならない、思想はそれらを必要としない。呪咀することなく説き勧め、誇張することなく守るように。

あなた方の誰もが出版と発言の自由を持っている。個人的野心の台座に上るためにこの神聖な権利を濫用することのないように。あなた方の誰もが秩序を守る使命を持っている。潜んでいる個人的野心を怯えさせ、おどすために、市民の崇高な役割を濫用することのないように。あなた方は嘆かわしい思い違いをすることになるか、民衆を引きずりこむことになるだろう。それこそが自由に対する最大の罪悪であろう。あなた方がどう試みようとも、過去の不寛容の精神をよみがえらせることはできないであろう。思想の名においてそれができない証拠は、民衆を苛立たせるには事実を歪曲するしかないという事実である。そして、あなた方がこの恐ろしいもくろみに成功するならば、たとえ民衆が軽率な迫害行為をおかすとしても、罪あるのはあなた方であり、民衆ではない。彼らは兄弟たちの何人かを自由に対する敵と見て、抑圧することをその義務と考えたにちがいない。民衆は言葉の背後に潜んでいるものすべてを知っているのではない、崇高な子どもである。子どもの心に毒を流し込むことのないように、いつの日か、彼らはあなた方をそのことで非難するだろう。

一八四八年四月一八日

街頭デモ（一八四八年四月二〇日の一日）

「明日、武装した国民軍と軍隊の三〇万人の大規模な行進を見に行けるよう、これから就寝です」と、四月一九日、ジョルジュ・サンドは息子モーリスに書く。今度もまた、彼女は直接の証人となる。彼女は凱旋門の上から、一九世紀の都市生活者たちがこぞってそうであったように、展望に夢中になって、行進を眺める。「（……）街、眺望、緑の田園地帯、雨や陽光の中の大建造物のドーム、これまで人間が作り出した最も巨大な光景のための何という背景！」（四月二一日のモーリスへの手紙。『書簡集』第八巻、四三〇頁）。行進は一二時間続いた。軍隊は松明を手にして行進し、「火の大群」の照明で終了した。「友愛の祭典は歴史の中でもっとも美しい一日でしたよ」。そして『民衆の大義』誌に掲載する論文を読むよう、モーリスに勧める。

確かに、その論文は手紙と同様に抒情的である。だが、新聞のために書くときの常で、彼女の文章は正確を期すというよりも、象徴的になる。彼女は政治的意味を引き出そうとする。個人の群集への融合、反動の脅威に対する民衆の反応、示威運動を攻撃の武器として用いること、彼らの演出感覚。「こうしたことに関しては世界でもっともすぐれた芸術家である。」

「友愛の祭典はわれわれにとってよい効果を上げました」とサンドはフルリ（アルフォンス・フルリ（一八〇九―七七）弁護士・政治家。一八四八年四月の選挙で人民代表として選出される。サンドとは早くからの知己。）に書く。だが、束の間の晴れ間であった。二三日以降、選挙は再び不満の種を蒔き、潜在的な緊張を高める。（M・P）

友愛の祭典

われわれの眼下からひっきりなしに繰り出され、それぞれの異なった外観が参加者たちの精神状況を表しているデモは、われわれの期待と信念を裏付けようと次々に続いているように思われる。われわれの革命は偉大で品位あるものとなるだろう。まさにこの偉大と品位という性格を失わせようと躍起になっている人間たち――不安の種を蒔き散らす者、不満を抱く者、臆病者、あらゆる種類の気難し屋たちには気の毒であるが。神はフランスを見守り給う、われわれの確信は荒唐無稽なものではない。われわれがかくも熱望してきたこの共和国をついに迎え入れることの喜びもわれわれを狂気にはしなかった。われわれは状況の弱く、不都合な側面をよく知っている。人間が本来、変わりやすく、不完全なものであることを充分に心得ている。われわれは、一人ずつ見れば、あらゆる人間が、どれほど優れた者であれ、欠点や不安を持っていることを知っている。誤りがいましばらくは真実の様相をし、偏見が意見に取って代るのを目にすること、歩みが正しい道からそれ、前進し、非常に速く歩かなければならないことを忘れてしまったように思われる倦怠の時を目にすることを、われわれはあらかじめ覚悟し、諦めてもいる。こうしたことすべては細部であり、不確実で不完全なところのある日々の現実である。われわれの共和国は時代や人々や状況を考慮しないユートピアではない。幸いなことに、こうしたすべてを考慮に入れることができる。憂慮すべき、あるいは痛ましい多くの事実を指摘することができる。それにもかかわらず、われわれを導き、啓蒙する主義への信念を持ち続けることができる。そしてとりわけ、寛大で聡明であり、偉大な才能に充ちている民衆が抱かせるこの信頼感を持ち続けることができる。精神に平等への情熱があろうとも、この信頼感がなければ、言動は一致できるであろうか？ われわれの眼下で進行している驚嘆すべき複雑なドラマを見事に大団円に導くことを民衆に期待していないのであれば、民衆を愛していると言えるであろうか？

そう、反動精神が存在すること、その精神がさまざまな事実の中で明らかになること、それが進歩に逆らう階級精神によって、また、進歩を危うくし、遅らせる危険を冒して、進歩に自らの形を押しつけようとする党派精神によって影響を及ぼしていること、今後も及ぼすであろうことは確かである。だが、現在、ここフランスのみならず全世界にあって、偉大な考えが民衆の周りに漂っていることも同じく確かである。そしてこの考えがやがてすべてを支配するであろう。それは反動を未然に防ぎ、いかなる陰謀にも打ち勝ち、あらゆる罠から脱するであろう。この考えとは、すべての人間が同一の権利と同一の義務を持ち、平等が至高の法、究極の救済である、というものだ。

この文章を書いている現在、考えがいかに事実に具現されているかは次のとおりである。三日前、あらゆる対立分子が党派により、あるいは党派の名のもとに、あるいは党派を口実に挑発された。特権階級は息を吹きかえそうと努め、その銃剣のまわりに民衆の銃剣を結束させようと企てた。(1) 彼らは民衆の子どもたちに指令を――民衆が二月二四日以来、崇高な感情の高まりから、共和主義的語彙から抹消していた、恐ろしい指令を出した、「殺してしまえ！ 街灯に吊るせ！」と。ジャコバン派の思い出に怖え切っているこの特権階級がパリの街に、セーヌの河岸に、市庁舎のくすんだ外壁に響き渡らせたのはこうした心地よい言葉であった。この特権階級が、彼らの生活習慣のいわゆる優越性と、立憲君主政のもとであらゆる色合いの統率者たちがかくまでも擁護した手ほどきの権利の名のもとに、民衆に与えようとする恐ろしい教育。ああ、なんということだ！　確かにわれわれは社会主義者の首謀者をやじるこのやり方が民衆の子どもたちのいわばサン＝バルテルミーの虐殺（一五七二年八月二四日、パリで起きたプロテスタントの大量虐殺。）の合図となる日が来るかもしれないことを理解せずに、パリの子どもたちがこうした残虐な呼びかけを口ごもりながら発するのを耳にした。特権階級がこのような挑発の重大さを感じなかったと願おう。もし彼らがその忌まわしい影響をよく考えていれば、いつの日か、「金持ちを殺してしまえ！貴族どもは街灯につるせ！」という、彼らに向けられる叫びを聞く羽目にはならないだろう。過去へのおぞましい回帰を悪夢のように振り払ってほしい！　それがこの若い共和国の最初にして最後のものとならんことを！　おぞましい回帰は共和国の本来の性格にも、要求にも、精神の中にもない。それらを一瞬でも想起させるには、ちょっとした恐怖を作り出し、差し迫った共産主義の亡霊を引っ張り回し、途方もない危険をでっち上げ、そしてとりわけ、幼稚な恐怖にかられて、あらゆることを信じこみ、どんなことでもやってしまう野蛮な住民が身近にいると確信することが必要である。

三日間に熟した事実が、まさしく今日、明らかになる。集会に呼び集められた民衆は、大勢の人の眼前で最高の、決定的な示威運動を繰り広げる。彼らに呼びかけ、姿を見せるよう勧める。あらゆる政党、関心あるすべての人間が彼らを目にし、彼らが話すのを聞き、彼らの数を数えることを望んでいる！　彼らはどれほどだろうか、と昨日、話題になった。彼らの武器はどこにあるのか？　彼らの考えは？　ねらいは？　手段は？　恐れなければならないのは敵であるのか、それとも見物人となるのか？使うことのできる武器なのか？　民衆は行列の中で主役を演じるのだろうか、それとも、使うこ軍は彼らに共感するのだろうか、それとも、敵意を示すのか？　彼らは、臨時政府が体現している複合的な考えの微妙な差異に対して漠とした、あるいは、明白な好みを示すだろうか？　彼らは何かを要求するだろうか、それとも、姿を見せるのを拒否することで、いくつかの既成事実への同意を暗黙のうちに拒否するのだろうか？　さあ、皆そろって出かけよう、そして、臆せず向かいあおう。

民衆はこうしたことは少しも言いはしなかった。「今日は祭典だ。皆そろって出かけよう。われわれの一人として欠けることがないように。われわれがやろうとしているのは試しではない。やり遂げなければならぬ行為なのだ。軍隊の一部がわれわれの街を回復する。ところで、軍隊、それはわれわれだ。われわれと共に革命を起こしたのは軍隊だ。われわれが彼らの眼前でバリケードを築いているとき、それを破壊することを拒んで、バリケードに手を貸した。高潔な心から、われわれに打ち負かされたふりをして、われわれの勝利を承認したのだ。いかにも！　われわれが共和国を宣言するのを助けてくれたこの軍隊が共和政支持であることをわれわれはよく知っている。われわれが軍隊を恐れていないと同様、軍隊もわれわれを恐れてはいない。やって来られんことを。遠慮は要らない。」

いわゆる共産主義者たちについても、われわれは同じく恐れてはいない。彼らがわれわれのいわゆる恐怖や怒りを本気で受け止めないのはもっともなことだ。彼らもまた民衆である。彼らの発案とされた信教の自由に反対する大胆な計画を、街中の壁に貼った崇高な宣言で否定する一〇万人の労働者である。われわれと共に軍隊に、臨時政府に、中産階級に敬意を表されんことを。現在に、未来に、そして過去にさえも敬意を表されんことを。こうしたすべてが共和政の下で、気に入ると否とにかかわらず、平和に共存する必要があるからだ。われわれはそれを望む、優れて論理的に思考するわれわれは。状況の自由にして公平な支配者であるわれわれは。一人一人よりも常に正しく、数人よりも常に冷静で、毅然としているであろう、多数者のわれわれは。

そして、民衆は朝早く起きた。礼服と銃を持っている者は皆、笑顔になって、歌を口ずさみながら、大急ぎで身支度をした。フランスの民衆は、分別のある時こそ、いつにも増して陽気になるものだから。仕事着と銃しか持たぬ者は一人残らず、銃を手にし、仕事着を着た。銃をまだ持たぬ者は、「マルブルック」の哀歌の中の「もう一方は何ひとつ持ってはいなかった」という、かくも深遠で、哲学的な詩句を思い出した。

この詩句が意味するところは、フランス人は素手であれ、空腹であれ、前進する、である。行こうとする所へはどこへでも、あらゆることのできる腕、玉座であれ、山であれ覆すことのできる腕と、炎のように燃える心と、端から端まで響き渡る声と、政治のあらゆる問題に対して思いがけない解決策を常に見出す論理を携えてゆく。かくして、彼は出かける。

だが、彼は一人ではない。心を打たれた彼の年老いた両親、好奇心をかき立てられた彼の子どもたち、彼の姉妹、けなげで熱心な彼の妻、誰もが祭典を見物し、喝采を送り、賛同し、援助したいと願う。彼らは、皆出かけよう。家に残る者は一人としていないだろう。この日、パリでは幹線道路を除けば、人気《ひとけ》が無くなるだろう。バスティーユ広場から、シテ島から、天文台から、パリの隅々から、シャン＝ゼリゼ大通りの凱旋門まで、無数の使い古したカスケットやきらめくかぶと、銃剣や花束、婦人帽、子どもたちのブロンドの頭、はげ頭、軍帽、そして旗、雨傘が繰り広げる重々しく、きらびやかで、奇妙で、崇高で、楽しく、そして前代未聞の光景に見物人たちは仰天するだろう。雨が降っている、だが、構いはしない。皆の頭上に親切にも広げられた、この今にも破れそうな雨よけの中に入ることができれば、六人、一二人と一緒になるだろう。うまく雨を避けられなくても、笑いとばすだけだ。長い一日になるだろう。行進は一二時間続く予定だから。何か食べ物があるだろうか？ なあに、食べることなど考えもしないだろう。さあ、とにかく出かけよう。

何という光景！ 人類の歴史においてこのような光景が見られたことはかつてない。これほど多くの人間が、かくも狭い空間に一度に集まったことはかつてない。百万もの人間が！ 郊外の住人がこぞって、パリを取り巻く広大な地域の住人がこぞって駆けつけた。市民の一人一人がその家族とともに。凱旋門の頂上から見たそれは夢のような光景であった。雲が縞模様を作り、雨と陽の光で分断されたこの広大な空の下に浮かび上がる力強いドーム、華麗な建造物、とがった鐘楼、尖塔、黄色に映える河、広大な牧草地、無数の家々の立ち並ぶ巨大な都市を取り巻く並外れて大きい城壁。比類のない場面のための何と見事な背景！ フランスの運命を司る神の前で今日、繰り広げられた祭典に比べれば、シャン＝ド＝マルスの連盟祭は児戯にすぎなかった。武器を手にした四〇万人が、その始まりも終わりも見ることのできない長大な列を作って行進した。そして、この巨大な縦列の周りで、全住人がこの上なく活気にみちたその力の目撃者となった。この波、この河、この大海のような人々が通るのを見終わるのに一二時間が必要であった！

有形の巨大なものはある種の恐怖を生み出す。高山は目をくらませ、太洋は思考をたじろがせ、嵐は想像を揺さぶる。とてつもない賞賛の気持ちには常に、創造の驚異を眼前にして自分が小さく、か弱いと感じ、自らの存在が押しつぶされるような感情が混じっている。だが、人間の作り出す偉大な状況は正反対の賞賛を呼び起こす。共感にみちた信頼感、無限の連帯感による昂揚、熱狂的な感動、人類全体を愛し、抱擁したいという欲求がそこに混じり、その結果、われわれ一人一人の存在が消滅し、われわれはすべての心で生き、すべての肺で呼吸し、すべての目で見、すべての声で叫ぶ。群集！　それは何と力強く、何と温和であることか！　神聖な法がその額に記されている！　真理が群集を導き、感動させる！　天の力を何と見事に、神々しく伝えていることか！　領土を王のように堂々と行進し、その足音で世界をおののかせているのは地上の天分である。そして創造するこの心にただ一つの、崇高な考えが吹き込まれる時、この心が自由と友愛を神の前で宣言し、神に誓いを立てる時、すべての人々の間で神聖な友情の讃歌を合唱する時、神と結んだ契約に異議を唱えることのできる人間がどこにいよう？　今日、そうした人間はもはや存在しなかった。彼らは打ち負かされた。彼らは思わず民衆とともに民衆のように叫んでいたのだ。おそらく明日になれば、再び敵対者になろうと努めるだろう。だが、今日は、彼らは敵対者ではなかった。そうであることは不可能だった。

歴史には、虚言が真実を語り、憎しみが愛するようになり、悪を望んでいた人間が善を願わざるを得ない日があるものだ。

民衆よ、このような祭典をしばしばわれわれに与えてほしい。人類にとって偉大な教訓であり、神の摂理の崇高な表れである祭典を。美と正義に対するあなた方の並外れた天分はどれほど困難な問題も解決し、危険を残らず除去するだろう。かくして、友愛の祭典中に、誰一人予想していなかった出来事――共和主義家族の契約を神聖なものとした出来事が生じた。以下がその出来事であるが、その深い意味は、どれほど真剣に考察しようとも、しすぎることはないだろう。

人間が成し遂げる大きな行為の持つ哲学的重要性を探ることに専念している思慮深い人々は、今日の一日が初めに見せようとしていた、もっぱら好戦的な展開にいささか怯えたとしても無理からぬことであった。民衆と軍隊が率直に和解することはよく分かっていた。初めから和解していたのだ。軍隊の兵士がパリやパリ郊外の国民軍と全く同じフランス市民であると考えるには、二月二四日に兵士の腕を麻痺させてしまった友愛の運動を理解するだけで充分であった。だが、あの時はまだ、次のように考えることができたのだ。「敵が間近に迫っていないのに、諸外国がわれわれと戦争しようとは思わず、われわれを模倣しようと思っているのに、なぜ戦時の格好をしているのか？　なぜ、常に銃を手にして歩くよう民衆をしつけるのか？　武器を持たないデモの方が美しく、人間らしく、品位があり、進歩した文明の精神にとって適切ではないのか？　二月二四日以来、民衆が群集となって初めて姿を見せたのは三月一七日のことだ(2)。彼らは武器を手にせず、武力よりも力強い精神力だけを携えて姿を見せた。四月一六日、悲しむべき誤解がこの心の寛い民衆の態度を台無しにするところであった。彼らはうわべは分裂した。そして、一つの考えが別の考えと戦っているように、銃が広場に現れた。それからは、民衆は銃がなければ無価値であると、精神力だけでは充分でないと信じもしよう。四月二〇日、彼らはわれわれの前に三度目にやって来る。かれらはまるで内乱のように武装している。軍隊と国民軍、パリと郊外、国民軍のさまざまな軍団、これら種々の構成員はおそらく、異なった主義を代表しよう。そして、武器を腕にかかえて互いにすれ違う時には誇らし気に互いにじっと見合うであろう」と。

以上が、常に少々、心配性である哲学的探求精神の持ち主たちが考えていたことである。彼らは、和解は飾り物の儀式、共和主義的形式にすぎないと、そして、儀式が終れば民衆は、「われわれは出会い、われわれは数に加えられた。われわれは皆、その場にいた、われわれにはは銃があった。われわれは同意している、そうしないわけにはゆかないからだ」と口々に言いながら、家路に就くであろうと心配していた。力が力を麻痺させる。民衆は力の時代を迎えた。それが主権の原理だ。民衆は要塞の石のように、破壊できないセメントによって結びつけられている。好戦的精神というセメントで。

こうしたことは真実である。だが、真実のすべてではない。民衆は物質力、好戦的感情、自らの権利の意識を持っている。彼らの銃はその権利を守ろうとする強固な意志の表れである。だが、民衆には権利の力よりもっと大きな、もっと優れた力がある。民衆は義務について本質的な感情を持っている。彼らにとって義務とは友愛であり、同胞への愛である。四月二〇日、人間から成る大きな要塞がわれわれの眼下で作り出されたが、そのセメントとなったのは魂の結合、心の連帯である。

そして、そのことが疑われることのないように、民衆はたちまちの中に、デモの細部を考案した。公式の祭典のどんな組織者も計画に入れさせることを思いつかなかったような細部を。(3) こうしたことに対して民衆は世界でもっとも優れた芸術家だ。彼らがそれらを探し求めるのではない。それらの方が彼らのもとにやって来るのだ。ところで、彼らがやったのは次のとおりだ。彼らは武器をリボンや花で覆った。かくして、彼らは感情の表現そのものである詩の力を借りた。四月の最初のそよ風にほころび始めたばかりのリラの花が切り取られ、動く森のような銃の先端で散らばった。家にこもっていたパリの住人は彼らが通り過ぎるのを見ようと窓辺にいたが、花やリボンを手に入れる時間や手立てのなかった軍団にばらまいた。女たちは自分の髪飾りを引き抜いた。雨のように降り落ちるリボンや花が銃剣の恐ろしい外観にやがて祭と平和な勝利の性格を与えた。だが、それがすべてではなかった。つぎつぎに繰り出す巨大な縦列となって部隊が行進する中、武装した大隊の間に時折、女や老人や子どもたち、そして、軍団にまだ組み入れられていない市民たちが飛び込んでにわか仕立ての大隊を作り、臨時政府が置かれている凱旋門に敬意を表した。共和国のただ中で起こり得るあらゆる闘争に対する感動的な抗議であった。隙間なく突き立てられた銃剣が作るきらめく壁の間を行進するこれら民衆の軍団はこの全員一致の歓呼に全員一致の援助の承認を加えようとした。

夜に入って砲兵隊が松明行進すると、軍隊の外見は好戦的な様相を取り戻したようであった。砲兵隊はこの種の絵を補うにはもっとも美しい部隊である。舗石の上を進む荷車の音が雷鳴のように遠くから聞こえる。馬同士が体を押しつけ合うので、引き馬を駆り立てたり、抑えたりするために騎兵には力と巧みさが要求される。大砲は銅が光に赤く映え、何かしら恐ろしいものを想像させる。ところで、民衆の子どもたちは大砲によじ登り、体をからませる。ちょうど、女たちが労働者の銃を花で覆ったように。運搬車が民衆に平和と愛のこのあかし、友愛にみちた契約の神聖な人質とも言うべき子どもたちを見せながら、行進した。

今こそ、この契約を破棄するよう試みるがいい！　対立を再びかき立て、中傷をまき散らすがいい！　だが、こうした罪深い努力も実を結びはしないだろう。偉大な仲裁者が立ち上がっている。彼は無益な競争心を軽蔑する。その力がメンバー全員の解消することのない結合にあるのを知っている。彼は神の助けを、愛の奇跡の助けを求めている。

一八四八年四月二二日

第五章　共和国政府の協力者として――『共和国公報』

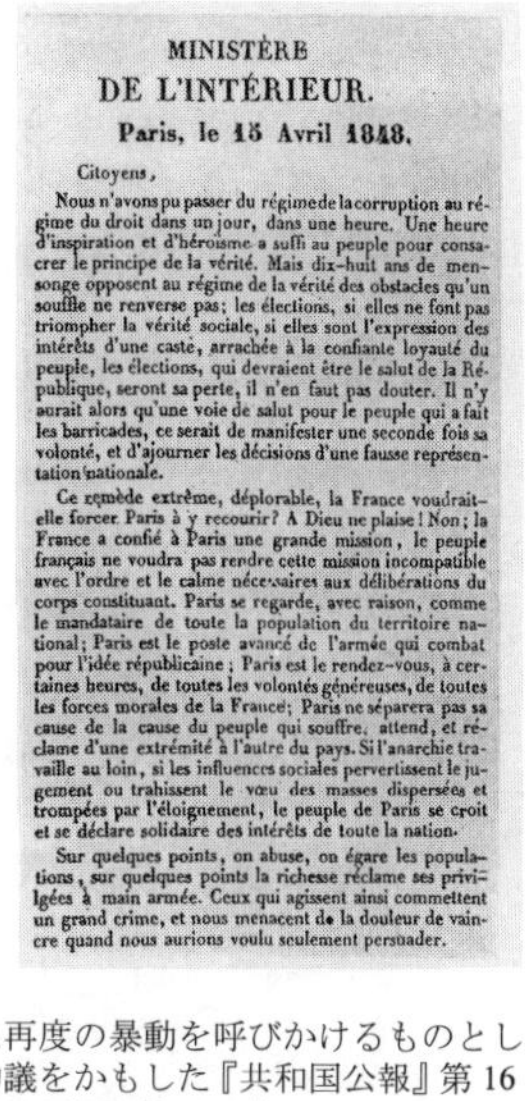

MINISTÈRE
DE L'INTÉRIEUR.
Paris, le 15 Avril 1848.

Citoyens,

Nous n'avons pu passer du régime de la corruption au régime du droit dans un jour, dans une heure. Une heure d'inspiration et d'héroïsme a suffi au peuple pour consacrer le principe de la vérité. Mais dix-huit ans de mensonge opposent au régime de la vérité des obstacles qu'un souffle ne renverse pas; les élections, si elles ne font pas triompher la vérité sociale, si elles sont l'expression des intérêts d'une caste, arrachée à la confiante loyauté du peuple, les élections, qui devraient être le salut de la République, seront sa perte, il n'en faut pas douter. Il n'y aurait alors qu'une voie de salut pour le peuple qui a fait les barricades, ce serait de manifester une seconde fois sa volonté, et d'ajourner les décisions d'une fausse représentation nationale.

Ce remède extrême, déplorable, la France voudrait-elle forcer Paris à y recourir? A Dieu ne plaise! Non; la France a confié à Paris une grande mission, le peuple français ne voudra pas rendre cette mission incompatible avec l'ordre et le calme nécessaires aux délibérations du corps constituant. Paris se regarde, avec raison, comme le mandataire de toute la population du territoire national; Paris est le poste avancé de l'armée qui combat pour l'idée républicaine; Paris est le rendez-vous, à certaines heures, de toutes les volontés généreuses, de toutes les forces morales de la France; Paris ne séparera pas sa cause de la cause du peuple qui souffre, attend, et réclame d'une extrémité à l'autre du pays. Si l'anarchie travaille au loin, si les influences sociales pervertissent le jugement ou trahissent le vœu des masses dispersées et trompées par l'éloignement, le peuple de Paris se croit et se déclare solidaire des intérêts de toute la nation.

Sur quelques points, on abuse, on égare les populations, sur quelques points la richesse réclame ses priviléges à main armée. Ceux qui agissent ainsi commettent un grand crime, et nous menacent de la douleur de vaincre quand nous aurions voulu seulement persuader.

▲再度の暴動を呼びかけるものとして物議をかもした『共和国公報』第16号（1848年4月15日）

『共和国公報』執筆で、サンドの一八四八年の革命への関与は頂点に達する。匿名であるためにきわめて間接的に表されはしたが、もっとも直接的な関与でもあった。彼女にその関与をほとんど否認させるほど、激しい論争を巻き起こした関与でもあった。「私がルドリュ＝ロランの公報を編集したなど、とんでもないことです。何号かに、しかもたまたま、断章を載せたにすぎません」と、彼女は四月二〇日、フェルディナン・フランソワ（一八〇六―六八）ジャーナリスト。サン・シモン主義者であり、共和主義者。）に書き送っている。[1] そしてはるか後の一八七五年にミシェル・レヴィが、『哲学的・政治的作品』の巻を提案し、これらの論文を加えることについて意見を求めると、彼女は、『共和国公報』は「臨時政府に委《ゆだ》ねたものです。私には決定権がありません」[2]として、返答を回避する。

本書では、彼女の意見に従わなかった。その書簡に基づいてジョルジュ・リュバン（『ジョルジュ・サンド書簡集』（二四巻、補遺二巻。収録数約二万通）の編者）の下した結論から、彼女が執筆者とされる『公報』の論文を収録した。

臨時政府は三月一五日の閣議で、サンドに執筆を懇願することを決定した。「内務省は『共和国公報』に掲載する論文に関し、ジョルジュ・サンド夫人と合意を図るものとする」[3]、これはエティエンヌ・アラゴの助言に基づいてのことであった。第三号（三月一七日）は『民衆への手紙　第一信』の抜粋を掲載、第四号（三月一九日）は『富める者たちへ』を掲載するが、彼女の直接的な協力は第七号（三月二五日）より始まる。第二二号（四月二九日）までに彼女は、すべて匿名で九篇の論文を寄稿した。「わずか数行であれ、署名せずに書いたのは私の生涯で初めてのことであり、おそらくは最後のことでしょう。[4]」

主題の選択は自由であったが、執筆したテクストを臨時政府の任命する人物に委ねることになっていた。この人物が校正刷りを読み直し、校了紙に署名する。三月一五日、一二名の閣僚が四月七日まで輪番で任命された。したがってサンドにこれらのテクストに対して道義的責任はあるが、最終的な政治責任はなく、このことは彼女の権限の性格と限界を示している。[5]

短時間で執筆され、(論争の的となった『公報』第一六号については、彼女は五分から一〇分と言っている。これもまた、彼女の仕事の速さを示すものである) 論説として掲載されたこれらのテクストで、この時期並行して発表された署名入りの、いわば彼女の真正な論文で表明された考えが再度述べられ、文章全体ではないにしても同じ表現がしばしば用いられている。そのほとんどが「女性の境遇」に充てられているが、一六折版の「上級官吏」*である序文執筆者が特に非難することになる、『公報』第一二号のように、いくつかは新たに執筆されたものである。「なかんずく、『公報』第一二号は特別の出所を露呈している。すなわち、この数年来、同性の擁護に献身している、とある著名な青鞜婦人の思想、文体、そしていつもの筆致が難なく認められる。至る所で『レリア』や『ヴァランチーヌ』の作者を見抜くこ

*訳注 『一八四八年三月一三日から五月八日まで内務省が発行した『共和国公報』の全バックナンバー。ある高級官僚による序文』(パリ、一八四八〔検印一八四九〕) この匿名の序文(一―一五頁)は臨時政府、とりわけ、ジョルジュ・サンドに対し、敵意をあからさまにしている。

とができる。ジョルジュ・サンドは女性向け倫理学の教授である。(6)」

『公報』の何号かは物議をかもした。内務大臣――論文はその責任のもとに発表される――は、所有権批判と、『富める者たちへ』が言明した共産主義的予告の責任までも負わねばならない。選挙結果が好ましくない場合には、その実行を保留するよう、強く勧めた『公報』第一六号（一八四八年四月一五日）で騒ぎは頂点に達した。「（……）選挙（四月二三日実施の国民議会選挙。フランス政治史上、はじめての普通選挙。）が社会的真理を勝利させないならば、選挙が民衆の信頼にみちた誠意から引き離された、一特権階級の利益を表すものであるならば、共和国の安泰をもたらすべき選挙が間違いなく、その破滅となるであろう。」この『公報』の発表状況に関してサンドは詳しく説明している。事実関係については後述する。

いずれにせよ、この『公報』は騒動を引き起こした。「私が書いた公報に対し中産階級がこぞって信じられないほどの憤怒を爆発させていますよ(7)」と息子モーリスに書き送り、四月一六日の出来事以来、社会にみなぎっている気違い染みた恐怖の結果をそこに見ている。一八四八年六月の暴動に関する調査委員会の報告者である代議士カンタン＝ボシャールに攻撃された『公報』第一六号は、一八四九年版（『公報』のバックナンバー）の上級官吏の序文執筆者からは、「暴動への直接的呼びかけ」であると決めつけられた。少しずつ、サンドは反乱の潮流と六月の日々について責任を取らされる。政治への女性の介入を痛烈に非難するやり方。さらに激しい敵意を見せて、彼女が状況を利用しているとほのめかし、「この美しく、聖なるミューズ(8)

（サンドのこと。八月二七日付の『ル・コルセール』紙に攻撃記事が掲載された。）」にどれほどの金が支払われたか知ろうとする者さえいた。彼女にとっては、感情的にならずに事情をはっきりさせる機会であった。「（……）文部省で私に託された仕事と同様、公報のためにしたささやかな仕事に対してなんらかの報酬が問題になったことは一度としてありませんでした。金銭を申し出られたことは一度としてありません（……）そのような申し出は私を傷つけたことでしょう。[9]」

だが、幻想は打ち砕かれた。彼女の寄稿にほどなく終止符が打たれる。

（ミシェル・ペロー）

租税問題（『共和国公報』第七号、一八四八年三月二五日）

租税に関するものであり、今後、必要となる税制改革を引合いに出した、この「農民たち」への呼びかけは、同時期に執筆され、すぐあとに発表される『ブレーズ・ボナンの言葉』にきわめて近い。

（M・P）

内務省第七号　パリ、一八四八年三月二五日

市民たちへ――

政府が国民に異例の犠牲を要求する必要に迫られたとき、政府の果たすべき義務は国民にその諸々の理由とこの犠牲の有用性を説明することであろう。

共和国は国家財政が桁外れに混乱していたことに対して責任を負うものではない。たとえ臨時政府が物質的責任を受け入れたとしても、道義的責任を受け入れることはできない。

とはいえ、破産が社会の全階層にすさまじい衝撃をもたらせば、国民は一時的な増税以上の苦しみをこうむることになろう。税金はすべての者が平等に耐え忍ぶ恒常的な犠牲である。破産は偶然に襲うように見えるが、無数の倒産をもたらす忌まわしい事態である。

しかしながら、税金の賦課には大幅な修正を加えなければならない。すぐれた社会構造にあっては、国民の消費を制限するものや、有無を言わせぬ遂行で国民を屈服させ、その心を傷つけるもの、国民の真の要求や品位を侵害するものはことごとく消滅すべきである。国民議会は、このことを考慮し、莫大な改革を宣言しなければならないであろう。そして、もし国民議会がこの義務を大胆にして高潔に果たすのをためらうのであれば、そのような議会は国民の利益、感情のどちらをも代表するものではないだろう。

したがって、代議士の選出にあたって大いに監視しなければならない。票を獲得せんがためになしたであろう約束を直ちに達成することにしりごみするような人間を決して信用してはならない。

われわれが今、直面している危機は、全国民の愛国心と献身とで容易に回避できるものだ。王政は多くの無用な犠牲を国民に強いていた。共和国はまず新しい犠牲を求めることから始める。だが、それは最初にして、最後のものとなるだろう。もし、共和国が国民に伝える勇気にみちた、誠実な活動を国民が支援するならば。

増税がまず、驚きと不安の念を抱かせているのは、農村に住むあなた方にである。活動の中心地で暮らしていないために、あなた方はこれまであなた方の税金がどれほど不正に使われていたか、知ることができなかった。共和政の下では、正確な報告があなた方になされるだろう。あなた方にはその報告を要求する権利がある、そして、この権利を行使することはあなた方の義務なのだ。あなた方の境遇は早急な改善を必要としている。共和国の行政はあなた方の生活のあらゆる細部に注意を払わなければならない。共和国はあなた方に無償の教育を提供しなければならない。その教育で、あなた方は不誠実な代理人にだまされる心配なく、公務や私事を自らの力で行えるだろう。一家の父親は、子どもたちを学校へ行かせることで、子どもたちが危なっかしい仕事を求めて農民という尊厳に値する身分を捨てるようになるなどと恐れる必要はないのだ。不平等の支配する体制下では、知性を発達させることは飽くなき野心、誤った欲望、田園の平和で純粋な労働に対する不当な蔑視を生み出した。平等の支配する体制下では、教育はもはや例外的なことではない。誰もがより強く、より有用になったと感じるだろう。そして、抜け目のない人間も素朴な人々の信じやすさに付け入ることはもはやできないだろう。もはや誰も紳士ではない。誰もが読み書きできるからだ。息子が父や母を軽蔑することは断じてない。すべての人間が市民であり、最も尊敬される人間は最も学問のある人間では決してない。最も聡明で、最も誠実な人間なのだ。

共和国の行政は、王政がいささかもなし得なかったことだが、心をこめてあなた方のあらゆる要求に留意しよう。一つには、あなた方の負担を徐々に軽減しよう。さらに、あなた方の犠牲の賜を取巻き連中に支払い、あなた方の良心を堕落させることに使うのではなく、あなた方に安らぎや、知識を、人間がこの世で享受すべき幸福や、権利の平等、平和で友愛にみちた関係を与えるために使おう。

あなた方の状況のあらゆることが国家の注意を引く。あなた方は狭く、不潔で、不衛生な家に住んでいる。田園の澄んだ空気も、あなた方の住居の中では大人数の家族ばかりか、しばしば、家畜も一緒に住み、汚れている。あなた方の中で幾らか余裕のある者も、隣人たちの耐えがたいほどの悲惨な有様《ありさま》に脅かされている。農村に住んでいる人々よ、あなた方の多くがすばらしい慈悲の心を持っていることはよく知られている。窮乏の時代に、貧しい者にはその隣人が、同じように貧しくとも食べ物を分け与えた。しかし、貧窮者に直接に食物を与えなければならないのは、体力を越えた過酷な労働に打ちのめされているあなた方、一家の父親ではない。国家が働くことのできない人々を引き受けなければならないのだ。たとえ、あなた方が慈悲の心から彼らを助けようとするにしても。というのも、あなた方の心の中で慈悲の気持ちが涸れてしまわないように望みたいからだが、少なくとも、その気持ちがあなた方自身を悲惨に陥れることがあってはならない。また、貧乏人が金持ちの気まぐれに頼ることがあってもならない。こうした状況は貧乏人を堕落させる。国家は、彼らを引き受けることで、第二の家族となるだろう。個人の施しは貧乏人の品位を低下させるが、国家による受け入れは彼らを復権させる。とりわけ、施しが恐怖の念からしぶしぶされてはならない。この感情は人間の良心をゆがめ、美徳を卑屈なものにしよう。したがって、近いうちに共和国から浮浪者も乞食も姿を消さなければならない。

共和国はまた、あなた方の土地の改良に取り組み、フランスの生命そのものでありながら、現在まで卑劣な投機のために無数の障害が作り出されている商取引を活発にしなければならない。共和国はさらに、収穫を脅かすあらゆる災害に対して保障しなければならない。これまでは、あなた方の税金で充分に遂行できたはずのこうした制度の申し訳程度のものがあったにすぎない。行政官たちにぜいたくが与えられていた一方で、雹《ひょう》や霜や洪水があなた方の畑を荒廃させたとき、返還にはほど遠い、施しに似たわずかな援助がやっとのことで与えられたにすぎない。

行政は国家の予算をもちろん削減しよう、そして、この改革は直ちに行われうるものである。つまり、あなた方に課せられる犠牲の最初の果実を、あなた方は間もなく摘み取ることになるだろう。この犠牲を共和国は公債と見なしているが、これはさまざまな形で、少しずつ、あなた方に返還されよう。あなた方がこれまでにも増して、共和国の代議士の選出に留意することで、それが何倍にもなって返還されるよう、力を貸すことになる。

したがって、新しい政体に何を要求する権利とそして義務があなた方にあるか、あらかじめ知っておくことが重要である。行政に携わっている人間だけを富ませる支出の削減。あらゆる無用な職務の廃止、したがって、すべての人間の境遇にとって重要なあらゆる支出の増加。租税の恩恵の早急な表明。公平な比率で富者と貧者に適用されていない税の新たな割当て。誰にも理解できる公管理の報告。とりわけ、おそらくは何にも増して、すべての人間の国民選挙権の保持——など。

農村に住んでいる人々よ、あなた方の真の利益を知り、利己主義と恐怖からの有害な提案を排除しなければならない。社会的真理を理解することに慣れなければならない。社会的真理とは、それぞれがすべての人間の利益を考慮せず、自分の利益のみを考えるときは、破滅に向って歩いているということだ。先頃、永久に崩壊したばかりの政府は、それぞれが自分のためにの主義を説き勧めた。この主義があなた方をどこに導いたかをあなた方ははっきり見た。今日、あなた方が苦しんでいる害悪はこの政府が作り出したものだ。この広い空の下で自然に向き合い、神の声が荘厳で神秘にみちた言葉を人間に語りかける、静寂の中で暮らしているあなた方、都会の工場の空気の中で窒息しそうになっている兄弟たちの苦痛に思いを巡らせてほしい。そして、あなた方の愛情と関心を、産業の殉教者たちのそれらと区別しないでほしい。彼らもまた、あなた方の苦悩、あなた方がおかれている打ち捨てられた状態、あなた方の忍耐強い労働の成果を破壊する災害、あなた方が犠牲者となっている厚顔無恥な投機を理解するだろう。彼らは圧政のくびきを払いのけ、あなた方のために戦う。自由の大義のために彼らは血を流し、あなた方のために死んでゆく。彼らは勇敢だ。彼らがあなた方と分かち合おうとしている栄光をどうか否認しないでほしい。彼らの共和国があなた方の共和国であり、あなた方すべてのために開かれる新しい時代が自己犠牲の精神と祖国への愛の中であなた方を結びつけんことを。

労働者よ、立ち上がれ

(『共和国公報』第八号、一八四八年三月二八日)

選挙に関するこの公報は、「都市および工場で働く労働者たち」、つまり、「最も多数にして最も貧しい階級である労働者階級」に、やがて彼らの代表者となるべき人々に話をするよう促す。「あなた方がこれまで苦しんできたことを語ってほしい。」

(M・P)

内務省第八号　パリ、一八四八年三月二八日

市民たちへ――

国民から選ばれる政府は、その考えを国民に語り、誓いを表明して、国民の信頼にこたえる義務がある。フランスのような国の行政を別のやり方で行うのは非難されるべきであり、また、無分別なことであろう。幸いにも、今日、それは不可能である。

したがって共和国の代理人たちは絶えず、共和国について、すべての国民が一致して充足させるべき重大な利益について、新しい構成に責任を負った代議士たちが結ぶべき神聖な契約について、選挙人が代議士に表明すべき相互扶助の要求について語るだろう。

都市および工場で働く労働者たち、共和国の高潔な子どもたち、産業の巨大にして多数の施設にあって大半の選挙人となるのはあなた方だ。あなた方が自分たちの苦しみや権利や正当な要求に気づくことが重要なのだ。それらを知らしめなければならない、あなた方の候補者やフランスに、公式にはかつて一度としてフランスが聞いたことのない真実を伝える雄弁で、素朴な言葉を語りかけなければならない。嘆き悲しむ時代は過ぎ去った。復讐の時代が訪れることはもうない、権利の時代が今日から始まるのだから。復讐と不満は抑圧された人間に配分されるものだ。あなた方は自由なのだ！　あなた方が苦しんできたあらゆることを、もはや苦しむことがあってはならないすべてのことを語らなければならない。力は落ち着きを与える。正義の概念は、自らの権利を回復した人間が手にする最も貴重

な獲得物なのだ。

あなた方が何を苦しんできたか、もはや何を苦しむべきでないかを語ったとしても、あなた方の任務が遂行されたことにはならない。可能なことがすべて成し遂げられたか、可能なことがいささかも見落とされてはいないか、不可能なことがいささかも強要されてはいないかに留意しなければならない。将来はあなた方の手中にある。これほど気高く、これほど重大な使命を人類は未だかつて果たしたことはない。それは人類が何世紀も前から空しく要求してきた改革を成就することに他ならない。社会からどんな恩義を受けるのか、社会に対しどんな義務を負っているのかを、峻厳にして純心無垢な良心で検討しないような人間は、われわれが差しかかっているこの偉大な時代にふさわしくない。この時代が成し遂げうるあらゆる善を望まぬことは人類に対する重大な過ちだろう。この時代が実現しうる以上を望むことは害悪を望むに等しいだろう。

このゆえにこそ、民衆、政治的権利の洗礼を受けたばかりのこの新しい国民は自分の権利と義務について入念に、真剣に、またあらゆる利己主義と同様、あらゆる偏見からも解き放たれた心で学ばなければならない。

最も多数にして最も有用な階級、すなわち、労働者階級はその苦しみを打ち明けることが重要だ。彼らがその苦しみを有益に明かすためには、気高く、毅然として、自らにふさわしい地位を回復しようとする、威厳ある人間としての模範を社会に示すという厳粛な意志を持って、明かすことが重要だ。かつて王の専有物と信じられていた威厳を民衆が持つことが必要だ。暴力は圧制者たちの専有物だった。民衆は自分たちの支配の時代がついに到来したことを証明した。民衆が落ち着き、忍耐強く、毅然としているからだ。民衆は王たちがそうであったような絶対君主ではない。絶対であるのはただ一つ、真理だけだ。王たちは神が彼らの上にあることを理解しなかったゆえに倒れた。民衆が倒れることはないだろう。神聖な法の中にその力を汲み取るゆえに。

労働者よ、あなた方がこれまで苦しんできたことを語ってほしい。社会は、それらを容認してきたことに驚愕し、二度と許さぬというこみ上げる思いを抱いて、あなた方の話に耳を傾けるだろう。あなた方の生活が苦難に満ちたものであったことを話してほしい。欠けていたのがパンだけではなかったことを、生命に不可欠の空気や、人間が人間に拒むことは不可能に思われる太陽の恵み深い光りさえ奪われていたことを語ってほしい。悪臭を放つ工場や、暗い穴倉や、命を奪う監獄に男ばかりか女や子どもまでも……老人はこの限りではない！……押しこめてしまう、このおぞましい問題を産業体制が解決していたのだ。ある種の産業では男たちは老いを迎えない！　正確な統計を是非とも明らかにしなければならない（かつてはこれに言及することが禁じられていた、そして、死亡率の無言の記録が公にされずに封印されてきたのだ）。いくつかの工業地帯では子どもの平均寿命が二七か月であったという。驚愕している社会にこれらの怖ろしい事実を明かしてほしい。そこでは子どもは近い将来、不可避的に死亡すること、揺りかごが棺であったことを語ってほしい。また、充分に成長していない娘たちには自殺か売春の道しかなかったことを伝えてほしい。体が不自由になった老人たちより先に死があなた方を襲ったときには、彼らは棄てられてしまったことを、そして、死体置場《モルグ》の石の上に、わが子の死体を抱きしめて死んでいる女たちが横たわっているのを目にしたことを述べてほしい。あなた方の中で最もすぐれた、最も強じんな人々でさえ、夜、飢えに苦しみ、体と心の力を根こそぎ奪ってしまう寒さに意気阻喪して、不吉な思いで眠られぬままに、藁の上で死に瀕しているわが子の青白い顔を見つめているとき、何度、自殺の誘惑と闘ったかを聞かせてほしい。

あなた方の中で最も恵まれている人々でさえけがや病気のために仕事のない日々を、激しい恐怖の中で数えたとき、どれほどの不安と心痛に苦しめられたかが、われわれに語られんことを！ 最も精力的で、最も頑丈な人々でさえ、その腕に仕事がなかった日々を、どれほど誇りと悲しみにみちた、耐え切れぬ思いで数えたかが、われわれに明かされんことを！ 母となった自分の娘を目にしたとき、どれほど暗澹とした思いが頭をよぎったか、母親たちがわれわれに話してほしい！ 貧窮が家族の最も純粋な喜びを色あせさせ、人間の誇りや信頼感を作り出すものをことごとく恐怖や絶望に変えてしまうことを、われわれに伝えてほしい！ 充分に伝えてほしい、これまで公式に知られることはなかったのだから。王政はこうした事実をわれわれが知り、口にするのを犯罪とした。強く感じ、激しく表明したかどで何人もの人間が国の監獄で憔悴し、何人もの人間がそこで命を落とした。そして多くの人間が迫害され、嘲弄され、破産させられ、中傷され、反乱分子か狂人として非難された。

労働の殉教者たちよ、立ち上がり、口を開いてほしい！ 病院の中で、あなた方のために医者の処方する栄養物や治療薬がいかに投機の対象とされていたかを話してほしい！ あなた方の体や心に対しどのような治療が施されていたかを話してほしい。不正がどれほどはびこっていたかを話してほしい。あなた方が口にする苦いパンや、あなた方が勇気と力のひとときを求めたはずが、酔いと怒りとすべての力の消耗が見つかるばかりのブドウ酒に、投機がどんな毒を混入したことか！　あなた方が教育を施すことも、監督することも、保護し、啓蒙するために社会にゆだねることもできない子どもたちが大きくなるのを目にして、あなた方が感じていた恐怖を語ってほしい。柔順な性格を見せる子どもに対して、あなた方は愚鈍に通じる退廃を危惧し、熱烈で高潔な性格に対しては憤激に通じる抑圧された憤り、狂気に通じる無力な憤激を危惧した……。

あなた方が苦しんだことは容易に信じてはもらえぬだろう。それを信じることは禁じられてはいなかったか！　無政府主義者と見なされ、人々の間に憎悪をかき立てる者として罰せられる危険が待っていたのだ。

人間の法律を覆す保証として、王政は沈黙の法律しか見出し得なかったことを証明する、おぞましい命令の数々。制度の破綻をまさしく示すこの法律は、人間同士が殺し合わずに真実を語ることは不可能だと決めてかかっていた。

墓場の沈黙は消え失せるがいい！　暗殺の法律は消え失せるがいい！　今後、社会はあなた方に対して、その傷の深さを測り、治療を施す義務がある。あなた方の生命や健康、知性や人間としての尊厳の保持に留意する義務がある。あなた方に仕事や食糧を、教育や名誉を、空気や陽光を保証しなければならない！　老人たちには安らぎの場所を、あなた方の腕には仕事を、あなた方の心には信頼感を、あなた方の夜には休息を与えなければならない。娘たちの良俗に、子どもたちの将来に、老人たちの埋葬に気を配らなければならない。この世にあるとき、陽の光を浴びることのなかった人々の死後のために、大地の一隅を確保するに足りるものさえ、あなた方にはないのだから。

社会にあなた方はこれから手を貸そうとしている。労働者よ、それはあなた方が後世のために建設しようとしている建造物だ。それが少数の人間のためにだけ建てられるのを許してはならない、人類が身にまとうものもなく、飢えに苦しみ、堕落し、絶望して戸口にいるのだから。

公権

(『共和国公報』第一〇号、一八四八年四月一日)

この『公報』は「公権」および統治者と被統治者の新しい関係の問題を、この少し後に『民衆の大義』誌に発表された「社会主義」に関する論文に非常に接近した言葉で取り上げている。合法性尊重と選挙結果に従うよう呼びかける姿勢が注目される。「(……)大半の人間を欺き、犠牲にするために彼らの誤謬を利用するのは社会的犯罪であろう。権利を行使する人間の極端にもかかわらず、また、無気力にもかかわらず、権利は依然として権利である。」

(M・P)

内務省第一〇号　パリ、一八四八年四月一日

市民たちへ――

思慮深い人々が最近、ある問題について大いに議論したが、他の多くの問題と同様に、解決策を見出せずにいる。つまり公権の問題である。共和国を敵視する者たちはその詭弁を用いて、至るところでこの問題を喚起している。これまでかなり抽象的に取り扱われ、そして今日、かなり卑劣なやり方で悪用されているので、国民がこの問題を検討し、解決するのは有益なことだ。こうした性質の問題を国民は検討できないだろうと考えるのは間違っている。わずかな言葉で国民の手にゆだねることができる。そして、彼らの義務は自分たちの権利の根源と性格を認識することなのだ。

人々が世襲の原理によって、国民の運命を占有し、「安心して眠るがいい、余が不寝番をしよう。国家、それは余だ」と尊大に言う時代は過ぎ去ったのだ。たとえ王たちが不寝番をしたとしても、たとえ、その偉大さや個人的な徳で彼らが国家を代表したとしても、王たちは今日のフランスにあってもはや何の力も持ちはしない、彼らに力があると目していた偏見は、彼らを神聖にしていた原理とともに打破された。こうしたものの時代は終ったのだ。フランスの最後の王に対して世襲は時宜を得ぬものとなった。王権もまた、いうところの憲法的権限と相容れなかった。主人となった官吏のこの一貫性のなさの時代もまた終った。フランスはもはや主人を持つことはない。権力はもはや臣下を持つことはない。

したがって、これまで統治者と被統治者と呼ばれてきたものの間に新しい関係がやがて確立されよう。権利と義務が明確に、また、公正に定義されることが重要である。こうした新しい概念が引き起こすあらゆる議論も、その根底をなす原理を何よりもまず検討しない限り、時間をむだにすることになろう。

合法的権力の原理は変わらず存在するか？　この合法性という言葉は大いに濫用され、合法性の資格が最近、あまりに奇妙に適用されているので、公権がどこにあるのか、きちんと知ることが重要である。

公権が存在するばかりでなく、神授権もまた存在する。神は人類の運命に気を配り給う。神はこの権利をこの世に生まれ出るすべての人間に託し給うた。だが、何人《なんぴと》といえども、この神からの権利を孤立して行使すべきではないし、また、行使することもできない。王権はいわば偶像崇拝である。神からの権利は集団としての人類の中にある。それは諸権利を承認し、すべての人間の義務を示す社会の中にある。

だが、人類は進歩の法則に従っている。この法則を考慮しない社会は神授権を体現するものではない。そうした社会が進歩から取り残されるとき、その権利はもはや存在しない。そうした社会はもはや機能しえないゆえに、その事実を感じ取る。そして再生するために、自ら崩壊の道を辿る。

そのときこそ、社会を再興しなければならない。そして、社会が新たな基盤の上に改革される、作業と期待のこの時期に、神からの権利はどこにあるのか、合法性の原理はどこにあるのか、至上の権力はどこにあるのか？

削除されたのか？　それでは、ある時期には神が存在することをやめ、人類がもはや顧みられない無政府状態の時期が歴史にあると言ってよいようなものだ。進められている再建の仕事を無効と宣言するために、この考えを進んで認める政策もあるだろう。だが、この考えはばかげている。宇宙の動きを否定するがいい、生命の永遠の法則を否定するがいい。あなた方が眠っている間も、地球はその面の一つ一つを交替で太陽の光にさらす、規則的な回転を変わらず続けている。

したがって、合法的権力で社会秩序の再構成をつかさどる仮の支配者はどこにいるのか？　好きなだけ探し求められるがいい、気に入るものことごとくを考案されるがいい、国民の中以外に見出すことはできないだろう。

だが、国民は絶対に誤謬を犯さぬものではない。間違いを犯し、昔の社会と同じように欠陥のある社会を作ることもあろう。

人間はしばしば間違いを犯すものだ。国民は間違いを犯しうる、と言うことは、何を意味するのか？　その権利を正しく行使しないことがありうる、ということは、その権利に反対することをいささかも意味するものではない。

民衆が権利を上手に使えないことを、個人として、耐え忍ぶつもりはないと言われるのだろうか？　それならば、病気も疲労も眠気も耐え忍ぶつもりはないと言われるがいい、人間でありたくないと言われるがいい。

卓越した哲学者たちが、権力を多数の中におこうとする政治原理を否定することで、公権を否定した。彼らは間違いを犯した。そして今、不正な考えを持つ人間がこの誤謬を悪用し、民衆の権利を否定できるように、哲学者たちの論理を故意に歪曲している。

つまり、彼らは次のように問題を提起する。五〇の声の方が四九の声より正しいのか？　一つだけ多い声が悪を善に変えさせるのか？と。

確かに、このように提起された問題に対して、多数を擁護する答えはまったくない。正しい四九の声は、間違いを犯している五〇の声に粉砕され、犠牲にされる可能性はある。一つだけ多い声が真実を持っているのではない。

さらに悪い事態が生じうる。つまり、一〇万人が間違いをし、間違っていないただ一人を沈黙させることさえある。認めよう。先へ進むことにしよう。すなわち、問題の論点をずらすことにしよう。

不当に提起された問題はことごとく、真理そのものを非難しうる。

真理は存在するか？

だれがあえてそのことを否定しよう？　それは真理に敵対する者であろう。

人間は真理を理解するよう作られているか？

それを疑う者は人間の敵であろう。

人類の歴史は、真理が少数の人間の良心の中に追いやられ誤謬と悪が公的な世界を支配したことをわれわれに示しているだろうか？　然り、そして、歴史を過去にさかのぼればさかのぼるほどに。

進歩は幻想なのか？　もしそうであると信じるのであれば、人々との関わりから手を引かれるがいい。神を信じないからといって火刑に処せられることはない。信仰は自由だ。だが、彼らが受ける懲罰はこの世にあって無用な人間であり、何一つ産み出しえないということだ。

進歩が存在するのであれば、進歩が神と人間のあらゆる法則の中で第一のものであるならば、宿命的、必然的に真理はますます人々とともに、最大多数の人々とともにあるはずだと、そして、多数の原則を、将来、絶対に承認すべきであることがお分かりにならないだろうか？

将来にあって、真の共和国の基本法が近いものとするにちがいない将来にあっては、人々の考え方にはもはや多数も少数もないことを充分にご存知だろうか？　真理に反対する声は一つとして上がることのない日が訪れないのはありえないことを充分にご存知だろうか？

「われわれはまだそうした状況に到達していない」と言われるだろう。「多数者の権力が間違いをするという痛ましい目に遭うかもしれない。全市民の自由投票は、選ぶかもしれない、多数決により、少数の市民の排他的利益を守るような国の代表を」と。

確かにそうした事態は、市民たちの多数を啓蒙するためのわれわれのあらゆる努力にもかかわらず、生じうる。だが、まったく新しい権利を手にした市民たちがその重大さと行使の方法を最初から知らないとしても、許されることであろう。彼らを欺し、犠牲にするために、多数者の誤謬につけ入るのは社会的罪悪であるとお答えしよう。権利を行使する人間の無気力や極端にもかかわらず、権利は依然として権利である。権利の下手な行使を罰するために権利を取り上げる権限を持つ人間は一人としていない。子どもに向かって、「おまえは食べすぎた、おまえは有害な食物を選んだ、おまえにはもう食べさせない」と言うも同然であろう。

幸いなことに、今、フランスの上を真理が自由に飛翔し、詭弁に対し反論している。たとえ詭弁が民衆を惑わせるとしても、それは束の間のことにすぎないだろう。民衆は、この恐るべき道具に初めて手を触れてけがをするにしても、その権利が没収されるにまかせておきはしないだろう。

今日、真理が多数者とともにある証《あかし》は、彼らの行ったものことごとくが崇高で、果断で、純粋であったという事実である。彼らが公共の広場や街路の四つ辻で、永遠の真理を考え、推し測り、作り出し、預言したのに、孤立した人間には何が起きたか、今なお理解できずにいるという事実である。この偉大な日々にサロンで何が起きていたか？　人々は震え、陰謀を企てていた。美徳は舗石の上にあった。それは戸外にあった。大量にあふれ、空に向かって並外れた声を上げ、群集が築き、張りめぐらしたバリケードの上で自分たち自身の王国を宣言した！　この王国が罪深い簒奪であるならば、なぜ、相反する原理を守るために自らの命を投げ出そうと考えた人間が、今日、抗議している者の中にただ一人も見出されないのか？　原理は命を失いかねない危険に身をさらすだけの価値がある。民衆は自分たちの大義のために自らを犠牲にしたのであるから、そう判断していた。民衆はしたがって、真理のために闘っていると信じていた。そして、実際、真理が民衆とともに、民衆のために数々の奇跡を行っている間、個人主義を奉ずる人間は姿を隠していたのだ、神をいささかも信頼せずに！

民衆は常に多数者であろう、そして、多数者が永続的に間違いをするよう強いられていた時代は永久に過ぎ去った。たとえ彼らが道に迷うとしても、われわれが生きている時代の合法的な君主であることに変わりはない。多数者は真理が呼ぶ道に進歩の法則によって抗いがたく導き入れられるのだから。

多数者は意見をはっきりと言うことができる、それが隠されてはいないから、歴史の今にあってそれが真理の声であると神の前で誓うことができるから。そして、この意見は次のようなものだ。つまり、人類の最も多数の救済のために大量の血がフランスで、また全ヨーロッパで流されたばかりであり、この高潔な血は少数者の勝利のために流されたのであってはならない。

今やお好きなだけ惑わすがいい。そして油断のならない意図を覆い隠すために合法性の外見を装うがいい。それでもこの大多数の意見を打ち消すことはできない、偉大な真理、神聖な真理をはっきりと示しているがゆえに。

女性の社会的権利

（『共和国公報』第一二号、一八四八年四月六日）

共和国は、老人、「時期尚早の労働のために犠牲になった児童」、女性を苦しめているあらゆる形態の社会的不公平に対処しなければならない。「女性の境遇はこれまで、立法者の関心を惹くことが最も少なかったものだ。」

サンドは本論文で、サン＝シモン主義を信奉する女性たちの「貴族政治的」要求である政治的権利以上に、彼女の目には重要なものと映じる、女性の社会的権利を雄弁に弁護する。そしてサン＝シモン主義の女性たちに「自己を捨て、貧困にあえぐ民衆の女性や若い娘たちに専念するよう」促す。

（M・P）

内務省第一二号　パリ、一八四八年四月六日

市民たちへ――

正義と人類の最も重大な原理を検討する時期にあたって、また、広範で、寛大で、進歩を自由に受け入れる基本法の中でこれらの原理に新しい表現を与えようとする時期にあたって、人類という家族のすべての構成員がはるかな昔から犠牲になっている不公平を、あなた方の理性や信念や心の中で入念に吟味することが重要である。

民衆は苦しんできた、男は家族に食物を与え、雨露をしのがせ、衣服を与え、教育を施すという任務、その力を越えた任務を充分に遂行できなかった。家族に子どもが多いとき、社会がそのすべてを個人に負わせるとき、この任務は労働者にとって過酷にすぎる。休みなく働いて衰弱した老人、充分な仕事を奪われた女性、時期尚早の労働のために犠牲になった児童を効果的に援助することが共和政社会に絶対に必要である。一家の父が過度な労働に押しつぶされないためにはこれ以外に方策はない。

賃金の問題は一時的ないわば対症療法でしかない。労働者の死活問題はもっと広範なものであり、いくつかの種類の援助を必要としている。

賃金の問題が目下のところ、他のすべての問題を要約しているとすれば、それは、一家の長の一人一人が家族全体の責任を個別に負っているからである。国家もまた個人と同様に責任があるとあなた方が決めれば、あなた方は自らの父や母や妻、姉妹や息子、娘たちが身体的、精神的に何を要求して

いるか熟考することになろう。

あなた方の家族のこうした構成員たちのそれぞれが個別の世話を求めている。そして、女性の境遇はこれまで立法者たちの関心を惹くことが最も少なかったものである。民衆の立法府はその満たされなかった要求と同じく、その燃えるような切望と同じく、強力であるべきだ。人類の中でただ一つの苦しみであれ、忘れ、無視するのは、かくも長い間、忘れられ、無視されてきた民衆ではない。

女性は貧困が心と身体に及ぼす、この耐えがたいほどの抑圧の最もつらい部分を不可避的に絶えてきた。その本性により肉体的苦痛、出産という恐ろしくも神聖な労働を余儀なくされている女性にこそ、社会はこの厳粛な役目にふさわしい保護を惜しまずに与えるべきであった。われらの最初の共和国は女性に対して愛国的敬意を直観的に抱いた。それゆえ人々は民衆のヒロインを笑い物にしようとは思いもしなかった。女性の勇気や自己犠牲を常に嘲弄し、軽蔑したのは特権階級の人間である。民衆の男たちは、戦闘で打ち倒されれば、自分たちの死の無念が晴らされるまで子どもや妻がバリケード上に残っていることをよく知っている。

最近、党派精神に勇気づけられた何人かの女性が、知性を顧慮して、知性ゆえの諸々の特権を要求して声を上げた。問題の提起の仕方が不適切であった。仮に、社会が行政に女性の何らかの能力を受け入れることで多くを得たと認めても、多数の貧しく、教育を奪われた女性たちに利するところは何もなかった。こうした個人的要求は社会をいささかも動かさなかった。やがて再建される社会は、全女性の名において作成される素朴で胸を打つ請願に深く動かされるだろう。一般に、男性にも増して女性に重くのしかかっている教育の欠如や孤独、堕落、貧困の撲滅を目的とする請願に。

サン＝シモン主義を信奉する自立した女性の試みは貴族主義的性格を帯びていたと、率直に言おう。男性が自由でないときに、どうして女性が男性以上に自由であることを分別をもって切望できたであろうか？――今日、問題は様相を変えているに違いない。男たちは無知と貧困のくびきから解放されつつある。もはや何人かの選良たちのために隠された神権政治の寺院を設立する必要はない。人類を構成しているすべての人間に世界を開くことが必要である。男性であれ、女性であれ、貧困と無知のくびきから解き放たれなければならない。

良き市民の資格を切望している教育のある女性たちが自我を忘れなければならないのはまさしく今である。彼女たちが自らの才能を立証しようと望むのであれば、それは無私無欲で専ら民衆の貧しい女性や娘たちにかかわることである。

見捨てられた母や病身の父、兄弟、姉妹が飢えで死んでゆくのを目にする不幸な少女の境遇はおぞましく、神をぞっとさせ、人類を恥じ入らせよう。その少女は悪を知らず、自分の愛している家族に食べ物を与え、彼らを救うために働こうとするだろう。仕事を探す。だが手に入る仕事はほとんどない。引き受けることができる仕事はしばしば男たちに託される。大多数の女性に任される仕事の報酬はあまりにも少なく、それで生きてゆくのは事実上、不可能なことが数字で示され、証明された。献身的な娘や心優しい女性、絶望した母親が一日一日のわずかな金額を資力のない家族と分け合わなければならないとは一体どういうことなのか？

なんと！　社会は彼女たちが自らの命を断たずに済む、いかなる方策も与えないというのか？売春以外のいかなる方策も。堕落が絶望を誘い、女性の最も神聖な本能を武器にする。堕落は施しをするのではない、売るのだ。与えるのではなく、金が支払われるのだ。処女はおぞましさの闇市場で値がつけられる取引の対象である。あまりに日常茶飯事であった。拭いがたい汚辱と引きかえに家族を救ったのは、少女の熱心な自己犠牲である。敬虔な娘たちが、目を閉じて、この殉教に向かって行った、そして魂を復讐の神に託して、その身体《からだ》を辱めに投げ出した。

貧乏人の娘をこの深淵に突き落とすのが極度の貧困でなければ、強力な誘惑であり、これに対しても同様に社会に責任が帰せられるであろう。女性には、社会が一度として考慮したことのない特別な本能がある。愛されたいという欲求そのものであり、また、女性は専ら心で生きていることの証である、好かれたいというこの願望は、正当な糧を見出せぬとき、有害な情熱となる。貧困は男性よりも女性を早く醜くする。ぼろ着は、男らしい労働者が身にまとえば美化されるが、女性であれば、その美しさを消し去る。女性は、それが可能なときは優雅であることを誇りにする。労働者が日曜日に、清潔な身なりであるのを誇りとするように。金持ちの女性にあっては魅力であり、美徳とさえ言える優雅さへの愛着が、貧しい女性にあっては必然的に犯罪となり、多くの女性たちを破滅に導く。

女性の本能がこの抑圧された情熱を超えるには、社会において次の二つのうちの一つ、つまり、嗜好を適度に満足させる手段か、本性のあらゆる弱点を超えるだけの強く、真面目な教育を手にすることが必要であろう。社会は満足も予防するすべも与えない。女性はたった一人の状態におかれ、誘惑に耐えることができない。

さらに、金持ちたちが騒動を起こして身を危うくするのを防いでやるだけで、彼らの卑劣な振舞いにはまるで関心を示さなかった王政の警察は、その一方で、貧乏人たちの道義心を危険にさらす金もうけに関心を抱いていた。もっともその監視は犯罪を保護するためのものであったが。腐敗が許されていたのだ。民衆の気の毒な娘がこのおぞましい方策を考えつくやいなや、どの街角にも、舗石の下から湧き出て、その娘の心に恥辱の毒を流し込む卑劣漢が姿を見せたのだ。

若い心に吹きかけられるこの呪われた息の効力を消滅させるために、何が主張できたであろうか？おそらく、人間の心にはよこしまな本能、罪深い誘惑があり、今後もあり続けよう。だが、社会がその役割に背かなければ、美徳は可能となり、堕落の口実はない。堕落があまりに避け難いため、まじめで善良な女性に不幸な娼婦を非難する権利がないような社会についてどう言えばよいのか？ 最も単純な義務の実践や自尊心、品位や健康への配慮が、ある環境にあっては手にする手段のないぜいたくな美徳となっている状況についてどう考えればよいのか？

恥辱と悲嘆！ 開花しないまましおれる気の毒な女性たち、偽りの文明と不敬虔な社会の殉教者たち！ シオンの娘たち（エルサレムの市民の意。）のように嘆くがいい、あなた方が受けた侮辱を洗い流すに充分な涙がないであろうから。あなた方の年端も行かぬ娘が青ざめ、打ち沈んで、夜遅く帰宅し、恐怖と激しい不安から痙攣に襲われてあなた方の腕の中に倒れ込むのを抱きしめた、不幸な母親たち！ あなた方の夫や兄弟や息子たちに語ってほしい。女性の真剣で、道徳的な解放の話は偉大な訓話だ。それはあなた方に関わる訓話だ。あなた方の代弁者となる雄弁な口は要らない。あなた方は一人残らず、家庭の中で偉大な雄弁家となるであろう。胸が張り裂けるようなあなた方の苦痛の話に魂が揺さぶられないような男性は一人としていない。

投票へ！（『共和国公報』第一五号、一八四八年四月一三日）

近づく選挙に当てられたこの短い『公報』は、すぐれた代議士の性格を定義する。

「無関心な人間、野心ある人間は去れ！」

（M・P）

内務省第一五号　パリ、一八四八年四月一三日

市民たちへ――

選挙が近づくにつれ、市民の一人一人が内省して、間もなく果たす義務の大きさを確信することが一層、重要になる。失墜したかつての政府の下では、何人かの特権者たちが、法の傲慢なからくりで、国全体を代表していると見なされていた。個人的利害にひたすら専心し、彼らは、自分たちに最も有益に仕えることのできる人間を代理人に選んだ。国民が一人残らず召集されている今日、こうした利己主義のあわれな見解はもはや問題にならない。代議士は今や、各県の実業家であるべきではなく、フランスの至上の意志を代弁する人間でなくてはならない。したがって、高潔な素質と高貴な感情を最高度に備えている人々の間から選出することが要求される。何よりもまず誠実さを求めるがいい、それなくしては、どれほど卓越した性格であれ、どれほど優秀な能力であれ、それらは危険な特権でしかない。かつて、法律はこう言った、「租税の査定額で能力を測るがいい。金持ちであればあるほど、その市民は投票に値する」、と。こうした有害な法律はもはや存在しない。共和国に仕える名誉を渇望している人々に共和国はまっすぐで、堅固な心を強く求める。共和国は財産の保証よりも徳性の保証を選択する。

だが、代議士になるためには、誠実であるだけでは充分でない。留保なしに、そして、下心なしに共和主義者であることが必要なのだ。ところで、この肩書を持つ資格のある人間を見分けるための、

決して誤ることのないしるしがある。それは、信念に私心がないことだ。あなた方は、多くの候補者が熱意と自らの考えの誠実さを自賛するのを聞くだろう。だが、もしあなた方がすでに、政治の道を選んだ彼らが、われわれの倒した人間を長や領袖として受け入れていたのを目にしているのであれば、彼らの突然の変化を警戒するがいい。そして、彼らを国民議会の危険な試練にさらす前に、その素早い、信じられないほどの転向を私生活で揺るぎないものにさせるがいい。

このきわめて単純な指摘を忘れないでほしい。公的生活の危険や騒々しさに立ち向かえるのは野心からか、ある思想への献身からか、そのいずれかである。ところで、革命により粉々にされた原理を王政下で弁護していた人間は自己犠牲の感情に従うことはできない。そうした人間は自らの名を大きな歴史的事件に結びつけたいという、空しい欲望、おそらくは、栄誉と権力への愛着心に身をゆだねる。犠牲という考えはその心にない。代議士職に威信か、財産の手段を見ているだけである。

このような人間は、国民議会を国民の利益に反する道に導くことで、たちまち、議会を危うくするだろう。基本的人権の委託を無傷で栄光あるものにしておくために、この議会は民主主義社会という建造物を堅固に建設するよう不断に努力しなければならない。それは断罪された、抑圧的な制度に果敢に手を加えるべきであり、革命がもたらしたいかなる結果に対してもひるんではならず、その決意の重大さで国家を導き、必要とあれば、手加減することなく、あらゆる抵抗を打ち砕かなければならない。フランスの安泰はこれと引換えである。ところで、この困難な、危険を伴う使命を託すことができるのは、過去といかなる関わりもなく、あらゆる弱さを克服し、民衆の神聖な大義の完全な勝利のために自らの血を流す覚悟のできた代表者たちにだけである！

共和国は空しい宣言の中にあるのではないと同様、首のすげかえに因っているのではないこともよく知ってほしい。共和国は、すべての市民が政権に関与することで、最大多数の意志、関心、要求が正当な満足を得て初めて、真に存在する。国民は、国外では栄光に包まれ、強大であること、国内にあっては賢明に統治されること以外に何を望もう？　知性や活動の手段、富を無限に増大させること、平等の偉大な原理に駆られて大きく発展すること以外に何に関心を向けよう？　倹約、簡素、統治の公明正大、減税、無償裁判、不幸に対して保証された扶助以外に何を要求しよう？　ところで、こうした改善は現在の社会を再生させることで初めて可能になる。そして、これらの原則の徹底的実践を承認する法体系をフランスにもたらすために、過去の権力とのあらゆる絆からあらかじめ解き放たれ、すべてを、人望さえも危険にさらすことを怖れぬ人間だけがその熱意を持つであろう。

正直で誠実で国を愛する人々があらゆる党派精神を超越せんことを。彼らが同じ共和主義思想を共有せんことを。彼らが政府を一時しのぎとして受け入れるような人間、そして過渡的段階として甘受するような人間を等しく避けんことを。共和国は滅びることはないと確信していないような人間は誰であれ、危険な代議士にしかならぬであろう。そうした人間は妥協や中途半端な手段に頼る気になろう。そして、そのためらいから重大な窮状の原因を作り出すであろう。無関心な人間、野心ある人間は去れ！　祖国は信念と自己犠牲を必要としている。選挙人が選出されるにふさわしい候補者を見分けるのはこの二重の徳性によってである。

共和国を守ろう

(『共和国公報』第一六号、一八四八年四月一五日)

大きな物議をかもした『公報』……

サンドは、とりわけフレデリック・ジレールへの手紙(『書簡集』第八巻、ノアン、一八四八年八月六日)でこの記事の発表状況について詳述している。「確かに私が第一六号の公報を執筆しましたから、その道義的責任はすべて引き受けます。政治的責任については、偶然ながら誰にもありません。」採択した規定にのっとって、それ以前の「五、六の公報」は印刷に付す前に検討された。だが第一六号のための原稿が届けられた日、この任務が課せられていた官房長エリア・ルニョーは母の死で不在であった。「したがって、おそらく誰一人、印刷所に送る前に原稿に目を通していないのです。校正刷を誰かが見たかどうか知りません。私自身は原稿を二度と目にしてはいません。」

一方、彼女は、六月二三日の蜂起に関する調査委員会で七月一一日、ジュール・ファーヴル(一八〇九—一八八〇)弁護士。一八四八年には内務大臣補佐。)が主張したように、表現を変えた三つの論文を送ったことを否定する。「そんなに多くの執筆をするほど柔軟な才能を私は持ち合わせてはいません。」だが、彼女はこの論文を四月一二日に書いたことを思い出している。したがって、一五日付の『公報』が発行されたのは一六日であるにしても、一六日の出来事の結果を加えたとして、彼女をとがめることはできない。また、彼女が「いささかもよしとしない」五月一五日の出来事の予測的な筋書をここに読み取ることもできない。

彼女はさらに付け加える、「(……)発表する前に検討に付すことになっており、その見通しで吟味する労も、読み返す労も取っていない文章は遂行されていない行為であり、内的意識からまだ抜け出ていない考え以上のものではありません」。

むやみに闇に沈められたこの事件について、G・リュバンは「遂行されていない行為」に関するその論法を少々、「老獪」と見なしながらも、手続に関するサンドの言葉を確認する(『書簡集』第八巻、五八四頁、注2)。

(M・P)

内務省第一六号　パリ、一八四八年四月一五日

市民たちへ――

われわれは腐敗の政治体制から正義の政治体制へ一日で、一時間で、移行することはできなかったにしても、民衆が真理の原理を承認するには霊感と英雄的行動の一時間で充分であった。しかし、偽りの一八年間（七月王政期）が、真理の政治体制にひと吹きでは覆すことのできない障害を対置している。選挙が社会的真理を勝利させないならば、また、選挙が民衆の信頼にみちた誠意から引き離された一階級の利益を表わすものならば、共和国の安泰をもたらすべき選挙がその破滅となるであろう。このことを疑ってはならない。その時には、バリケードを築いた民衆にとって救済の手段はただ一つ、つまり、もう一度その意志を表明し、国民の偽りの代表の決定を延期することであろう。

この危険を伴う、痛ましい打開策に頼るよう、フランスはパリに強いるだろうか？　そうならぬよう望みたいところだが！　否！　フランスはパリに偉大な使命を託した、フランスの民衆はこの使命を、立法府の審議に必要な秩序や冷静さと相いれないものにすることを望まないだろう。もっともなことだが、パリは自らをフランス領土全住民の代理人と見なしている。パリは共和主義思想のために闘う軍隊の前哨である。パリはフランスのあらゆる高潔な意志、精神力が、ある時期に、出会う場所である。パリは自らの大義と、国の各地で苦しみ、期待し、要求している民衆の大義とを切り離しはしないだろう。遠隔の地で無秩序が人々を苦しめているのであれば、また、社会的な勢力が、遠く

離れていることでだまされる大衆の判断を堕落させ、願望を裏切るのであれば、パリの民衆は全国民の利益と連帯していると信じ、また、それを明言しよう。

ある地では住民は惑わされ、だまされている。ある地では富が武器を手にして、その特権を要求している。このように行動する人間は大きな罪を犯し、われわれが説得しようとしただけで、われわれを打ち負かすと脅かすのだ。

至る所で、農民が都市の民衆に加わってほしい。都市の民衆が、すべての人間の名のもとに、共通の栄光のために、幸福で気高い未来の原理をかち取った民衆と団結してほしい。どこでも民衆の大義は同じだ。どこでも貧しい者と抑圧された者の利益は連帯している。共和国がパリで敗北するならば、フランスでのみならず、われわれに目を注ぎ、その解放のために雄々しく行動している全世界で敗北することになるだろう。

市民たちよ、あなた方自身の主権の原理を自らの手で侵害せざるを得ない状況に至ってはならない。無力な議会のゆえに、あるいは突き上げる民衆の怒りのゆえに、かち取ったものを失う危険の中で、臨時政府はあなた方に警告し、あなた方に迫っている破滅を示すことしかできない。人々の精神を歪め、公権の原理を侵害する権利は政府にない。あなた方から選出された政府は、神聖な権利の誤まった行使がもたらす弊害を防ぐことはできないが、あなた方が自らの誤解に気づき、この権利の行使の形態を変えようと望むときにあなた方の飛翔を妨げることもできない。

だが、政府にできるのは、政府がしなければならないのは、あなた方の行動の結果をあなた方に明らかにすることだ。かつて、民衆の代表者たちは祖国の危機を声高に叫びながら、祖国を見守った。フランスのような国にあっては、危機を考えて意気阻喪するのはフランスの心を持たない人間だけである。真のフランス人なら、勝利を考えることに他ならない、危機の考えを好むものだ！　ところで、祖国が最初の革命の日々のように、もはや危機に瀕していないとしても、敵がもはや間近に迫っていないにしても、物質的闘争が仲間の間にもはや定着していないにしても、知的対立、精神的危機がある。そしてこれを回避できるのは、大いなる勇気と、思想に対する確固たる信念だけである。

市民たちよ、この勇気を持とう。的外れの物質的利害や地方の偏狭な情熱から解放されよう。自由をより一層弾圧するためにわれわれをおだて、われわれにおもねる敵から逃れよう。どのような代価を払おうとも、共和国を守ろう。混乱させることも、分裂することもなく、共和国を守るのは、再び、われわれにかかっている。

栄光の四月二〇日（『共和国公報』第一九号、一八四八年四月二二日）

四月二〇日の一日の感動的な話。四月二三日号の『民衆の大義』誌に掲載する、より詳細な物語に類似している。『公報』での文体は間違いなく一層政治的であり、また、一層荘厳である。

（M・P）

内務省第一九号　パリ、一八四八年四月二二日

市民たちへ――

パリは、四月二〇日の一日、まさにフランスを真に代表するものであった。パリが発信する友愛の声にフランス全体が心を震わせんことを。意見のあらゆる相違が一日の間、忘れられんことを。その翌日には、われわれは皆、自分たちがより正しく、より強くなったと感じよう。

四月二〇日の一日は、民衆のあらゆる構成員の間に友愛の絆を結ばせた。民衆と軍隊。パリの中であらゆる産業に従事している民衆と、パリの周辺で農業の発展に従事している民衆。きらめく武器を誇らし気に振りかざす、若く、情熱に燃える民衆と、過去の幾多の嵐をくぐり抜け、今や、その思い出の威光とその教訓の道徳性だけを武器にして闘う壮年の民衆。魂を昂揚させる自由の息吹にふれて成長する民衆の子どもたち。夫や父親と同じ高潔な心を持ち、共和国という言葉に身を震わせる民衆の女性たち。政治のあらゆる問題の解決は力強い手の中では一粒の砂の重さにも等しいことを世界に示すために、民衆という名のこの多様な存在のあらゆる構成員が四月二〇日、歴史の舞台に登場した。彼らの微妙な変化に富んだ様相や熱望、かち取ったものや活力が明らかになった。

政治学が今や見出された。それはただ一人の人間に啓示されたのではない。共和国がすべての人間の主権の原理を宣言した日に彼らすべてに啓示されたのだ。この政治学は今後、大規模に、また、率直に活用されよう。民衆の良心がかくも雄弁に、声を一つにして語るこれらの問題に、完全な支配者

である民衆を召集し、全員一致に頼ることだけが必要であろう。

常に神の声と呼ばれた、この群集の声、この民衆の声が「友愛」「不可分性」の神託を宣言した。民衆は分裂させせられるのを望まない、民衆は欺かれるのを望まない。民衆は過去のすべてを許すが、未来に対しては「共和国を！」と叫ぶだけだ。この言葉は民衆にとって、神のあらゆる約束を含んでいる。民衆は共感には共感をもって、信頼には信頼をもってこたえる。だが、民衆はそれ以上のことをする。民衆は共感を抱かせ、信頼をかち得る。これが、自由な民衆の影響力のすべてなのだ。民衆は、率直に彼らのところにやって来るすべてのものを、胸襟を開き、もろ手を上げて、愛情のこもった声で迎える。彼らと一体になりたいと願う、さまざまな大衆をその巨大な集団に、無数の仲間たちの中に迎え入れる。彼らは自分たちの真ん中に軍隊を呼び戻す、そして、感受性の繊細で、抗いがたい霊感に導かれて、この勇猛な砲兵隊の大砲の上に彼らの子どもを載せる。もはや怖れることは何もないとよく分かっているから。現在の物質力と未来の精神力をこのように操縦するこれら勇敢な兵士たちに子どもを託す。老人や女や子どもたちがたちまち密集した一団となって、軍隊の方へ突進した。そして、雑然とした全体の中に新たな隊形を作り出し、巨大都市の大通りに一四時間、途切れることなく、果てしない行列を繰り出した。

四月二〇日の一日はわれわれの栄光ある革命の歴史の中で、最も美しく、最も純粋で、最も実り豊かな一日の一つであり続けよう。そのことを理解できるのは目撃者たちだけだ。それにしてもいかなる絵筆がその有様を再現できようか、いかなる言葉が光景の壮麗さや、一八時間、パリ全市を魅了し続けた感動の大きさを推測させる力を持っていようか！

この日は市の全住民から構成され、新たに選ばれた隊長たちの指揮する国民軍の軍団 légion が臨時政府から彼らの軍旗を受け取ることになっていた。この式典に民衆の儀式の荘厳な輝きを与えるために、また、民衆と軍隊の間のいわゆる分裂に対して何人かの反動主義者たちが流そうとしている滑稽な中傷のあらゆる口実を奪うために、連隊 régiment がこの盛大な式典に参加するよう求められていた。劇場は舞台にふさわしいものであった。エトワール広場の凱旋門の下に据えつけられた途方もなく大きな壇の上で、臨時政府の閣僚たちが、輝かしい幹部、つまり、法服を身に包んだ司法官たち、多数の官吏や高級将校に取り巻かれて、軍旗を配り、宣誓を受けていた。その左右に設けられた広大な観覧席は観衆でいっぱいであり、それらを合唱団オルフェオンや愛国的な響きを鳴り渡らせている国民軍と連隊の楽団が取り囲んでいた。女性たちだけにあてられ、華やかに飾られた階段桟敷が凱旋門の下に建設されていた。微笑を浮かべ、若々しく着飾った女性たちは、軍隊をたたえて祖国が献じたこの壮大な石造りのドームの下で、われわれの若い共和国を創始する愛と平和の思想の優美な化身であるように思われた。

午前中は雨が降り、薄暗かった。だが、この無慈悲な空模様にもかかわらず、街中が愛国的昂揚感に活気づき、人々は七時から起き出して、武装していた。郊外の優秀な軍団はすでに集合地にいた。歩兵連隊、胸甲騎兵連隊、竜騎兵、砲兵隊が市民の軍隊に加わった。自由が祖国の地面をたたくとき、信念だけが大地から湧き上がらせることのできる無数の軍隊であった。凱旋門から大通り《ブルヴァール》に沿って玉座広場《トローヌ》の柵まで、つまり三リューにわたって、銃剣がまさしくすき間なく林立していた。革命広場から市庁舎に至る河岸はひしめいていた。三〇万人がいた。みな、フランスへの愛に胸を高鳴らせ、みな、自己を犠牲にし、みな、不滅の政府の曙に興奮して敬意を表していた。それはすべての人間によるすべての人間の政府になるだろうから。一〇時に式典は始まった。大砲が轟いた。革命の賛歌が響き渡った。たちまち、これら三〇万人の胸から、武装して集結した市民たちがその気高い代表者であるこの街から、途方もない歓乎が上がった。そして、大勢の兵士たちが厳かな足取りで進み、各々の軍団が旗を受け取った。軍団に加わり、その見事な軍服や秩序の精神、愛国的情熱で際立つ国民遊撃隊 garde nationale mobile が次に進み出た。ついで国民軍 garde civique が、われわれの父親たちの栄光で有名になった制服を思わせる、人目を引く制服に身を包んで。武器を持たぬ市民や女、子どもたちが、凱旋門の周囲にひしめいている感動した群集の中から抜け出してそれぞれの集団に加わった。突撃の太鼓が打ち鳴らされ、らっぱがファンファーレを鳴らし、将校たちが抜き身の剣を空に突き上げ、兵士たちが銃を振りかざした。そして誰もかれもが声を合わせ、熱狂して、「共和国万歳！」と叫んだ。

そう、発展するだろう、われわれの神聖な、われわれの栄光ある、われわれの友愛にみちた共和国は！　この共和国は、人類の運命に気高く奉仕し、人類と同じく永遠のものとなろう！　それは正義と同様に強く、進歩と同様に実り豊かで、真理と同様に力強くあろう！　世界の導き手として、それは無知や迷信や恐怖の闇を追い払うだろう。その叡知ゆえに偉大で制覇する力を持ったこの共和国は、抗《あらが》い難い魅力の威光であらゆる玉座を次々に倒すだろう。あらゆる利益を保護し、抑圧された者を擁護し、あらゆる権利を守るこの共和国はすべての障害に難なく打ち勝つだろう。世界の首都たるパリはこの共和国を確立した。そしてフランス全土がパリと共に、救済と栄光と解放のこの高潔な叫び、「共和国万歳！」を繰り返す。

選挙後

（『共和国公報』第二三号、一八四八年四月二九日）

サンドは、『公報』への最後の寄稿となったこの論文で中傷の空気に言及する。同じ日、彼女はエリザ・アシュールに書き送る、「ここで私たちは疑いと悲しみの日々を過ごしています、ときどき、私は辛い思いで涙を流します。けれども、私は街に出て、ほっとするのです……」と。フェルディナン・フランソワへの手紙では、ルドリュ＝ロランの『公報』に執筆することを否認しながらも、彼との連帯を断言する。「彼は共和主義者です。彼との精神的共謀を非難されるがままにしているのはそのためです。ブルジョワジーは喜んで私に責任を負わせましょう。(1)」理想に生きようとする女性にとって、日常の政治生活は過酷である。（M・P）

内務省第二三号　パリ、一八四八年四月二九日

中傷の言葉がおまえの心を突き刺すときは、スズメバチが襲いかかるのは最も腐った果実にではない、という考察で自らを慰めるがいい、とジャン＝パウル・リヒターは言った。人生の体験は、ドイツの最も偉大な作家の一人により、かくも独創的に言い表されたこの考えがどれほど真実であるか、日々、われわれに証明してくれる。

そう、昆虫や羽虫が休みなく、狂ったように刺すのは最良の果実だ。そう、最も残酷な、最も痛ましい攻撃にさらされているのは、自由と民主主義の神聖な大義に、誰にもまして尽くした市民たちなのだ。しかも、しばしば、闘いと危機と危険の日々に、団結、寛容、和合そして友愛の原理を真っ先に宣言し、彼らが庇護した人間からの攻撃なのだ。

近代最大の政治的嵐の激しい混乱の真中で、数時間にわたる闘いの決定的な急転のあと、一滴の血も流れなかった。爆薬のにおいと勝利の喜びに酔いしれていた無数の市民が、信頼していた、そして、今なお、信頼している人々の願いを聞き入れて、バリケードから離れ、武器を置き、仕事場に戻った。

この上なく大きな寛容がすべての者のために存在した。選挙、このかくも複雑な試練、激しい不安の中に待ち望まれた最初の普通選挙がいささかの騒ぎも、いささかの混乱もなく行われた。国民議会は間もなく、臨時政府から、フランスの運命を受け取る。したがって、中傷したければするがいい。かくも聡明で、かくも好感の持てる民衆は、真の友人を見分けることができるし、今後も、できるだ

ろう。すべての者の利益のために献身的に尽くした人々の中の何人かを疑わしく、憎むべき人物にしようと、保守反動派が卑劣で、偽りの、ばかげた主張を絶えず繰り返しているために、彼らがどれほど貧困な論拠に陥っているか、民衆は理解するだろう。国民共通の利益のために不眠不休で働き、引き受けた途方もなく大きな責任に対する絶え間ない気遣いから二か月の間に一〇歳も年を取った人々に対して、彼らが公的生活あるいは私生活において堕落し、深く軽蔑すべき宮廷の悪習やしきたりに従って行動したという非難を浴びせるならば、この民衆はさげすんで肩をすくめるだろう。刺される果実の価値とスズメバチの敵意を知っているゆえに。

第六章　共和政のひずみ——『真の共和国』紙

▲『真の共和国』紙を発行したT・トレの風刺画（『シャリヴァリ』紙 1839 年 8 月号）

弁護士、次いでラ・フレシュの王室検事代理となったテオフィル・トレ（一八〇七―六九）は共和主義者であり、また社会主義者でもあった。彼の最も重要な関心事は、労働の組織化であり、『真の共和国』紙（第一号、一八四八年三月二六日）のために打ち出した方針は明らかにこの趣旨であった。彼は美術評論家、ドラクロワの賛美者、そして、フェルメールの発見者でもあった。サンドは彼の長年の知人であった。非常に早い時期に彼は寄稿を要請したが、彼女は自分自身の計画――『民衆の大義』誌――や多方面の活動に忙殺されていた。「私には、あなたと一緒に行動する自由がありません。でも、私たちは以前と変わらず同じ道を進むことでしょう。あなたの新聞を送ってください。そして、しばしば会いに来てください。私たちは二つの異なった形で同じ考えを繰り返すためにお互いの声を聞きましょう。同じ主題を歌う二つの声は妨げ合うのではなく、助け合います。あなたは私の『新聞』で自由に芸術を論じてください。私の気持ちを要約して、仲よく交換しましょう。[1]」

『民衆の大義』誌が挫折し、さらに『共和国公報』から手を引いた彼女は自由になり、この後、『真の共和国』紙が彼女の唯一の論壇となる。「この寄稿を、雑誌や日刊紙での私の唯一のものとお考えくださって結構です」と、五月一日、彼に書き送る。[2] 実際、彼女は精力的に寄稿した。つまり五月二日から六月一一日まで、サンドは『真の共和国』紙のために一三篇の論文を執筆した。これらが彼女の政治的著作の主要部分を占めている。

もっとも、彼女はトレの見解のすべてに賛成しているわけではない。とりわけ、トレが好意的ではなかったルドリュ＝ロランを、彼女は堂々と弁護している。だが、二人の見解の相違を大きくしたのは五月一五日の集会である。発端は、ポーランドの出来事に対する抗議でしかなかったものに、何人かが――その中におそらく彼女と親しいバルベスがいた――与えようとしたであろう方針に強く反対して、サンドはほとんど傍観者として、集会に参加した。多数の逮捕者が出、社会主義陣営が壊滅する。トレはしばらくの間、身を隠さざるを得なかった。サンドは、扇動者の役割を演じたとして多くの敵から非難され、また家宅捜索を恐れて五月一七日、ノアンに戻った。「お母さんのことでありとあらゆる噂が流れています。国民軍はお母さんを逮捕するとは言っていませんが、お母さんに対してもっとひどいことをすると言っていますよ(3)」と娘ソランジュが彼女に書き送っている。友人たちの何人かがイタリアに逃げるよう忠告した。おそらくサンド誹謗の頂点であった。

ノアンに帰った彼女は、『真の共和国』紙が届かないことをかこちながらも寄稿を続ける。「読むことのない新聞に時宜を得た記事を書くのは不可能です」と、彼女は五月二四日、トレに書く(4)。彼女はトレを責める、「あなたは人々に対して」、とりわけルドリュ＝ロランに対して、「手厳しく、冷酷にすぎますよ(5)」。彼を連日、誹謗している新聞に執筆することの弁解をしながら、彼女は彼の誠意を主張する。「私は目下のところ、トレの新聞に執筆を続けるつもりでいます。もっとも、これはひどく危険にさらされているばかりか、形態は私が理想とするものではありません。けれども、彼は果敢ですし、絶えず活動していることは私の義務です[6]」とシャルル・ポンシに語っている。そして同様にオルタンス・アラール・ド・メリタンスに、「トレに対して敬意と共感を抱いていますが、彼の政治に署名することはないでしょう[7]」と書く。彼女の最後の寄稿は六月一一日のものである。

この一三篇の論文の手法はきわめて多様である。卓越したルポルタージュ（「市庁舎の前で」、「政治的・社会的雑誌」……）、トレにあてた「手紙」、あるいは架空のものである、「ある職人から妻への手紙」、「妻の返事」。ここでも、パリと地方を対置する手法が使われる。さらに彼女は「宗教、教義、フランスの信仰」について、あるいは、友人ルイ・ブランやバルベスの考えについてより理論的な全体像を示す。

これらの論文は、サンドのますます悲観的になり、幻滅を深めていく見解、ならびに、その「民主的、社会的」段階を終えようとする第二共和政のますますぎくしゃくしていく過程の直接的な証言である。六月の日々は間近である。サンドは「いわゆる政治」から遠ざかり、「女性の」役割、つまり、彼女にとって英雄であるルイ・ブランやバルベスのために、また、友人たちのために、弁護し、取りなす仲裁者の役割を再び演じる。クーデタの後に彼女がとることになる行動の序曲《プロローグ》である。

（ミシェル・ペロー）

連帯・賃金・平等（「市庁舎の前で」）

国民議会選挙が四月二三日に行われ、開票および結果発表が四月二八日にあった。サンドは二八日夜、市庁舎にいた。息子モーリスへの手紙、「先ほどまで市庁舎にいました。市庁舎では三〇万人が待っていますが、まだ何も分かりません。省から戻って、真夜中に（結果を）あなたに知らせましょう。」午前二時、彼女はその言葉の通り、追伸を書く、「臨時政府の全閣僚が選出されましたよ[1]」。

本論文で彼女は待機している民衆と、戸外のいわばクラブで交わされた会話を描き出す。

（M・P）

一八四八年四月二八日夜一〇時

太鼓の音が壁を震わせ、松明のあかりが、これまでに多くの革命の推移を見てきたこの歴史的な建物の正面を赤く映し出す。きらめく銃剣の波がわれわれの頭上を行き来する。多くの事件の決定的結末の舞台となったこの広場で、武装した市民たちが迅速かつ規則的な動きを見せている。建物の中央の扉が開かれているため、光の洪水が流れ出ている。開票中なのだ。民衆の運命が揺れ動いている聖域を国民軍が取り囲み、中に入ることはできない。民衆がそこに、武器の背後にいる。彼らは自分たちの代表者の名が発表されるのを待っている。何人かが、この広場に集まっている無数の人々の頭の向こうを凝視し、はっきりした音を聞き取ろうとする。だが、聞こえるのは愛国的な歌や、不明瞭な叫び、銃の触れ合う音や太鼓の音だけだ。見るべきもの、聞くべきものは数多くあるが、誰一人見ることも聞くこともできない。

だが、これは混乱の光景ではない。民衆は厳粛な面持ちで三々五々集まっている。そして、押し合いへし合いし、興奮しているように見えるこの途方もない群衆の中で一人一人が自由に行き来し、穏やかに隣りの者にたずね、また、答えている。一人一人が、自分の周りで警戒することも興奮することもなく話されていることに、興奮せず、警戒心を抱かず耳を傾けている。不思議なことに、彼らは各々が投票という行為で関与した政治の重大局面の結果を待っているのだ。それでも、群衆はこれから出来《しゅったい》する事態をじりじりして待っているようにも、また、心配しているようにも見えない。彼らは議論しているのではない、打ち解けて話している。出来事に民衆はほとんど関心を寄せていない。考えに心が奪われているのだ。民衆は緊急の問題を抱えている。彼らは選挙結果を深く悲しんだり、喜んだりする前に、この問題を解決したい。彼らは個々の名にはあまり関心がない。彼らの多くが自分の投票は適切であったかと自問している、そしてそれを知るために、彼らの周りに立ち止まるすべての者にたずねる。もっとも、たずねはするが、自分の投票の秘密を明かしはしない。彼らはこの複雑で微妙な事項に関する良心の苦悩を毅然と隠している。だが、彼らは主要な考えについて、労働問題について何らかの解明を求めているのだ。

四千から五千のグループが見られるが、どれでもいい、中に入ってごらんになるがいい。そこで論じられていることに耳を傾けた後で、別のグループに移られるがいい。どこも同じであろう。四つ辻の雄弁家はいない、ベンチの上に上がって感情に訴える熱狂者はいない。至る所で男たちが素朴に、明快に自らの考えを表明し、二人、三人、四人で意見を交わし合い、他人の話を遮ろうとすることも、異議を唱え合ったり、他人を犠牲にして目立とうとすることもない。耳を傾けてほしい。私が近くにいるグループの会話を書き写そう。私が脚色していると思われるのであれば、今晩か明日にでも、行ってごらんになるがいい。ただ、明日になれば、彼らはもっと上手に話すことだろう。公共の広場でのこの自由な教育、友愛のこの素晴らしい教育が彼らに測り知れない進歩をさせるだろうから。それは知識の結果ではない。民衆が自ら見出すものが、他から考案してもらうものより価値がある。最近、彼らは自らを啓発する簡単な方法を見出した、つまり、皆の意見を求めながら熟考することだ。彼らが自分たちの自由を最善に行使する方法を見出すには、「あなた方は自由だ！」と彼らに言うだけで充分であった。四月一七日から二八日までの間に、彼らはロシアの農奴が一世紀かけて遂げる以上の進歩をすでに成し遂げたのだ。

〈対話〉

それぞれ作業着、平服、上着を着た三人の労働者。三人とも話上手である。彼らの服装が示す経済的な余裕の多寡がその言葉や教育に及ぼした影響はほとんど目につかぬほどわずかである。

A——誰の名も明かさずにいよう。特定の候補者の結果を気遣わぬようにしよう。現在のところうまくいっている。一人一人が最善の投票をしたと考えよう。自分が正しく見通したか、それとも誤ったか、ほどなく分かるだろう。

B——その通りだ。われわれに彼らのことが分かるのはその仕事を通してだ。われわれが生活できるよう彼らに専念してもらわなければならない。

C——確かに、彼らは皆、われわれが生活してゆけることを望んでいる。われわれがいつまでも何もせずにいるのを望まぬことはよく分かっている。

B——ああ！　それはその通りだ。自分としては、仕事がないことに弱り切っている。かりに腕をこまぬいていて、妻や子どもたちを養ってゆけるとしても、そんな生き方はまっぴら御免だ。

C——こちらも同様だ。まだ自分の仕事に嫌気がさしていないからね。女房と変らぬほど愛しているさ。これは少々大げさだがね。

A——そうだ。仕事は必要だ。とは言え、すべての人間に仕事を与えるのは容易じゃない。彼らがやり遂げてくれるかどうか、分からない。

B——われわれの方は、連帯して、それを容易にする準備はすっかり整っている。

C——よし、分かった！　連帯しなければならぬ、その通りだ。だが、いかに連帯すべきか？　政府がわれわれにその手段を与えることが必要だ。

A——そうせざるを得ないさ、政府は。だが、政府にできないことは、連帯する方法をわれわれに教えることだ。

C——それはまた、どうして？　われわれにそれを教えるのは政府の義務だ。

B——政府にそれが分かっていれば、その通りだ。だが、おそらく分かってはいないさ。

A——知っていても、言おうとしない人間がいるものだ。

C——それから、知っているふりはするが、実は知らない、そんな人間もいる。

B——そういうことであれば、その方法を探すのはわれわれ自身だ。われわれにふさわしい方法を探す自由をわれわれから奪うことは決してできはしない。

A——いや、あり得ないことではない。一七日の夜、国民遊撃隊 Mobile にわれわれを解散させる命令が出された。今、われわれがいるこの広場で、立ち止まって話すことができなかった。そして、あくまでも話そうとすれば、共産主義者《コミュニスト》と見なされただろう。自分はその仲間ではないから、何も言いはしなかった。

B――私もその場にいた。私が話したいと思えば、誰も妨げなかっただろう。だが、あの夜は、あまりにもくだらぬことが話されていたから、私は国民遊撃隊の要請に従って、立ち去った。

C――もっとも国民遊撃隊が真ん中に移ると、たちまちグループが再び作られた。私のいたグループでは国民遊撃隊が足を止めて、われわれと一緒に話し始めさえした。われわれが国民遊撃隊と対立することなどあるだろうか？

A――そこにいるのはわれわれの子どもや友人たちだ。何と妙なことだ！

四人目の労働者、D。

D――こうしたことに加えて、私には賃金の問題がはっきり理解できない。「お前さんは頑健じゃない、仲間がお前さんのために働かなきゃならん」と私に言う者がいる。それが正しければ、私には都合がいい、だが、それは正しいことではない。

B――そうだ、正しいことではない。それは平等に反している。

C――ちょっと待ってくれ。それは私には平等の規範に思われる。

A――いやちがう。それは平等の規範ではなく、友愛の規範だ。

B――ひどく分かりにくいな。それでは友愛は平等に対立するものなのか？　君の言うことが理解できない。

A――ああ、なんてことだ。思うようにうまく話せないとしても、意識するのは悪いことではないさ。

B——話を続けてほしい。

A——つまり、平等の望むところは、一人一人の熱意がすべての者の幸福を築くことだ。だが、怠ける人間がまだいる以上、平等はいまだ可能ではない。

C——その通りだ。多少とも頑強で、多少とも聡明な人間たちだけであれば、熱意の程度が水準を決めよう。だが、怠ける人間がいる。立派な労働者たちは、家族を持たず、何もする気のない者のために、自分たちの子どもが飢えで死ぬにまかせておくことは承知できない。

B——そうであれば、政府に与えるべき多くの仕事があり、賃金を支払うために多くの富のあることが、そして一人の人間の幸福がもう一方の不幸とならぬことが必要であろう。

D——待ってほしい。貧困に苦しむ人間がなくなるほどに富があるにしても、公平であることは常に公平であり、不公平なことは常に不公平であるだろう。

A——それでは、熱意が不公平なことだと君は思うのか？

D——競争心を打ち砕くのは公平を欠くと思う。

C——その通りだ、それは。だが、市民たちよ、友愛の規範がある。

A——そうだ。友愛のために競争に対して何かできるだろうか？

B——もちろんだ。だが、友愛。それは規範だ。われわれはそれを望んでいる、それが不可能であってはならないのだ。

C——もしそれが不可能であるならば、われわれは各々、帰宅して、以前と同様にしなければならぬだろう。

A――つまり、共和国を諦めるということだ。

B――だが、私の気に入らないやり方で、あるいは私の理解できないやり方で、無理やり連帯することを強いられるのであれば、共和国にいるとは思えないだろう。

C――強いられるのであれば、私はもはや参加しないだろう。そうではなく、何が公平であるか理解する時間を与えられるのであれば、私はたぶん同意するだろう。

D――国民議会を待つとしよう。問題は解明されるだろうから。

A――私は討論でわれわれの要求すべきことが明らかになるだろうと思う。そうすれば、われわれの為すべきことが分かるだろう。

D――私としては、賃金の点で疑念を残したくない。賃金の平等は目下のところ、私の心を傷つける。頑健な労働者にとってそれは制約であり、体の弱い労働者にとっては施しだ。

A――しかしながら、進歩がこれを導くにちがいない。友愛の精神がわれわれを駆り立てよう。諸君は友愛の精神を抹殺しようとでも言われるのか？

全員――とんでもないことだ。われわれにとって、それは厳粛な規範だ。

D――友愛がこんな形で絶対に現れるのかどうか、知らなければならない。

B――確実ではない！　仕事をすればそれに見合った休息と安楽を手にする権利が与えられる。したがって一人一人の権利を侵害するような規範は本来の平等の規範を傷つけるように私には思われる。

A――その考えに反発する必要はないだろう。それは規範ではなく、道徳的命題なのだから。われわれ皆に、肯定するかどうか、言う権利がある。

D――私は肯定していない。

B――私も肯定していない、そうしたことが可能だとは思われない。

A――その考えは立派なものに思われるから、心ならずもではあるが、私もノンと言おう。最もすぐれたものが最もたやすく実行できるものであればいいのだが。

C――われわれ市民はノンと言う。最大多数が望まない事柄はまだ可能でないものであるから、私も諸君と同様だ。だがわれわれは友愛のために何かをしようと考えないままに、仕事場なり寝室に戻るのだろうか？

D――原理を持ち続け、それを適用し始めるために方法がないことはありえない。

C――君は、それを持っているのか？

D――いや、私にはない。だが、いくつかが提案されている。提案されるものを一人一人が吟味することが必要だろう。

A――新しい体制になるまで、賃金を以前の基準のままにして、利益分は均等に配分するよう提案された。

D――この利益分を断念しようと言う者もいる。

C――すべての人間を援助するためにか？

A――そうだ。連帯を援助するためにだ。

B——それは理解できる。私はノンとは言わない。考えてみよう。諸君はどうか？
D——自分としては、じっくり考えてみよう。不可能なこととは思われない。
A——この利益分を均等に配分するか、連帯のために共有するか、どちらがわれわれにとってより有益であるか、知る必要があるだろう。
C——われわれが賃金の不平等を是認するとき、われわれは自分たちの利益のことを充分に考えている。私が知りたいのはどちらがわれわれにとってより有益であるかではなく、どちらがより友愛の精神に適《かな》うものであるかだ。現在の必要事を通して守らねばならないのは友愛の規範だからだ。
A——君はうまく言われた。これこそが真の問題だ。
B——そうだ、それが問題だ。私がこれから考えるのはこのことだ。
全員——そうだ、そうだ。うまく言われた。原理を守らねばならない。現在と未来を考慮する法律を提案してほしいものだ。そうすれば誰も不満を言いはしないだろう。

国民軍が動き、会話が中断する。小さなグループは後ずさりしながらばらばらになるが、少し離れた所で、新しい対話者も加わって、グループが再びできる。皆の後について行かれるがいい、同じ問題が、落ち着いた物腰で、まじめな言葉遣いをする群衆の精神と心を動かすのを再び目にされるだろう。世界の歴史の中で不思議な、これまでになかった光景。未来の政治に過度の驚愕なり騒擾を予感している人々を大いに安堵させる光景。

パリと地方（一職人から妻への手紙、妻の返事）

この二篇の論文は、『一八四八年の回想』においてこの章題でまとめられた（一二七―一四九頁）。本書ではこれを踏襲した。

サンドはこの二通の手紙を、五月一七日以来、戻っていたノアンで執筆した。彼女が精通しているこの書簡という形式を用いて、革命下の都市と静かな農村、政治と自然、そして、従来のクロードとブレーズ・ボナンに代わる、四輪馬車製造職人のアントワーヌ・Gとその妻ガブリエルにそれぞれ体現された男性と女性をある意味で対比させる。

アントワーヌの手紙で、今日なお、大いに議論されている五月一五日の、きわめて混迷した一日が生彩ある筆で語られよう。アントワーヌ・Gは純朴な目撃者、おそらくは、民衆が小さなグループと噂に翻弄されたことを示そうとするサンドの目と声である。「群集には何の心構えもできていなかった。彼らは理解し合わなかった。騒ぎと愚行だけを行った」と言う者がいる。「それは革命なんかじゃない、暴動でさえない。それが何であるか、誰にも分からない」とアントワーヌは判断する。しかし、皆が同意している、「作業服に手を出す者に災いあれ！」と。一方、国立作業場の閉鎖が話題にされる。ガブリエルの方は、田舎の緊張や共産主義者《コミュニスト》に対する陰口を経験する、「ここ田舎の人々の頭は、中産階級《ブルジョア》の人間や時には司祭たちが口にする意地悪で、愚かしい話にすっかり乱され、一人残らず気狂いになってしまったようです。」彼女は自然に触れて落ち着きを取り戻す。ちょうど、ノアンに戻って、「楽園を再び見出せると思います(1)」と書くサンドのように。しかし、「人々を自然から切り離して考えることは私にはできません」と、ため息まじりに言うガブリエル以上にサンドが幸せであるわけではない。

（M・P）

パリの四輪馬車製造職人、アントワーヌ・G＊＊＊より妻へ

パリ、一八四八年五月二七日

私のいとしい妻、今朝、おまえの手紙を受け取った。それに喜びの口づけをした、というのも心配になり始めていたからね。私の大切な家族に恙無い旅を与え給うた神様に感謝している。それから、おまえたちを優しく迎えてくれたおまえの律義な親父さまにも同様だ。おまえたちが傍にいて、この悲惨な時代の辛い日々におまえたちが巻き込まれずにすむことは立派な親父さまにとって幸せなことは私によく分かっていた。金持ちというわけでなく、同じように困窮を感じている親父さまのもとにおまえたちを送らざるを得なかったにしても、それは私が怠け者か、金遣いの粗い男だからではないことをおまえは親父さまにちゃんと言ってくれただろうね。以前は仕事ですべてをまかなうことができた。私は自分の苦労を不満に思いはしなかった。だが、今、見つけられる仕事では家族を養うことができない。おまえの故郷《くに》にはやさしい親父さまがいて、安らぎの場と静けさと毎日、食べるものがあるのを知ったとき、私はこれ以上、おまえたちが苦しむのを目にすることができなかったのだよ。

心配しないように、また、田舎に流れるかもしれない誤ったニュースを信じ込まないように、とだけ書いた、一五日夕方の短い手紙を受け取ったことだろう。パリは、金持ちたちの言葉によれば、相

変わらず静かだ。つまり殴り合ってはいない。だが、おまえのさまざまな質問に答えるために、また、私の約束を果たすために、今日は私が一五日の一日をどのように過ごしたか、詳しくおまえに話すことにしよう。(2)

最初はデモに行きたくはなかった。卑怯者になるのでなければ、こちらから危険を求めるようなことはしない、避けるとさえおまえに約束したからだ。それに、こうしたことには必ず扇動者がいるものだと聞いていた。私が中産階級の人間の政治に関心がないことはお前も知っての通りだ。そこで私は家にじっとしていることに心を決めていた。何が起きているのか見に行くつもりもなかった。だが、突然、太鼓を打ち鳴らす音が聞こえ、そして、「殴り合いが行われている。国民議会の近くで民衆に発砲している」と言いながら、人々がすっかり怯えて、家の前を通り過ぎて行くのが目に入った。

私が腕をこまぬいてはいられなかったことがおまえには分かるだろう。私は何が起こっているのか、そして自分が何をするべきかを知ろうと駆け出した。

私がデモ行進の最後尾に追いついたのは、コンコルド橋の中央であった。橋の両側で国民遊撃隊が整然と並んでいたが、彼らの後ろの歩道を物見高い人々が通行していた。橋の中央、遊撃隊の眼前でデモがあった。私に知らされたところでは、たまたま弾丸が飛び出し、それが騒ぎを引き起こしそうになった。皆、納得し、民衆の通行に反対するものはいなかった。

私はうれしかった、本当だよ。何もかもが三月一七日(3)と同じように行くだろうと私は思った。感情を害した者はいなかったから、それ以上が期待された。国民遊撃隊は見ていて楽しい。銃剣を鞘《さや》におさめる命令が出たようだ。若者たちはよろこんで従い、手入れ棒を銃身に入れ、装塡していないことをわれわれに証明しようと、強く鳴らしてみせた。私のそばにいた一人の紳士がもう一人に言った、「まさしく、戦場に送りこみ、パリに残しておいてはならぬ若者たちですな」。

「われわれを殺そうなどと思わせぬために、彼らを殺させるべきだと貴殿はおっしゃるのですな。」(4)

二人のブルジョワの後ろにいて、その話が同じように耳に入っていたコクレの方を私は見た。おまえが知っての通り、彼は怒っていた。その目が赤くなっていた。「あの紳士たちを見ただろう。やつらはわれわれの若者たちがわれわれに発砲するのを望んでいるかのようだ。若者たちがわれわれを虐殺しようとしないことで、彼らを卑怯者呼ばわりしかねない。やつらが若者たちに刃向かってみるがいい！　かつてやったように、コサック兵をわれわれのところに連れて来るがいい！　パリの若者たちがどんなものか、分かるだろうさ！」

こう言うと彼は大きな声を出した。紳士たちは警戒して向こう側に行った。私はコクレを落ち着かせようと、その腕を取った。われわれは、できれば仲間たちに合流しようと、行列に沿って歩いていた。だが、人の波で、見分けることも探し出すこともほとんどできなかった。若い国民遊撃隊が議会のテラスの壁に登って、木の枝を切って市民たちに渡しているのが目に入った。それは美しい光景だった。一瞬、目に涙があふれた。すでにこれほど立派な軍人になり、敵と戦うことにこれほど燃えているこの若者たちは、何があろうと決して離れることはない民衆と連帯する幸せを持っているのだからね。気の毒な若者たちは、何が起きようとしているのか、われわれ同様、知らなかった。彼らはわれわれ同様、議員たちは連帯できるのを喜んでいると思っていた。人々は笑い、握手をし、「ポーランド（ポーランド支援の請願書提出を理由に群集は議会になだれ込む）万歳！　民主的、社会的共和国万歳！」と大声を上げていた。

すべてがうまく行っていた。

コクレはそこで私を大いに面白がらせた、物語を引き合いに出そうとしたからだよ。

「分かるだろう。ウィリアム・テルの物語さ。子どもが父親に向かって矢を射るのを望むようなブルジョワたちがいるのさ。」

それは逆だ。だが、そんなことはどうでもいい。思いつきはそれほど悪くはなかった。何人かが、国民遊撃隊をその父である民衆を虐殺するよう訓練しなければならぬと考えて、若者たちに軍事教練を施すこうしたやり方はおぞましさで髪を逆立たせる。

われわれはデモについていきながら、行進が止まると追い越して、前に進んだ。仲間の居場所を示す旗が目に入るだろうと思っていたからだ。だが、この群集の中では速く進めず、橋の中ほどからブルゴーニュ広場まで行くのにたっぷり一時間かかった。奇妙なことだが、この間《かん》一度として、こんなことはすべて完全な合意で行われているのではないという考えがコクレの頭にも私の頭にも浮かばなかった。だが、われわれが宮殿の門まで来て、人の波が中に流れ込んでいるばかりか、塀をよじ登って中に入っている者たちを目にして、考えさせられた。

「彼らは何をしているのか？」とコクレは相手構わずたずねた。

だが、誰も何も答えなかった。

「若者たちが塀によじ登っているのは好奇心からさ。分別のある人間は議会に入り、請願書が読まれている間、一方の扉からもう一方へ列を作って進んでいる」と言う者もいた。

「そうであれば、われわれも列を作ろう」とコクレが私に言った。

だが、彼らは「あんた方はわれわれの仲間じゃない」と言って、われわれを押し出した。

「それはどう意味なのか？　二つの民衆がいるのか？　われわれは真実でも善でもないのか？」とわれわれは考えていた。

コクレは再び怒り出した。それぞれクラブ（この時期、王統派から革命派まで多様なクラブが形成された。）の旗を持った二人の市民が、中に入ろうとしている人々の波を止めようと、その旗を交差させたことを私は彼に気づかせた。多すぎる人間が一度に入ろうとするのを防ぐために、それは当然のことに私には思われた。交差された旗で群衆は止まった。

何人かと一緒にやっとの思いで出てきた一人の市民が、順番を待っているわれわれに向かって言った。

「結構なことだ！　議会は民衆を招き入れようとはしなかった。だが、バルベスがやって来て、扉を開けてくれたんだ。」(5)

「何という愚行！　バルベスが門番とでも言うのか？　断言するが、以前はこうではなかった」とコクレが、彼らしい並外れた良識を見せた。

実際、別の市民が、バルベスやルイ・ブランや他の愛国者たちがやって来て、民衆に力ずくで中に入ることのないよう懇願するのを見たと言った。(6)一人の国民軍兵士がわれわれに伝えたところでは、デモの列が到着したことに驚いたクルテ将軍（パリの国民軍司令官）が、民衆に語りかけて中に入るのを阻止しようと登っていた塀から転倒したという。(7) 「彼のうしろに私がいなければ、落下して命を落としたことだろう。私と仲間が腕で受けとめたんだ。彼は絶望していた」と国民軍兵士はわれわれに言った。

「俺にはよく分かる、事態は悪化する。そして民衆は理性的じゃない、いや、議会が民衆を警戒して理性的ではなかった。さあ、立ち去ろう。俺は中に入りたくない」とコクレが私に言った。

決して臆病ではないコクレがこれほどまでに思慮深いのを見て、私は驚いた。そして私は考えた。「コクレが後退するのであれば、民衆は引き下がるべきだ、というのも、心と思いやりにかかわるどんなことでもコクレはほとんど誤りを犯さないからだ。」

われわれは門から離れ、ブルゴーニュ街と広場の角に移り、動きを待つことにした。五分もしないうちに、情報が伝えられた。

「議会は道理に従う。かくかくしかじかのことを認める。ポーランド支援の戦争、労働の組織化、政府の指導者にこれこれの人々といった具合だ。」

「それだけでは不足だ」とコクレが私に言った。「われわれの銃を探しに行こう。」

「議会と民衆が同意している。一体、何をするためだ？」

「おい見ろよ、あれが同意の結果だ！」とコクレが、河岸で太陽の光を受けてきらめき、われわれの方に突撃歩で近づいて来る壁のような銃剣の列を私に示しながら、言った。「奴らは民衆を虐殺しよう。銃を探しに行こう……」

「その通りだ。こんなふうにして理解し合えると思っていた俺は間抜けだったよ。頭がどうかしていたってことだ！　叫び声や太陽や驚愕、それに和解の熱狂が俺の目をくらませたんだ」と私は答えた。

私は夢遊病者のようにコクレについて行った。

われわれは河岸に向いながら、何が起きているのか目にしようと、一回りした。河岸は軍隊でいっぱいだった。国民遊撃隊は指揮官からの指令を待って、動かなかった。指揮官たちの方も指令を待っているようだった。竜騎兵たちが、「共和国万歳！」と大声を上げながら到着した。続いて馬に乗った国民軍が剣を振り上げて到着し、「国民議会万歳！」と叫んだ。その時まで、コクレは驚くほど冷静であった。だが、この太ったブルジョワたちが卵立てのようなかぶとをかぶり、美しい馬に乗って、小麦を詰めた袋のように動いているのを見て、辛抱できなくなった。

「あれこそが、かつて考案された中で最も下卑た連隊だ。奴らはでっぷり太り、まるで令嬢のようにぴったり締めつけた服を着て、公証人のように馬にしがみつき、眼鏡をかけている。自分の馬の足もとが見えないのであれば、眼鏡を一つどころか二つかけてほしいものだ。何しろ、奴らは不運にも女か子どもを踏みつぶしたのだから。夜にはバリケードに気をつけるがいい！」

「口をつぐめよ、コクレ。待つことにしよう」と私は彼に言った。「今度、踏みつぶせば、必ず罰せられることを奴らはよく知っている。気をつけるだろう。装っているほどには奴らは怒ってはいないのだ。われわれを怖がらせると思っている。奴らにこの喜びを与えておこう。われわれにはどうということはないさ。われわれが望みさえすれば、この隊は解散されよう。」「君の言う通りだ。われわれの銃を取ろう！　銃を手にすれば、誰に発砲すべきかよく分かるだろう」とコクレが言った。

そのとき、ヴァリエ、ローラン、それにベルジュラックがわれわれに合流した。彼らは、人の波に押されて心ならずも国民議会の中庭に入っていたが、軍隊が到着するのを見て大急ぎで出て来たという。

「残念な一日だ」と彼らがわれわれに言った。「何ひとつ準備ができていなかった。理解し合えなかった。騒ぎと無分別なことをしただけだ。」

これが少なくとも、彼らが理解していたことだ。

コクレは相変らず、「武器を取ろう！」と言っていた。

「そうだ、武器を取ろう！」と仲間たちが応じた。「だが、別れる前に、ほんのちょっとの間、ベルシャス街に入って、話をしようではないか。」

ヴァリエがそこで、新政府が宣言されたことを告げ、メンバーの名を挙げた。われわれは自分の好みや考えに照らして、「よし！」とか「そいつは御免だ！」と口々に言った。同じ意見の者は一人としていなかった。

「どうすべきか？　皆がわれわれと同様であれば、この政府は不可能だ」とコクレ。

「そうだ、不可能だ」とベルジュラックが応じた。「だれそれのために俺は戦わない。だが、政府を出し抜けに作りはしない。もう終わったのだ。人々は散り散りになった。市庁舎ではもう何もできないだろう。」

「俺は市庁舎にはまったく行っていない」とローランが言葉を継いだ。「俺は国民議会を信頼しちゃいない。だが、今朝起きたとき、今日は議会に戦いを挑むとは思わなかった。俺が入っているクラブは昨夕、関わりを持たぬことを決めた、実際、今日、姿を見せなかった。」「俺のクラブも同様だ」と私が言った。「これは革命なんかじゃない、暴動でもないさ。一体、何であるのか誰にも分からない。」「それでも何かしなければならん」とコクレが言う。「ブルジョワたちは武装して、集まった。彼らは多くの人間を殺すだろう。それがどういう人々なのか、われわれにはよく分かっている。俺としては召集など無視している。俺が家具付きの部屋を借りているからと言って、俺から銃を取り上げた。だが、幸いなことに、藁布団の中に別の銃を隠している。二月に入手したもので、引き渡すつもりはない。あちらで何が起きているのか、俺は見に行く。誰にも害が及ばぬのであれば、俺は絶対に動かぬ。だが、奴らが殺せば、俺も殺す！」

「誰のために、何のためにということも分からずにかい？」とヴァリエがたずねた。

「民衆に発砲する時は、俺にはいつだってよく分かっている」とコクレが答えた。

「俺には口実などどうでもいい。政治のことは皆目、分からぬから、俺は絶対に攻撃をしかけない。ブランキだって恐れはしない。俺に分かっているのはただ一つだ、つまり、民衆は不幸であり、銃弾では養えぬということだ。つい今しがた、俺は国民軍が馬に乗って通るのを見た。俺の血は熱くなった。この紳士方は俺の耳もとで剣を鳴らし、俺を見た。俺は無言のまま、怒りに満ちた目を大きく開いて見返した。この二か月来、毎日、起きているあらゆる出来事で、戦時の武装をした紳士方のしぐさや目つきに侮辱されている。彼らはわれわれの傍を通り様に、気分を害させようとあることないことを大声で叫ぶ。おれはカベのことを知らない。それでも、俺の前を通りながら、『カベを打倒せよ!』と叫ばれるのは好きじゃない、まるで同様に叫ぶことを俺に強制するか、『カベ万歳!』と叫べるものなら叫んでみろ、とでも言うようだ。実際、俺にそうする気を起こさせもする。俺に養わねばならぬ母がいなければ、俺を敵意のこもった目で見、『やれるものなら、やってみるがいい!』と言っているように見える、こうした人間すべてに向かって、もうずっと前に激しい言葉を投げつけていただろう。結局のところ、こうしたことは俺をうんざりさせる。戦闘を望ならば、戦闘を受け入れよう!」

しっかり武装した国民軍がときどき、われわれの傍を、「バルベスを打ち倒せ!」と叫びながら、また、われわれの頭のてっぺんからつま先までじろじろ見ながら、通って行くので、コクレは一層興奮していた。コクレはいつまでも我慢してはいなかった。まるでこれからスズメを殺そうとするかのように、あるいは、標的にした男を仕留めそこなうのを恐れるかのように、二連発の猟銃を手にした士官に彼は近寄った。コクレが、「バルベス、万歳!」と叫ぼうとした時、われわれは彼の襟首を捕まえた。彼が逮捕されたり、怒り狂った警察に惨殺されるのを防ぐためであった。だが、コクレは一度もバルベスに会ったことはなかったのだ。おまえも知っての通り、彼は政治にほとんど関わっていないから、バルベスが友人なのか敵なのかさえ知らないのだ。だが、ブルジョワたちが、こうした出来事すべてにおいて、作業服の男たちを挑発するよう振舞っているのは真実だ。

われわれのおかげでコクレは巻き込まれずに済んだが、彼のいらだちがわれわれにうつっていた。

武器を探しに行き、召集に応じなければならぬと、われわれ全員の意見が一致した。われわれは一致して、作業服の男を撃とうとする燕尾服の男に向かって発砲するつもりでいた。われわれは驚くばかりで、何が起きているのか、皆目、分かっていなかった。この時、コクレの心の方がわれわれの理性よりも状況を正しく見抜いているとわれわれは感じていたのだ。

「確かに。作業服の人間に向かって発砲するのは結局、バルベスだろう。作業服はギゾーをかくまうだろう。作業服に手を出す者に不幸あれ！」と、衝突を想像しただけでコクレ同様、興奮したベルジュラックが大声で言った。「コクレの言うとおりだ。これがわれわれの政治だ！ルーアンで起きたこと（ブルジョアジーが民衆を虐殺。）がパリで起きるのをわれわれは望まない。あの紳士方がわれわれに敵対する口実を探すのであれば、彼らに敵対する口実をわれわれは必要としない。」

私のかわいそうな妻、こうしたことすべてを考えるだけでおまえが震え、青ざめるのが私にはここから目に見えるようだ。こんな時におまえが私の胸に手を当てることができていれば、心配する理由も少しはあっただろう。心臓が強く打っていたからね。だが、おまえも知っているように、私は怒りっぽい人間でも、理屈っぽい人間でもない。だが、われわれのような人間の感情をもてあそぶのは許せない。つまらぬことであおるのはよくない。だれそれに賛成であれ、反対であれ、われわれは力の及ぶ限り自制している。二月二四日以来、われわれが理性と忍耐心を欠いたと言うことはできない。政治家たちのけんかにかかわりを持ちそうになるのを必死にこらえた。ブルジョワジーがわれわれより分別を欠いていてはならない。紳士方をわれわれに押しつけようと、耳もとで集合太鼓を打ち鳴らさせすぎれば、われわれは彼らから最高位を奪い取ることもできるだろう。

だが、安心するがいい、私の優しいガブリエル、すべてが予想していた以上に、うまく運んだ。冷酷なブルジョワたちは多くを逮捕した、だが、彼らが望んだほどにはできなかった。(8) 彼らは民衆がその名を愛し、尊敬している人々を投獄するために、共産主義者たちがわれわれの多くに抱かせる恐怖や動揺をできうる限り利用した。あまりに予想されず、また、あまりに明らかにされることのない出来事の奥底に何があるのか分からず、民衆はなすにまかせた。だが、彼らは罪のない人々を犠牲にさせておきはしない、予審にかけられる訴訟に注意を払うだろう、おまえに請け合うよ。戦闘を交えはしなかった。ブルジョワジーは、戦闘の開始を避けることで自らを救っただけでありながら、自分たちこそ共和国を救ったと思いこんでいるのだ。

さようなら、私のいとしい妻。私はおまえが私たちの大切な子どもたちと一緒に、木々や花々に囲まれた親父さまの小さな家にいることを知って喜んでいる。子どもたちには少なくとも、空気とパンと、そして駆け回る場所があるのだから！　パリが騒擾の中であまりに陰気で、照りつける太陽の下で焼け焦げ、共和国が自ら言うところの勝利の中であまりに陰気であるのを目にするとき、家庭の幸福を数週間、諦めた勇気を後悔するのは間違っていよう。私の大切な家族よ、田舎で生き返り、休息しておくれ！　私のガブリエルよ、悲しんだり、心配する代わりに、別れているこの私に勇気を与えておくれ。どうかこの別れの日々が長く続かぬように。目下のところ、私の専門の仕事を見つけようなどと考えるわけにはいかない。馬車のあらゆる装備が売りに出されている、もう誰も注文しないのだよ。噂では、国立作業場が近く閉鎖されるらしい。代わりに何か設置することを考えるのだろうか(9)？　われわれには銃がある。少なくともわれわれ一万五千人が困窮している。われわれは何も言わずに待っている。それなのに、われわれは破壊分子で騒乱を好むと彼らは主張する！

ルイーズ、ちびのポール、親父さま、お袋さまに心から千回の口づけを送る。そしておまえには一万回の口づけを。

おまえの友であり、誠実な夫である

アントワーヌ・G＊＊＊

ガブリエル・G＊＊＊から夫アントワーヌへの返事

一八四八年六月四日

私の大切なおまえさんがどれほどきちょうめんに手紙を書いてくれても、私は安心してはいられません。そんなことは私の力を越えています！　おまえさんがここにいないので、私は何ひとつ楽しむことができません。おまえさんはあえて望まなかったけれど、一緒にいることもできたと思うと、私は自分の幸せの理由を充分に弁護しなかったことで自分を責めています。私はおまえさんと同じように振舞いました、利己主義者になること、両親を苦しませることが怖かったのです。けれども、両親はおまえさんが来るものと思っていたことが、こちらに着いてすぐに分かりました。二人は街道まで迎えに来てくれました。パリにとどまって仕事を見つける努力をすると、おまえさんが父さんに手紙に知らせていたにもかかわらず、おまえさんが乗合馬車から降りて来ると信じて、馬車の中をずっと見ていましたよ。

父さんは案じていたほどには年老いてはいませんでした。でもすっかり変わって、疲れ切っていたのは母さんの方です！　黒い髪はもう一本だってありません。五〇歳の女とはどうしても見えません。おまえさんが一緒に来なかったのを知ると、それは心が痛むことだと、おまえさんが来ても少しも迷惑ではなかったと両親は言いました。

「わしらにお金はないが、畑の収穫は見事なものだ。それに、やれるようにやるものさ。」これが父さんの言葉でした。私は父さんに、おまえさんが手紙で私と子どもたちだけを頼んだこと、父さんがおまえさんについて話していなかったことを気づかせました。父さんはこう答えました。

「確かにわしらはひどく困っている。それにやがてもっとひどくなるだろうという心配がわしにおまえの主人を呼ばせなかった。だが、来てくれていたら、わしは喜んだろうて。それに今は、ここにいないのが悲しいばかりさ。」

おまえさんもよく知ってのとおり、田舎の人は皆そうだけれど、父さんも少し臆病で、いつだって明日のことで悩んでいるのです。でも気高い心の持ち主です。それからこれも田舎の人は皆そうだけれど、役に立とうと決心するときは、しぶしぶするのではありません。父さんの小さな庭を指さしながら、もう百回も私に言ったのですよ、「おまえの夫があれを見ないとは残念だ。子どもたちが駆け回るのを目にするのはうれしいことだろうて。仕事がパリでうまくいかなければ、ここに来るように書かなきゃなるまい。家にパンがある限り、家族全員にあるものさね」って。

父さんのことを随分長く書いてしまいました。おまえさんが一番知りたいのは子どもたちのことだってよく分かっていますよ。例外なくよく太って赤い顔をしているこちらの娘たちと比べれば、おまえさんの娘は大層青白い顔だし、やせて見えました。でも、この土地の人々が私にほめさせようとするどの娘よりも、私たちのルイーズの方がかわいらしいと私は思います。とはいっても、少しばかりの陽の光と良い空気と自由も私たちの娘《こ》を台無しにはしないでしょうとも。可哀想にこの娘はこれらを必要としています。ただ、慣れていないので、ときどき頭痛がしています。ポールの方はすっかりはしゃいでいますよ。何ひとつ怖がっていません。たった一人で川岸まで駆けて行こうとするので、私は心配でなりません。父さんは、子どもってものは母親よりも神様が守ってくださるものじゃ、おまえは都会のご婦人よろしく愚か者になってしもうた、と言って私をからかいます。エミールはまだ少しばかり熱がありますが、これは旅の疲れです。もうじきすっかり良くなると思います。

私の方は、いとしいおまえさんのことで心がこんなに苦しんでいなければ、本当に幸せというものでしょう。おまえさんに出会って結婚するまで、一度も出たことのなかった故郷と、私の生まれた懐かしい小さな家を六年ぶりに目にすれば、喜びでわれを忘れるだろうと想像していました。でも、そうではありませんでした。鳩のとまった、半分が瓦で半分がわらぶきの屋根をはるか遠くに目にした時、私は泣きたい気持ちにとらわれ、両親に辛い思いをさせる心配がなければ、思う存分、涙を流したことでしょう。家族と故郷を離れた時から、それほど苦しんだということです！　私たち二人はあれほど信頼しあい、勇気を抱いて故郷を出ました。愛情が私たちに未来をあれほど輝かしいものに見せていたのです！　でも、そうではなく、私たちはこんなにも辛い日々を過ごしました！　それがおまえさんの誤ちか、私の誤ちであれば、私たちの苦労を罰として受け入れもしましょう。でも、おまえさんがいつも変らず良き職人であり、また思慮深く、勇敢で、家族からどんな小さなものでも奪うことがないようにと自分はあらゆるものを断つ良き夫であったことを考えれば！　こうしたすべてが何の役にも立ちませんでした！　結婚してこの方、おまえさんは二度、病気になったので、蓄えをすることはできませんでした。そして革命が一スーの貯金もない私たちに襲いかかりました。おまえさんの三人の子をこの世に送り出したことを除けば、自分を責めなければいけないことがあるとは思いません……　なぜこんな考えが私の頭を寄切るのかと、おまえさんは不審に思うことでしょう。こちらで私が出会う、顔見知りのブルジョワたちは、私たちのかわいそうな天使を見やりながら、きまってこう言うのです。

「何だって！　もう三人かい？　結婚して五年というのにかい？　そりゃ多すぎるよ、ガブリエル、多すぎるよ！　施療院に行くことになるよ。」

こんなふうに家族というものを考えているのですよ、お金のある人々は！　彼らには一人、せいぜい二人の子どもです、家族の中で財産を分割してはならぬというのが彼らの言い分です。財産のない人間について彼らが語る時、私たちには子どもをこの世に送り出す権利はないと彼らは言います。私たちが作るのは同数の貧乏人だからです。実際、そのとおりです。でも、この真実を神様の掟や裁きとどのように折り合いをつければいいのでしょう？

パリで起きていることから、私たちの苦労がまだ終りそうにないのが、よく分かります。どんなふうに終るのか私には分かりません、ともかく今は本当に辛い時代です。民衆は革命を起こしはしても、まだ何も手に入れてはいません。田舎に住む人々から、これほどの不満とばかげた話を聞いたことは一度もありません。至る所で私はおまえさんが共産主義者なのかと聞かれています。パリの職人たちは一人残らず土地の共有を求めていると想像しています。共産主義についてその他のことが理解できないからです。このあたりにはひどく粗暴な人々がいますから、おまえさんがこちらにいれば、私の心はいつも安らかというわけにはいかないでしょう。もしおまえさんが不幸にもほんの些細なことにかかわり、有益な助言を与え、田舎のこれこれの人について意見を持っていれば、おまえさんが共産主義者と見なされるのは間違いありません。おまえさんが正統派を、あるいは共和主義者を、あるいは中庸主義者を非難すれば、両方から同じように責められるでしょう。どんな立場にいるかは問題ではありません。敵にはさまれているのです。たまたま、どちらの敵でもなければ、最初に挨拶を受けた人間は、もう一方にも同じように挨拶するかどうか見張っているのです。そこで不運にも、両方に誠意を示したとすれば、両方から共和主義者だと宣告され、彼らの友人や知人のすべてに狂犬扱いするよう勧められてしまいます。父さんは昔の兵士のように勇敢な人だから、決して自分のためではなく、わずかばかりの財産と平穏を守るために慎重で、臆病になり、自分の言葉の一語一語に気をつけています。考えていることを口にしようとしないために、遂には少しも考えなくなってしまうように私には思われます。不幸な争いに入りたくないと思う人々に起きるのはこうしたことです。やがては利己主義者に、偽善者にさえなってしまうでしょう。父さんを非難しようとしてこんなことを言うのではありません。私自身、父さん以上に勇気がないと感じていますから、皆がばらばらで、お互いに警戒しあっていて、皆が同じように怖がっていて、まさしく、攻撃されるというその恐怖から、相手が誰であれ、不安を抱かせる人には襲いかかる心構えができている人々や、両方から敵と名ざしされる人々の真中にあって途方に暮れている時、どうして勇気が持てましょう！　どこにいるのか、周りで何が起きているのか分からないのです。田舎の人々の頭は、ブルジョワたち、時には司祭様が流す悪意にみちた、そして愚かしい話にすっかり動転していますから、一人残らず狂人になってしまったと言えるほどです。理由も分からずおびえ、まるで、こうした紳士方が病気であるという以外、どんな動機もなく、ばかげたことを言い、脅迫するのを目にする、精神病院に本当に入ってしまったかのようです。毎日がすっかり悲しいものになっているのがおまえさんにお分かりですね。友だちと集まって、おしゃべりし、羽目をはずさずに楽しみ、時には不幸を忘れることなど今では論外です。誰を責めればいいのか分かりません。人々は共和国を非難し、皆の悪口を言います。それでも君主政を懐かしんではいません。取り戻したいと望みはしないでしょう。過去と現在には不幸しかありません。そして未来にあるのは恐怖だけです。

それでも、今年の田舎は、これまで目にしたことをほとんど思い出せないほど、美しい光景です。私はこちらで小さな仕事を見つけました。近在の多くのブルジョワのご婦人方が下女に暇を出したのですが、私が日雇いで働いていたことを思い出して、薄物の下着を私に寄越して洗濯やつくろいをさせるのです。それで私は朝、つくろいをしたり、おまえさんもきっと覚えている、あのギヨーム爺さんの牧場の川辺に少しばかり洗濯をしに行きます。この川辺は私たちのおずおずした愛の初めの頃を思い出させてくれます。あの頃の私たちはお互いを探しはするものの、お互いを大層恐れていましたから、出会った時も話をする勇気がありませんでしたね。水がとても澄んでいて、大きな樹々が植わった入り江に流れ込み、小石の上で流れが止まる、あの小さな場所を思い出すでしょう。私が仕事をしに行くのはそこです。子どもたちは私の後ろで、砂や草の上で遊んでいます。父さんの犬が一緒について来ます、この犬はとても賢く、まるで小羊の番をするように、子どもたちを見張っているのです。子どもが水辺に近づきすぎたり、干し草の中に見えなくなると、私に急いで目を向けるよう知らせるためにうなり始めるのですよ。今朝は、子どもたちと犬が一緒に遊んで、柳の木の根もとで重なり合うようにして眠ってしまいました。本当に素晴らしい光景でしたから、おまえさんが居てくれたらと思ったほどです。その時、私は疲れていて、おまけに大層暑くなり始めていたので、私は洗い物をしぼり、子どもたちが虫に刺されぬよう見張るために、また、じっと見つめていたくて、そばにすわりました。

まるで一〇万里《リュー》も離れた砂漠の中にいるような静けさでした。干し草の中にいるコオロギや若い麦の中のウズラの鳴き声だけが聞こえていましたが、それもはるか遠く、はるか遠くからでした。水車は止まっていました。ウグイスも眠っていたと思います。ときどき、小さな魚がハエを飲み込もうとして水の上に跳ね上がります。ハエは卑劣なやり方で狩りをするこのいやなカワハゼに襲われないために羽音を立てるのを止めたようです。それから私は辺りにみちた静けさについて考えました。どんなものも気にせず、人間がその愚かな争いで静けさを乱せるものなら乱してみろと言っているようです。私はすっかり悲しくなりました。野原を駆け回っていた少女の頃を思い出しました。今、太陽を見つめている小さな花々と同じように無頓着で、何の心配もなかった頃、何も考えていなかった頃のことです。私たちの大切な、かわいそうな子どもたちが今、私の目の前で眠っているように、昼の盛りに眠るために少しばかりの木陰と静けさだけを求めていた頃のことです。現在は、同じように眠り、ほんの一時《いっとき》でも、都会の悲しみや心配事を忘れることは不可能に思われました。変らず自然は美しく、水は澄み、草は芳香を放っています。こうしたことに昔よりよく気がつくように思われます。それも、以前はぼんやりと感じていたどんなことも理解できるようおまえさんが教えてくれたからです。でも、一層悲しくなるばかりです。人間と自然を切り離して考えることがもうできないからです。この自然は、神様だけに属し、私たちに説明すべきものはない、何か偉大で、神秘にみちたものに以前の私には思われていました。ちょうどミツバチが牧場で、その牧場が誰のものであり、誰のために刈り取られるのか知らないままに眠るように、私は自然の胸に抱かれて眠っていました。かくも美しく、かくも豊かで、決して枯れることのない自然があるのに、必ず戻って来る春、穂になる麦、果実を約束する木々の花々、すべての人間が呼吸するに充分な空気、生けるものすべてを暖めるばかりのかくも輝かしい太陽、神様が私たちのためになし給うたすべてがあるのに、現在、空気と太陽と休息と食べ物とそして幸福が欠如していることから毎日、何千人と死んでゆく事態にどうしてなるのか、私は考えています。どうして人間はこれほどまでに不幸なのか、どうしておまえさんには仕事がないのか？　なぜ私たちの子どもたちは青白く、熱を出しやすいのか？　なぜ私たちが飢え死にしないために別れ別れにならなければいけなかったのか？　それからどうしておまえさんがパリでたった一人で、淋しく暮らしているのか？　パリではきっと人々が殴り合い、おまえさんには、目下のところ、これほどの貧しさや悲しみに抗議して殺される以外の義務はないのです！

こんなことを考えると、何もできない私は悲しみのあまり涙がこぼれ始めました。子どもたちが目を覚ますのを見て、笑っているふりをせずに済んだのであれば、一日中、泣いていたことでしょう。

さようなら、私の大切な、最愛のおまえさん、しばしば手紙をください、手紙の送料のことなど考えないでください。おまえさんの手紙はパンよりも私には必要です、ほんとに。おまえさんの子どもたちは一日中、おまえさんのことを話しています。父さんと母さんがおまえさんに誠実な気持ちと祝福を送ります。

おまえさんを愛している妻

ガブリエル・G＊＊＊

第七章　一八四八年における女性と政治

▲サンドとその生涯における様々な仕事
（写真はナダール）

両性の平等——および相違——の問題はサンドの著作の中心にある。

小説以外のテクストの中では、『マルシへの手紙』（一八三七年）がとりわけ優れている。ラムネーが発行する『ル・モンド』紙での発表は、結婚および離婚に関する二人の根本的な見解の相違から、六号（二月一二日、一九日、二五日、三月一四日、二三日、二七日）で中断された。今日では容易に入手できないこの主要なテクストを再版する必要があるだろう。同等ではあるが類似ではない性のアイデンティティ、女性が民法上解放されることの絶対的な必要性、教育の優先——「女性は嘆かわしい教育を受けています。これこそ、男性が女性に対しておかす重大な罪です」——、女性にとって民法上の自立の優先、「社会問題」の優先に関するサンドの見解の本質的な点をここにすでに見ることができる。サンドはサン＝シモン主義者たちと一線を画す。「民衆は飢えている。優れた精神の持ち主たちには私が、民衆のための神殿建設を考える前に彼らのパンを考えることを許してほしい。」女性たちは隷従を糾弾している。女性たちには、人間が自由になることを待ち望んでほしい。隷従は自由を与えることができないゆえに。」だが、マルシは公的な役割をすべて果たすことができると感じている。「私は自分が戦士であると、雄弁家であると、司祭であると感じています。(1)」

結局のところ、一八四八年にあってもサンドの見解はほとんど変っていない。『マルシへの手紙』の賛美者であったマリー・ダグーもオルタンス・アラールも、彼女をより急進的《ラディカル》な「フェミニズム」に改宗させることはない。サンドは、『共和国公報』第一二号や、トレの『真の共和国』紙に発表した論文（『政治的ならびに社会的考察』五月七日号）など、さまざまなところで、自らの見解を明確に示している。[2]

ここから、（国民議会選挙への）立候補に対するサンドの反論が生じる。本書の序で述べたこの件に関する二篇のテクストを収録した。それにしてもこの一件は分かりにくい。とりわけ驚かされるのは、女性の解放という、同一の目的に決然と身を投じたこの女性たちの間に直接的な交渉がなかったことである。なぜウジェニー・ニボワイエはまずサンドに言葉をかけなかったのか？　なぜサンドは、彼女の根本的な信条――民法上の平等の優先、結婚を共同の親権を持った「夫婦の協同」にするために、女性の隷属の鍵とも言うべき結婚制度の改革、つまり、夫婦間の専制は今なお広く存続している時代遅れの慣習ではあるものの、すでにかなりの数の男性が賛成していると、サンドが考える近代的結婚――をもっとも明確に表明するテクストの一つである、「中央委員会委員諸氏へ」の手紙を完結させなかったのか、したがって、投函しなかったのか？

「投票し、代表者たちを選ぶ権利はすべての権利の源である」とかつてサンドは書いた。[3]だが、これは「民衆」に関わることであり、結婚により男性の「奴隷」となった、したがって、権利の外に置かれた女性に関わることではなかったのだ。

（ミシェル・ペロー）

「ひとつの性」の名のもとに

(『レフォルム』紙編集者へ、『真の共和国』紙編集者へ)

この書簡は、『女性たちの声』四月六日号に発表されたウジェニー・ニボワイエの立候補の呼びかけに答えたものである。「われわれの共感を集めている代表者、それは男性であり、同時に、女性である人物、力強さにおいて男性であり、神聖な意図と詩情から女性である人物、つまりサンドをわれわれは指名したい。憲法制定国民議会に招集される最初の女性は男性により承認されよう。サンドは彼らと同一ではない。だが、その天分が彼らを驚かせ、おそらくは並外れた夢想家である彼らは彼女の天分を男性的と名づけよう。彼女は精神では男性となったが、母性の面では変らず女性である。サンドは偉大であるが、何人《なんぴと》をも怖がらせはしない。すべての女性の願いで票を投じられるべきは彼女である。」

(M・P)

〔パリ、一八四八年四月八日〕

拝啓

ご婦人たちの手になる一新聞が国民議会への私の立候補を声明した。嘲笑すべき野望を私が抱いていると思わせるこうした冗談事が私の自尊心を傷つけるだけのことであれば、この世にあっては誰もが対象とされ得る悪ふざけの一つとして放っておきもしよう。だが、私が口をつぐんでいれば、この新聞が掲げている主義に私が賛同していると信じさせることにもなろう。したがって、以下の声明を貴紙に掲載し、広く知らせられんことを願うものである。

一、いかなる有権者にあっても、気紛れにも私の名を投票用紙に記すことで票を失わぬよう希望する。

二、クラブを結成し、新聞を発行しているご婦人方の一人とさえ面識がある光栄を私は持ち合わせない。

三、こうした新聞で私の名、あるいは頭文字で署名されている論文は私が執筆したものではない。

私を大いに好意的に遇していただいた、このご婦人方に、その熱意に反するような措置を取ったことをお許しいただきたい。このご婦人方ばかりでなく、あらゆる女性たちがお互いに討議されている思想に対してあらかじめ異議を申し立てるつもりはない。思想の自由は両性に与えられたものだからである。だが、私の同意を得ることなく、私がこれまで友好的なものであれ、不愉快なものであれ、如何なる関わりも断じて持ったことのない婦人クラブの旗手と私を見なすことを許すわけにはいかない。

敬具

一八四八年四月八日

ジョルジュ・サンド

女性たちに平等の権利を

（中央委員会委員諸氏へ）

未完に終わり、投函されることのなかったこのテクストは、オロール・サンド（一八六六―一九六一 サンドの息子モーリスの娘。）により、遺稿集『回想と思想』（パリ、カルマン＝レヴィ、一九〇四年）に「政治社会における女性について」という題で初めて発表された。自筆原稿を見て、ジョルジュ・リュバンは、「編集に携わる人間の義務に関して正統の考えを持ち合わせていなかったオロール・サンドは、自筆原稿にない二頁を付け加えているが、本書では言うまでもなく削除した」と述べている（『書簡集』第八巻、四〇〇頁、注1）。ここに収録するのは、もちろん、G・リュバンにより出版されたテクストである（『書簡集』第八巻、四〇〇―四〇八頁）。

（M・P）

〔パリ、一八四八年四月中旬〕

中央委員会で四〇人ばかりの候補者の中に私の名が認められたことにお礼を申し上げようとしているのではない。私は自分自身をよく知っているから、かつて一度たりとも私が考えたことのない不可能な立候補をする気に私をさせようとしたと考えることはできない。どうやらあなた方が採択された原理をあなた方は認めさせようとされた。したがって、まさにこの原理について述べることをお許しいただきたい。おそらく、真剣に討議し、検討すべき時期が来たのであろう。

女性は将来、参政権を手にすべきか？　将来において、然り。だが、それは近い将来であろうか？　否、私はそうは思わない。女性の状況がそれを可能にするように変革されるには、社会が根本的に変革されなければならない。

この二つの点でわれわれはおそらく意見を一にしている。だが、三点目の問題が生じる。何人かの女性がこの問題、つまり、「社会が変革されるために、女性が今日早速にも政権に関与する必要はないか？」という問題を提起した。私はあえて答えよう。女性が政治的任務を立派に、かつ、公正に果たすことができない社会的状況であるゆえに、その必要はないと。女性が結婚により夫の後見の下に置かれ、夫に従属している以上、慣習や法律が確立しているこの後見を、女性が個々に、法律や慣習を無視して破棄しない限り、政治的自立の保障を手にすることは絶対に不可能である。

したがって、本来、始めるべきところに到達するために、到達すべき地点から始めようとするのは

――このようにやるべきであると信じた私と同性の人々にはお詫びするが――無分別なことに思われる。

踏み出すべき第一歩さえ、時間と熟考と新しい知恵と生活習慣における進歩を必要とすることを理解していただきたい。

女性解放の旗手たらんとしている人々と私は出発点で同意しているであろうか？　私にはそうは思われない。何よりもまず、この主要な点に関してきわめて率直に議論する必要があるだろう。

これらのご婦人方は女性解放をどのように理解しているのか？　サン゠シモンやアンファンタン、あるいはフーリエと同様であるのか？　結婚を打破し、雑居生活を主張しているのか？　もしそうであれば、政治生活への参加要求はきわめて論理的であると思われる。だが、この見地から、彼女たちの主張する大義は私には無縁のものとなり、私が絶対に与《くみ》するものでないことを言明する。もはや私には言うべきことは何もない。反駁することも、議論することもない。私は遠ざかるだけのこと、この憂慮にたえない気紛れの誤りを明らかにするのは世論の道徳観にゆだねよう。市民諸氏よ、あなた方には、私が意見を求められたことのない試みに対して、いささかなりとも明白な連帯を承諾する意志のないことがお分かりになるだろう。あなた方の票は私には侮辱にも等しく、私の知らぬうちに集められたことを、あなた方の道義心に訴えるものである。

しかし、事情はこのとおりだとは思われない。それは、ああ！　われわれが家族の破壊を社会主義者のように望んでいるとして非難する者たちをあまりに正しいと認めることであろう。政治的権利の問題を軽率にも提起した女性たちは、この下劣な教義、その襟巻きのひだの中に隠された、雑居生活の秘教的な教義によって、あなた方の投票をフーリエの名のもとに熱望することはない。もし、私が思っているように、彼女たちが地上における愛の神聖さを破壊するつもりでないのであれば、彼女たちはいささか危険な選挙運動をしなかったか、そして、この試みは、彼女たちが男性と同じだけの判断力と論理を持っていることの証明のためにまさしく必要なものであったのか、を自問しなければならない。

曖昧さを残さぬために、最近、大いに話題になった女性の解放についての私の考えをはっきり申し述べておこう。

現在の生活習慣が許容する範囲において、この解放は容易であり、また直ちに実現可能に思われる。つまり、結婚が女性から取り上げ、独身でいる以外に保持できない、民法上の権利を女性に返すことで事足りよう。妻を男性の貪欲な支配下におき、妻を永久に未成年として扱うことは、わが国の法律が犯している憎むべき誤謬である。もし若い娘たちがその権利を放棄する年頃に、民法に関するほんのわずかな知識さえあれば、大部分の娘たちは結婚しないことを決心するであろう。昔からの秩序を守ろうとする保守主義者たちが、家族と所有権の言葉を彼らの偽りの信条の中で常にわざとらしく並べるのは奇妙である。彼らが賞賛し、宣言する、結婚の契約は女性の所有権を絶対的に破棄するからである。所有権は、彼らが主張するように神聖なものではない、あるいは、結婚も同様に神聖なものではない、のどちらかであり、逆もまた同じである。二つの神聖なものが互いに壊し合うことはできない。

この改革は容易なことであり、また、きわめて近い将来のものであると私は確信している。それは、社会主義的共和国がまず取り組むべき問題の一つである。両性の平等が家庭における無秩序や不和の条件であると考えない限り、この改革が夫婦の貞節や家庭の調和をいささかでも傷つけうるとは思われない。われわれはその逆を信じている。そして人類は決定的にこのように判断したのだ。

家族の存在に必要な権威が父親と母親の間で平等に共有されるのであれば、権威の原則はどこにあるのか、と人はたずねる。権威は、常に間違いを犯し得るが、罰せられることのない人間の手中に固定されるのではなく、感情や理性の仲裁に応じて一方から他方へ移されるものだ。子どもたちの利害が問題であるとき、子どもへのもっとも強く、もっとも持続する愛情を持っているのは母親であると認めていながら、なぜ母親の配慮を警戒するのか、私には理解できない。さらに、夫が絶対的な長でもなく、また、公正な裁決を下せる立場にないのであれば、どうして夫婦の協力関係が存続できるのか、とたずねることは、どうして自由な人間が主人なしに、共和国が信念なしに済ますことができるのか、とたずねるようなものである。抑制のない個人の権威の原則は神授権とともに消滅する。概して男性は、何人かの女性が何かにつけて主張するほどには、女性に対して残忍ではない。場合によっては、生涯に一度か二度、そういうこともあろう。だが、大部分の男性は実際、今日にあっては、夫婦の平等を彼らの幸福の基盤とする心づもりになっていることを認める方が一層真実で、公平であろう。すべての男性がこの平等を理屈で承認するほど論理的というわけではないが、彼らの家庭で平等を打ち砕くことができるとすれば、彼らは非常に不幸であろう。これはすでに生活習慣となっている。そして、自分の伴侶を虐待し、辱《はずかし》める男性は他の男性たちから、尊敬されることは絶対にない。法律がこの民法上の平等を認めるまで、夫権の例外的な、容認しがたい乱用があるのは確かである。一家の主婦が八〇歳で未だ未成年として、滑稽で屈辱的な立場に置かれているのも同様に事実である。横暴という唯一の権利が夫に付与する、妻子の幸福のための物質的条件に出資することを拒否する権利、夫婦の住居の外で姦通する権利、不貞を働いた妻を殺害する権利、妻を排除して子どもたちの教育を管理する権利、名門の家庭で見られたように、愛人を子どもの家庭教師とすることで、恥ずべき手本や不道徳な主義で子どもたちを堕落させる権利、家の中で使用人や下女たちに一家の主婦を侮辱するよう命じる権利、妻の両親を追い出し、自分の両親を妻に押しつける権利、妻のものである収入や財産を娼婦たちを相手に浪費しながら、妻を窮乏に追いやる権利、妻を殴り、もし妻が証人を見出せなかったり、醜聞をおそれてしりごみするならば、妻の告訴を裁判所に却下させる権利、さらに、不当な疑いで妻の名誉を傷つけたり、現実の過ちで妻を処罰させる権利。これらはまさしく野蛮で、残忍で、非人間的な権利であり、あえて申し上げるが、唯一の動機は不貞、けんか、醜聞、そして罪——あまりにも頻繁に家庭という聖域を汚し、ああ、哀れな人間たちよ、あなた方が罪人用の処刑台を壊し徒刑の鎖を砕き、不貞を働いた妻に課す精神的隷属状態や牢、公然の恥辱を打破するときまで、汚し続けるであろう罪。その時まで、妻は抑圧された者の悪徳、つまり、奴隷の策謀を常に持つだろう。そして、もはや暴君になりえぬだろうあなた方はかくも多数、今日、復讐心に燃える奴隷たちの嘲笑すべき奴隷になりさがっている。

確かに妻は理論的には奴隷である。それは現実に、もはやそうでなくなり始めているからであり、また、妻を苛立たせる隷属状態と夫を堕落させる横暴との中間がもはやほとんどないからであり、さらにまた、理論的には民法上の平等の権利を承認する時期が来たからである。おそらく近い将来、社会的組織の発展の中で確立されよう。大部分の家庭で妻が取りしきるほどに生活習慣が変化し、巧みさや粘り強さや策謀で獲得したこの権威が乱用されてさえいるので、法律が生活習慣に先行することを心配するには及ばない。それどころか、私の見るところでは、法律の方が遅れている。拒絶されていたこの権威を合法的に取り戻さなかった、つまり、横領したことで、妻は堕落した。男子の奴隷は主人に反抗し、自由と尊厳を率直、かつ、公然と取り戻すことができる。女の奴隷は主人を欺き、偽りの、そして真の目的から逸脱した自由と威厳を陰険に、卑劣に取り戻すことしかできない。

実際、欺瞞によって妻が奪うことのできる自由とは何か？　姦通の自由である。夫の知らぬうちに妻が鼻にかける威厳とは何か？　夫にとってと同様、妻にとっても、嘲笑すべき影響力を持つ偽りの威厳である。こうした悪用がなくなり、善良な夫がだまされて、友人たちや妻から嘲笑される間抜けな男にならぬことが必要である。柔順で、誠実で、敬虔な妻が献身にだまされないことが、搾取され、虐げられないことが必要である。誘惑されて罪を犯した妻が公に非難や罰を受けず、子どもたちの面前で名誉を傷つけられず、善に戻る道が閉ざされて、罰と恥辱を与えた人間を永久に憎む道に追いやられぬことが必要である。

姦通を罰する！　この上なく真剣なものでありながら、世論からはきわめて不まじめに扱われているこの微妙な問題点を強調しすぎることはないであろう。姦通を罰することは姦通を永続させ、増加させるばかりの野蛮な法律である。姦通はそれ自体に罰、悔恨、そして消しがたい後悔の念を秘めている。侮辱を耐え忍ぶことのできない夫にとっては、離婚、あるいは別居の充分な理由となろう。だが、名誉を傷つけられ、夫から牢に入れられた妻を夫が引き取ることを認める法、妻に自らの堕落という苦難を一滴一滴味わうために戻って来ることを、そして、子どもたちの前で間断なくその苦難を甘受することを命じるこの法、これこそ、罰を受ける妻以上に、この法を援用する夫の名誉を傷つける卑劣で、おぞましい法である。それは憎悪と個人の復讐の法である。その適用がもたらすものは醜聞であり、家庭の恥辱であり、子どもたちについた消え去ることのないしみである。姦通の現場を目撃された妻を殺すことを夫に許す法の方がまだましである、袋の中に妻を縫い込んで海か井戸に投げ込むことのできる東洋人たちの法の方がまだましである。自分を足蹴にした主人の愛撫に耐えねばならぬ奴隷の生活に比べれば、死など何ほどのものでもない。

民法上の平等、結婚における平等、家庭の中での平等、これがあなた方が主張し、要求できるものであり、また、要求しなければならぬものである。だが、それは結婚の神聖さ、夫婦の貞節、そして家族の愛情に対する深い敬意を抱いてのことである。あなた方の情熱の力や、家庭生活の悲痛な思いで夫をだまし、裏切るようなことにもはやならぬよう、夫とは対等になることを望まれるがいい。策謀によって夫を支配するという、卑劣な喜びを断つために、夫と対等になることを望まれるがいい。

平等の契約の中で、愛情の理想であり、良心の要求である、貞節のこの誓いを喜んで守るために対等になることを望まれるがいい。ときには逸脱を許すことができ、はるかに難しいことではあるが、今度はあなたが許すことができるために、夫と対等になることを望まれるがいい。他人の平等の権利を尊重することをまさしく意味する、謙譲というこの寛容な気持ちゆえに、夫と対等になることを望まれるがいい。奴隷のような尊大さ、下僕のようなうぬぼれ、従うふりをして支配する妻のような横柄さはみじんもない。夫が妻に従うことがあってはならない、それは醜悪である。夫が妻に命令するようなことがあってはならない、それは卑劣である。夫と妻がお互いの誓いに、名誉に、理性に、そして子どもたちへの愛に従わなければならない。それこそが神聖な絆であり、われわれの自尊心が命ずるものや、人間の情念が欲するものにまさる法である。男性が神や自然や社会を冒瀆することなくその代表者となる、これらの社会的にして神聖な法にのみ女性が従う以上、不貞は結婚にあってはるかに深刻になるだろう。それはもはや言い訳を持たず、弱さと呼ばれず、許しがたい罪であろう。それはもはや詩人や小説家の関心を引きはしない。それはもはや放蕩者の欲望や、暇人の好奇心をかき立てはしない。恨みを晴らす夫の残虐さは、償いをする妻を正当化しない。苦しみはより深く秘められ、誓いを破り、義務に背いた妻の心に永久に絡みつくであろう。それまで、この堕落した社会が改悛するのを待つことのないように。あなた方が抑圧的な法を援用すればするほど、道徳的な法が忘れられるよう仕向けることになろう。姦通を弾劾すればするほど、それを無視することになろう。誠意のない男性以外に、誰が密通し、誰が夫婦の平和を乱し、誰がその最良の友をあざむき、誰が不品行な女の挑発にこたえ、誰が純朴な女性の未経験につけ入り、誰がだまされた夫をからかうというのか？　だが、有閑階級で、放蕩者で、金持ちの、社交界の人間であるあなた方は、おそらく、状況が今のままであってほしいと願っている。女性に対する敬意からではなくその持参金のために妻にした、あるいは妻にしようと目論んでいるのだから、他人の妻を誘惑し、自分の妻の名誉を軽視するあなた方。両性の平等を宣言することが提案されれば、もっとも抵抗するのは紛れもなくあなた方だ。民衆はそのように判断はしないと、あなた方よりも一層、家族の尊厳と無事を重視するだろうと、私は確信している。

政治的権利を行使することから始めようと主張しているご婦人方に申し上げたい、あなた方は子供じみた遊びに興じているだけだと。家が炎に包まれている、家庭が危機に瀕している、家庭を守り、すまいを建て直すべき時に、あなた方はあえて世間の嘲笑や侮蔑の言葉を浴びようとしている。個人の自立さえ果たせぬあなた方が、一体どのような気紛れから、議会の争いに関わろうとするのか？　何ということ、夫がこちらの席に就き、おそらくは愛人があちらの席に就くだろう、そしてあなた方自身の代表でさえないのに、何かを代表することを求めるのか？　粗悪な法律があなたを一人の男性の半分とし、法律よりさらに悪い風習が非常にしばしば、もう一人の男性の半分にする。それでいて、あなたは他の男性たちに何かの責任を提供できると思っているのか？　そのような革新はどんなこっけいな攻撃や、胸の悪くなるようなどんな醜聞を引き起こすことになるであろうか？　良識がそれを阻止しよう、あなた方の性が持っているはずの誇りが、侮辱をものともせぬことを大きな過ちとしよう。

私のこの激しい言葉づかいを許していただきたい。壮年という私の年齢と、数多くの文章を書き、私の属する性の大義のためにいくらかなりとも貢献したことで、私には忠告する権利が与えられよう。たとえあなた方に対しては持たぬとしても、この権利を――私は執着してはいないが――自分自身のために持っている。女性として、また、法律と偏見の不公正を強く感じた女性として、われわれに与えられるべき償いが、有害な試みのために後退するのを目にするとき、私の感情が激しくかき立てられるのも当然であろう。あなた方には才能があるから、あなた方は文章を上手に書くことができるから、新聞を発行しているから、言葉の才能を持っているということだから、あなた方の意見を発表されるがいい。友人たちと、あるいは、先入観なしにあなた方の言葉に耳を傾けてくれる、政治的でも公的でもない集会で討議されるがいい。だが、まじめに受け止めることができない以上、女性たちの立候補を提案されぬように。世論が検討を拒んでいるこのような問題を提起することで、あなた方は、社会に責任を持ち未来に責任を持つ世論に不可解で有害な混乱を与えている。世論だけが最終的に改革の好機を決定するからである。もしあなた方のペンが民法上の平等を擁護するのであれば、あなた方の意見に世間は耳を傾けもしよう。あなた方の弁護者となろうとする真摯な男性は数多くいる。この問題に関して真理が見識ある人々をとらえ始めたからである。然るに、あなた方が最初から政治的権利の行使を要求するのを目にすれば、ほかのもの、つまり、情熱の自由をも要求していると人々は思い、改革の意見をことごとく退けよう。となると、あなた方が分別も洗練されたセンスも指導者もなく説教して来たこの二〇年、女性の解放を遅らせ、問題の検討を無限に遠ざけ、延期したという罪があなた方に帰せられよう。

からかい好きな人間たちに比べれば、これらの試みのいくつかに見られた突飛さや慎みのなさをも私が甘受することを、あざけりの言葉も私の信念をいささかも変えはしないことを信じていただきたい。からかいが善意からであることは稀であり、少なくともその判断で常に軽率であることを私は知っている。それがほとんど重要性を持たず、その効果は長く続かず、気にかけぬのが適切であるのはそのためである。だが、この……

〔未完〕

第7章　1848年における女性と政治

《Au Rédacteur de *La Réforme*, au Rédacteur de *La Vraie République*, Paris, 8 avril 1848》 *La Réforme*, Paris ; *La Vraie République*, Paris ; *La Ruche de la Dordogne*, 1848

《Aux membres du Comité Central》〔(孫の) Aurore Sand が出版 (Calmann-Levy, Paris, 1904) したが、不完全であり、Georges Lubin が *Correspondance*, Ⅷ, Editions Garnier Frères, Paris, 1971 に掲載。〕

1）「マルシへの手紙」は『ジョルジュ・サンド著作集』(全16巻、1842－1843年、ペロタン版) 第16巻に『竪琴の七弦』に続いて収録 (パリ、ミシェル・レヴィ、1869年)。『文学的回想と印象』(パリ、ダンチュ、1862年) に再録 (99-202頁)。

このテクストに関しては、ナオミ・ショール「フェミニズムとジョルジュ・サンド――『マルシへの手紙』」(ジュディト・バトラー、ジョアン・スコット編『フェミニストたちが政治を理論づける』ロンドン、ルートレッジ、1992年) 参照。

2）『共和国公報』第12号および「今週の政治的・道徳的検討」(『真の共和国』紙1848年5月7日) を参照のこと。

3） 上掲、『民衆への手紙』241頁。

■「ひとつの性」の名のもとに

「『レフォルム』紙編集者へ、『真の共和国』紙編集者へ、パリ、1848年4月8日」は『レフォルム』紙 (4月9日)、『真の共和国』紙 (4月10日)、『リュシュ・ド・ラ・ドルドーニュ』紙 (1848年4月16日) に掲載。『書簡集』第8巻、391頁に再録。

1）『書簡集』第8巻、433頁。パリ、1848年4月28日、金曜日夜。

■パリと地方

「パリと地方――職人から妻への手紙、5月27日」は『真の共和国』紙1848年5月28日号に、「妻からの返事、6月4日」は『真の共和国』紙1848年6月5日号に掲載。

1）『書簡集』第8巻、479頁、ジュール・ブーコワラン宛。ノアン、1848年5月21日。

2） 5月15日の1日に関しては、M・アギュロン、前掲書、62頁「5月15日とその諸問題」参照。

3） 3月16日、いわゆる「毛帽子隊」の反動的デモ。3月17日、民衆は臨時政府および2月の精神への支持を表明。デモの主謀者の1人ブランキが選挙の延期を要求。4月9日に予定されていた選挙は4月23日に延期された。

4） 政府は若い失業者たちから徴募した、常設かつ、給料の支払われる「国民遊撃隊」を創設していた。サンドが「1848年のパリの街」を主題にした論文で詳細に言及している、この「青年民兵」は民主主義者たちにとり主要な関心事である。「6月」の日々が示すように、適確な直感。

5） バルベスの果たした役割は実際、あいまいである。彼は革命を再び始める好機と考え、演壇によじ登り、臨時政府を執行委員会（5月5日－6月24日）に改めるためのメンバーの名を発表。M・アギュロン、前掲書、63頁参照。バルベス自ら、サンドへの5月28日付の手紙で打ち明けている（サンド『書簡集』第8巻、497頁、注2参照――「民衆の間に規律がもう少し見られれば、彼らがもっと冷静で、あれほどの叫びを上げなければ、われわれは〔1793年〕5月31日と同じように、国民議会にわれわれの要求のすべてを宣言させたでしょう。」）

6） ルイ・ブランの方はこの介入に反対であった。だが、5月15日夕刻、逮捕され、弁明することになる。

7） 国民遊撃隊の一部隊とともにコンコルド広場にいたクルテ将軍は、「民衆の将軍、万歳！」という、デモ参加者たちの叫びに迎えられた。そのあと彼は、アントワーヌの語るところでは、銃剣を鞘に収めさせ、群集が橋を渡るに任せた。

8） アルベール、バルベス、ブランキ、ユベール、ラスパイユおよび主要なクラブの指導者たち全員が5月15日の夜に逮捕された。サンドは家宅捜索を危惧した。

9） ラマルティーヌは国立作業場の問題を鉄道の問題と関連づけるよう提案していた。彼の構想は執行委員会で支持された。しかし、それは実行するのに時間がかかりすぎた。6月21日、発令される措置は実際は解散である。

年4月20日。
2）『書簡集』第24巻、194頁、ミシェル・レヴィ宛。1875年1月3日。
3）『書簡集』第8巻、584頁、ジョルジュ・リュバンによる引用（注2）。
4）『書簡集』第8巻、586頁、フレデリック・ジレール宛。ノアン、1848年8月6日。
5）深く彼女を悲しませたこの事件について、サンドはフレデリック・ジレールへの手紙（1848年8月6日、8月7日）（『書簡集』第8巻、584-591頁）で詳細に説明している。
6）『共和国公報』一六折判、序文、6頁。
7）『書簡集』第8巻、423頁、モーリス・サンド宛。パリ、1848年4月18－19日。
8）8月27日の『ル・コルセール』は代議士クルトンのとげとげしい批判を掲載し、これにエティエンヌ・アラゴが反論している。
9）『書簡集』第8巻、620頁、エティエンヌ・アラゴ宛。ノアン、1848年9月8日。ジョルジュ・リュバンは文部省のどのような仕事を指しているのか、と注を付す。「いかなる公報か？　解明すべき謎であり、発見すべきG・Sの未発表資料である」（620頁、注2)。『ブレーズ・ボナンの言葉』を指しているのではないだろうか？

■選挙後

1）『書簡集』第8巻、439頁、フェルディナン・フランソワ宛。パリ、1848年4月30日。

第6章　共和国のひずみ

《Devant l'hôtel de ville》, La *Vraie République*, Paris, 1848
《Paris et la Province》: Lettre d'un ouvrier à sa femme (27 mai), La *Vraie République;* Réponse de la femme (4 juin), La *Vraie République*, Paris, 1848

1）『書簡集』第8巻、362頁。パリ、1848年3月23日。
2）同書、443頁。パリ、1848年5月1日。
3）同書、484頁。G・リュバンが注で挙げた、5月31日の手紙。
4）同書、471頁、トレ宛。ノアン、1848年5月24日。
5）同書、479頁。ノアン、1848年5月28日。
6）同書、473頁。ノアン、1848年5月24日。
7）同書、508頁。ノアン、1848年6月12日。

■連帯・賃金・平等

「市庁舎の前で」は『真の共和国』紙、1848年5月2日号に掲載。『1848年の回想』（C・レヴィ、1880年）に再録（65-74頁）。

2）「国民遊撃隊」は街頭の治安維持のために臨時政府が創設した。常設で給料が支払われる遊撃隊は、若い失業者たち、パリの人口にまだ十分に組み込まれていない、ごく最近の出稼ぎ労働者たちを多く徴募した。サンドの形容によれば、この「若者たちの民兵」は1848年6月、旧来のパリのプロレタリアートをはるかに代表する国立作業場の反乱者たちの鎮圧にあたった。マルクスおよびエンゲルスは、とりわけこの「遊撃隊」の経験に基づいて、彼らのルンペンプロレタリアートの理論を編み出した。

■紛糾

「1848年4月16日の1日」は『民衆の大義』誌第3号（1848年4月23日）に掲載。『1848年の回想』（1880年）に再録（11-23頁）。

■街頭デモ

「1848年4月20日の1日——友愛の祭典」は『民衆の大義』誌第3号（1848年4月23日）に掲載。『1848年の回想』（1880年）に再録（25-37頁）。

1） 4月16日の対抗デモ。国民軍が「共産主義を打倒せよ」と叫び、いわゆる危機に直面した市庁舎を守るために、国民遊撃隊を引きずりこんだ。サンドの記述を参照のこと。

2） 4月9日から23日へ選挙を延期させるための民衆の対抗デモ。ブランキがこのデモの指導者であった。彼は4月16日、繰り返したが、この1日が極度に混乱し、大きな成果は上がらなかった。

3） この日の祭典に関しては、F・フュレ『革命（1770-1780年）』391頁、F・タイヒェルのリトグラフの解説参照。

第5章　共和国政府の協力者として

Les *Bulletins de la République*, Paris, ministère de l'Intérieur, 1848
Bulletins de la République, no. 7 (25 mars 1848)
—— no. 8 (28 mars 1848)
—— no. 10 (1er avril 1848)
—— no. 12 (6 avril 1848)
—— no. 15 (13 avril 1848)
—— no. 16 (15 avril 1848)
—— no. 19 (22 avril 1848)
—— no. 22 (29 avril 1848)

『共和国公報』——内務省発行、第1年、1848年3月13日第1号－1848年5月6日第25号

1）『書簡集』第8巻、439頁、フェルディナン・フランソワ宛。パリ、1848

《La journée du 20 avril 1848. Fête de la Fraternité》, *La Cause du Peuple*, Paris, 1848

『民衆の大義』誌――発行人ジョルジュ・サンド、全3号、四つ折判の各号とも16頁で連続したページ付け（全48頁）。

1848年4月9日、16日、23日。週刊誌として、日曜日、25サンチームで発行。「予約購読はポーラン及びルシュヴァリエ出版社、パリ、リシュリュー街60番地」、活版印刷はプロン社、ヴォジラール街36番地。

ジョルジュ・サンドの論文は、『政治的・社会的諸問題』（1879年）（「『民衆の大義』誌のための序」243-253頁、「社会主義」256-287頁）および、『1848年の思い出』（1880年、パリ、カルマン＝レヴィ書店）「1848年のパリの街」1-9頁、「1848年4月16日の1日」11-23頁、「1848年4月20日の1日」25-37頁に再録されている。第1号、第2号に掲載された芸術に関する二篇の署名入りの論文を除く。

1） 『書簡集』第8巻、331頁、シャルル・ポンシ宛。ノアン、1848年3月8日。
2） 同書、362頁、テオフィル・トレ宛。1848年3月23日。
3） 同書、371頁。パリ、1848年3月28日。
4） 同書、389頁、モーリス・サンドへの手紙。1848年4月7日。
5） 同書、424頁、モーリス・サンドへの手紙。パリ、1848年4月18-19日。
6） 同書、429頁、フェルディナン・フランソワ宛。パリ、1848年4月30日。
7） 同書。同じ手紙。

■皆に真理を

この序文は『民衆の大義』誌第1年、第1号（1848年4月9日）に掲載。『政治的・社会的諸問題』（1879年）に再録（243-253頁）。

■未来の解放者たち

「1848年のパリの市街」は『民衆の大義』誌第1号（1848年4月9日）に掲載。『1848年の回想』（1880年）に再録（1-9頁）。

1） ルイ＝マルク・コーシディエール（1808-61）。リヨンに生まれる。戦闘的共和主義者。1834年4月訴訟ではミシェル・ド・ブールジュの傍らに召喚。21年の禁固刑を宣告される。1837年、大赦を受け、民主主義の宣伝活動に献身、1843年よりルドリュ＝ロランの『レフォルム〔改革〕』紙の編集者となる。1848年2月の革命ではきわめて精力的に行動し、臨時政府よりパリ警視総監に任命される。「山岳党」と呼ばれた警察特別隊を設立し、時をわきまえぬ示威運動に抗することで、「混乱から秩序」を作り上げようとした。だが5月15日の示威運動に意表を突かれて、辞職に追いやられることになる。1848年6月事件の後、ルイ・ブランとともにイギリス、次いでアメリカに亡命。1859年の休戦協定で帰国。

1）『書簡集』第6巻、644頁。ノアン、1844年9月。
2）『刑務所制度に関する著作』はミシェル・ペロー序による、アレクシス・ド・トクヴィル『全集』、第4巻（パリ、ガリマール、1984年）所収。
3）『書簡集』第5巻、762頁。1842年8月29日。暴力、監禁、厳しさに反対するダヴィド・リシャールは患者たちを戸外に連れ出した。サンドは『独立評論』誌に掲載するために、彼にその試みを語るよう要請し、彼は求めに応じた（『精神病院における精神療法について』）。

第3章　共和国よ！

Hier et Aujourd'hui, Paris, J. Hetzel, 1848
Aujourd'hui et demain, Paris, P. Hetzel, 1848

1）『書簡集』第8巻、299頁、モーリス・サンド宛。1848年2月18日。
2）同書、304頁、モーリス・サンド宛。ノアン、1848年2月23日。
3）同書、324-325頁、フレデリック・ジレール宛。1848年3月6日。フレデリック・ジレールはニエーヴル県の共和国委員に任命されたばかりであった。

■現在を学べ

『昨日そして今日』、パリ、1848年3月7日（パリ、J・エッツェル、四つ折判小冊子8頁）。二刷は八つ折判小冊子『民衆の大義』誌1848年4月9日号に再録。

『今日そして明日』パリ、1848年3月19日、（パリ、P・エッツェル、四つ折判小冊子）。二刷は八つ折判小冊子。

この2通の手紙は『政治的・社会的諸問題』（1879年）に再録（203-224頁）

1）モーリス・アギュロン『1848年、あるいは共和政の見習い、1848－1852年』（パリ、ル・スイユ、〈シリーズ・ポワン〉「現代フランスの新しい歴史」第8巻、1973年。）
2）『書簡集』第8巻、348頁。ノアン、1848年3月16日。
3）1848年は、鉄道あるいは「英国風」織物工場に反対するラッダイト運動（機械打壊し）が顕著であった。リヨンおよびサン=テチエンヌ地域では、女性労働者の産業修道院に対し暴動が起き、多数の紡績機が壊された。

第4章　歴史の証人

《Introduction pour *La Cause du peuple*》, *La Cause du Peuple*, Paris, Paulin et Lechevalier éditeurs, 1848
《Les rues de Paris en 1848》, *La Cause du Peuple*, Paris, 1848
《La journée du 16 avril 1848》, *La Cause du peuple*, Paris, 1848

校訂、パリ、クランクシェック、1973年）171頁。

2）『書簡集』第6巻、270頁、シャルル・デュヴェルネ宛。ノアン、1843年11月8日。

3）同書、264頁、シャルロット・マルリアニ宛。ノアン、1843年11月3日。

4）『書簡集』第5巻、826頁、アンリエット・ド・ラ・ビゴティエール宛。パリ、1842年12月末。「そして、今日、社会的と呼ばれているこの問題」がますます彼女の頭から離れなくなる。

5）『書簡集』第6巻、284頁、モーリス・サンド宛。ノアン、1843年11月17日。

6）同じ手紙（同所）。

第2章　新しい新聞の創刊

《Les ouvriers boulangers de Paris》, *L'Éclaireur de l'Indre*, 28 septembre 1844
《Le Pére Va-tout-seul》, (daté du 25 décembre 1844). l'*Almanach populaire de France pour 1845*

1）『書簡集』第6巻、270頁。1843年11月8日。

2）とりわけ『書簡集』第6巻、1843年11月29日〔同年12月5日（？）、1844年2月15日（？）〕の書簡は注目すべきものである。

3）同書、20-22頁、1843年1月29日。

4）同書、28頁。

5）『ラマルティーヌへの書簡』（パリ、カルマン=レヴィ、1892年）

6）この主題については、ピエール・ノラ監修『記憶の場所』第3部、『フランス』第1巻「対立と共有」（パリ、ガリマール、1992年）、モーリス・アギュロン「中央と周辺部」（824-850頁）。アラン・コルバン「パリ―地方」（776-824頁）参照。

7）この問題に関しては、J-P・ラカサーニュ、上掲書、57頁以降。

8）『書簡集』第6巻、485頁。1844年3月20日。

9）同書、501頁、シャルル・デュヴェルネ宛。パリ、1844年3月末。

■第二の告発　労働者のあえぎ

「パリのパン職人」（『アンドル県の斥候兵』1844年9月28日号に発表。『ナショナル』紙、『レフォルム』紙（9月30日号）、および『政治的・社会的諸問題』27-35頁に再録。

■第三の告発　死刑・投獄制度への反対

「独歩爺さん」（1844年12月25日）は『1845年のフランス民衆の暦』のためにフレデリック・ドゥジョルジュに献じられたテクスト。『政治的・社会的諸問題』（1879年）に再録（111-131頁）。

19） 同書、685 頁、J-P・ジラン宛。ノアン、1848 年 7 月 22 日。
20） 『書簡集』第 12 巻、201-203 頁、マッツィーニ宛。ノアン、1853 年 12 月 15 日。
21） ミシェル・リオ=サルセ『女性たちの試練による民主主義』（パリ、アルバン・ミシェル、1994 年）
22） 『女性たちの声』1848 年 4 月 6 日。この事件に関するすべてのテクスト参照。
23） 『共和国公報』第 12 号。
24） 「中央委員会委員諸氏への書簡」
25） ピエール・ロザンヴァロン『市民の祭典——フランスにおける普通選挙の歴史』（パリ、ガリマール、1991 年）。ジュヌヴィエーヴ・フレス『理性の女神——排他的民主主義と性の差異』（マルセイユ、アリネア、1989 年。再版はパリ、ガリマール、1995 年。）
26） 『書簡集』第 8 巻、640 頁、マッツィーニ宛。ノアン、1848 年 10 月 30 日。
27） ジョアン・スコット「オランプ・ド・グージュ——パラドックスしか持たぬ女性」（H・U・ジョスト、M・パヴィヨン、F・ヴァロトン『権利の政策——19 世紀、20 世紀における市民権と性の構築』パリ、キメ、1994 年）

第II部　政治と論争（1843-1850）

第1章　社会への批判

Fanchette. Lettre de Blaise Bonnin à Claude Germain (suivi d'une communication au rédacteur en chef de la *Revue indépendante*, signée George Sand), Paris, Imprimerie Schneider et Langrand, 1843

『ファンシェット——ブレーズ・ボナンがクロード・ジェルマンにあてた手紙』（あわせてジョルジュ・サンドと署名した、『独立評論』誌編集長への伝言。）、パリ、シュネデル・エ・ラングラン印刷所、1843 年。

容易に入手できなくなっているこの小冊子は 1843 年 10 月 25 日、11 月 25 日号『独立評論』誌の抜粋から成り、ファンシェットを援助するために数百部、売られた。

『ファンシェット』のテクストは『イジドラ』（パリ、H・スヴラン、1846 年、全 3 巻）ならびに、『田舎の伝説集』（パリ、C・レヴィ、1877 年、181-261 頁）の末尾に発表された。

『独立評論』誌に発表。

1） 1843 年 11 月 2 日の手紙。『ある友情の物語 ——ピエール・ルルーとジョルジュ・サンド（1836－1866 年の未発表書簡による）』（J-P・ラカサーニュ

■矛盾

1） サンドにおける女性としてのアイデンティティの問題に関しては、ミレイユ・ボシが『最後の愛』（1866年）の再版（パリ、デ・ファム、1991年）につけた〈序〉を参照。『書簡』（1991年ノアン・シンポジウム、編纂ニコル・モゼ、クリスチャン・ピロ、1994年）第4章「第三の性」219-282頁。報告者Ｃｈ・プランテ、Ｂ・ブレ、Ｍ・レ、Ｎ・ショル、司会Ｍ・ペロー。モナ・オズフ『女性たちの言葉――フランスの特異性に関する試論』（パリ、ファイヤール、1995年）「オロールあるいは寛大」173-199頁。

2） ジョゼフ・バリ『ジョルジュ・サンドあるいは自由の悪評』（パリ、ル・スイユ、1982年）はサンドのもっともすぐれた評伝の一つである。ユゲット・ブシャルドー『ジョルジュ・サンド、月と木靴』（パリ、ラフォン、1990年）

3） 『わが生涯の歴史』（『自伝的著作集』第1巻、177頁）

4） Ｐ・ヴェルメイラン、上掲書、97-117頁。

5） 『ある旅人の手紙 第6信、エヴラールへ』（G・リュバン編『自伝的著作集』第2巻、パリ、ガリマール、1971年、805頁）

6） モナ・オズフ『女性たちの言葉』「ジェルメーヌあるいは不安」111-143頁。

7） 『書簡集』第20巻、297頁、ギュスターヴ・フロベール宛。1867年1月15日。

8） 『往復書簡集フロベール=サンド』（A・ジャコブ編纂、フラマリオン、1981年）〔『往復書簡 サンド=フロベール』持田明子編訳、藤原書店、1998年〕フロベールからサンドへ、1868年9月19日。

9） 女性たちの歴史におけるこれらの問題に関しては、M・ペロー「アイデンティティ、平等、差異――歴史のまなざし」上院シンポジウム（1995年3月）、『女性たちの位置』（パリ、ラ・デクヴェルト、1995年）39-57頁参照。

10） 『書簡集』第22巻、1871年6月8日。

11） 『ある旅人の手紙 第6信、エヴラールへ』（上掲書、805頁）

12） 『書簡集』第8巻、451頁、シャルル・ドゥラヴォ宛。パリ、1848年5月13日。

13） 『ある旅人の手紙』（上掲書、786頁）

14） 『書簡集』第6巻、34頁、マッツィーニ宛。1843年11月10日。

15） クリストフ・ステュドゥニ『速度の発明――フランス、18－20世紀』（パリ、ガリマール、1995年）

16） ジュヌヴィエーヴ・フレス「ジョルジュ・サンドとルイーズ・ミシェル――象徴的な卓越した女性？」（『女性たちの理性』、パリ、プロン、1992年、167-190頁）

17） 『書簡集』第8巻、507頁、オルタンス・アラール宛。ノアン、1848年6月12日。

18） 同書、655頁、エドモン・プロシュ宛。ノアン、1848年10月14日。

■模範性

1） フランソワ・フュレ『革命（1770－1780）――フランス史』（パリ、アシェット、1988年）。サンドの思想に関しては、ピエール・ヴェルメイラン『ジョルジュ・サンドの政治的ならびに社会的思想』（ブリュッセル、ブリュッセル自由大学出版、1984年）に多数の言及。

2） モナ・オズフ『記憶の場所』（P・ノラ監修、Ⅲ、フランス、第3巻）582-630頁、「自由、平等、友愛」。

3） フランソワ・フュレは『ある幻滅の過去』（パリ、ラフォン／カルマン・レヴィ、1994年）第1章「革命の熱狂」（17-48頁）でこの〈中産階級の憎悪〉の力を強調した。

4）『書簡集』第6巻、789頁、エドゥワール・ド・ポムリ宛、1845年1月。

5） この暴力の問題に関しては、モーリス・アギュロンの研究（「野獣の血」『ロマン主義』1981年／31号）、アラン・コルバンの著作（『時間・欲望・恐怖』（パリ、オビエ、1992年）〔小倉孝誠他訳、藤原書店、1993年〕）、フレデリック・ショヴォの著作（『19世紀に馴化された暴力』（トゥルヌ、ブルポル、1991年）を参照。

6）『書簡集』第9巻、16頁、シャルル・ポンシ宛。ノアン、1849年1月9日。

7） モーリスがパリの寄宿学校の生徒であった1835－36年のいくつかの手紙が示すように、サンドは息子の政治教育を重要視していた。『書簡集』第3巻、275頁、ノアン、1836年2月17日、モーリスは王族とつきあっている。しかし、彼は「生まれと本性から共和主義者である、つまり、平等を欲求するようすでに教えられた」と言うことをためらうべきではない。「早くから老練なローマ人におなりなさい」と彼女は息子に言う。1835年11月6日の手紙では、「あなたが何度も耳にしている、そして、理性と正義に大きな進歩を遂げさせた」大革命の重大さを述べる。口述の、そして家族の中での伝達の重要性が理解される。サンドは慣習を継続する。

8）『書簡集』第9巻、705頁、エマニュエル・アラゴ宛。ノアン、1849年9月23日。

9）『書簡集』第5巻、826頁、アンリエット・ド・ラ・ビゴチエール宛。1842年12月末。

10） 同書、201頁、ピエール・ボカージュ宛。1843年7月20日。

11）『書簡集』第17巻、583頁、エドゥワール・ロドリーグ宛。ノアン、1863年4月17日。サンドはアルベール・イルシュマンが提案した、社会参加〔アンガジュマン〕の変動の理論（『私的な幸福、公的な活動』パリ、ファイヤール、1983年）を例証する。

12） F・フュレ『革命（1770－1780年）』（上掲）450頁以降。

■国内亡命の始め

1） 同書、470 頁、ジュール・ブーコワラン宛。ノアン、1848 年 5 月 21 日。
2） 同書、613 頁、ルイージ・カラマッタ宛。ノアン、1848 年 9 月 6 日。
3） 同書、527 頁、オーギュスティーヌ・ド・ベルトルディ宛。ノアン、1848 年 6 月 29 日。
4） 同書、552 頁、P-J・エッツェル宛。1848 年 8 月 4 日。
5） 同書、535 頁、オーギュスティーヌ・ド・B。ノアン、1848 年 7 月 14 日。
6） 同書、539 頁、ウジェニー・デュヴェルネ宛。ノアン、1848 年 7 月 15 日。
7） 同書、464 頁、ルネ・ド・ヴィルヌーヴ宛。ノアン、1848 年 5 月 20 日。
8） 同書、579 頁、シャルル・ポンシ宛。ノアン、1848 年 8 月 1 日。6 月の日々の解釈は非常に複雑である。記録文書の研究から、鎮圧を任務とした国民遊撃隊は、初めは、蜂起者たちと同様、労働者階級からなっていたことが判明した。もっとも、より若年層であり、かつパリに移って来たばかりであり、おそらくここに、彼らの参入の少なさは起因しよう。サンドは、とりわけ 4 月 16 日のデモの際に垣間見た、この「若者の遊撃隊」の曖昧な性格を非常に明確に理解していた、「かくも聡明で勇敢なこの遊撃隊は早くも誤ちをおかし、堕落しています（……）本来の服を脱ぐことで人はしばしばその心を失ってしまうものです」（『書簡集』第 8 巻、418 頁）。
9） 同書、634 頁、エドモン・プロシュ宛。ノアン、1848 年 9 月 24 日。
10） 同書、579 頁、シャルル・ポンシ宛。注 8 に同じ。
11） 同書、544 頁、シャルロット・マルリアニ宛。ノアン、1848 年 7 月中旬。
12） 同書、723 頁、ポリーヌ・ヴィアルド宛。ノアン、1848 年 12 月 8 日。
13） 同書、638 頁、マッツィーニ宛。1848 年 9 月 30 日。
14） 同書、695 頁、エミール・オーカント宛。1848 年 10 月 10 日。
15） 同書、711 頁、シャルル・ポンシ宛。1848 年 11 月 20 日。
16） 同書、717 頁、いくつかの新聞宛（その 1 つに『レフォルム』紙）。1848 年 12 月 1 日。
17） 同書、731 頁、シャルル・デュヴェルネ宛、1848 年 12 月 15 日。
18） 同書、757 頁、P-J・エッツェル宛、1848 年 12 月。
19） 1849 年刊行のミシェル・レヴィ版で発表。『芸術および文学の諸問題』（1879 年）に再録。
20） 『書簡集』第 8 巻、681 頁、バルベス宛。1848 年 11 月 1 日。
21） 1850 年 6 月 8 日の法律により、サンドが見事に評価した 1848 年憲法典第 5 条で廃止された政治領域での死刑に要塞拘禁が取って代わることになろう。
ジャン・クロード・ヴィモン『フランスにおける政治監獄。特殊な投獄法の起源』（パリ、アントロポ、1993 年）参照。
22） 『書簡集』第 8 巻、508 頁、オルタンス・アラール宛。ノアン、1848 年 6 月 12 日。

ない女や子どもたちが締め出されるような、一種のクラブ」を作ることを提言する。したがって、お祭り騒ぎはない。真剣さと公民教育。同郷人に対して公文書を解説して読み聞かせること、『共和国公報』を貼ること、政府委員マルク・デュフレスを迎えることを息子に勧める。デュフレスは、共和主義の聖処女を引合いに出して、「シャトールーを全く間違って革命化する」狂信家に取って代わるにちがいない。彼は宣伝遊説で、ジランおよびランベールの使命をも助けよう（369 頁）。ヴァロワの村に関しては、モーリス・アギュロン、『村の共和国』（パリ、プロン、1970 年）参照。この著作は 1815 年から 1848 年において共和主義的転向がどのようになされたかを的確に明らかにする。

■『民衆の大義』誌

1）　J・レイノーに関しては、ポール・ベニシュー『予言者たちの時代』、385 頁参照。

2）　エチエンヌ・アラゴは『革命期のパリ』（G・カヴェニャック序、パリ、1833-34 年、全 4 巻）第 1 巻に、「革命的手段とみなした演劇」を発表している。

3）『書簡集』第 8 巻、381 頁、ポリーヌ・ヴィアルド宛。パリ、1848 年 4 月 1 日。

4）　同書、388 頁、モーリス宛。パリ、1848 年 4 月 7 日。

5）　同書、359 頁、モーリス宛。パリ 1848 年 3 月 23 日。

6）　同書、379 頁、モーリス宛。パリ、1848 年 4 月 1 日。

7）　同書、372 頁、シャルル・ポンシ宛。パリ、1848 年 3 月 28 日。

8）　同書、382 頁、エドゥワール・ロクロワ宛。パリ、1848 年 4 月始め。サンドはいずれにせよ、ルイ・ブランやバルベスほど彼とはつながりがない。「彼に対して熱意も、際立った友情も抱いてはいません。彼は献身的で、真面目な（……）共和主義者です。」彼女は彼を誠実に支持する（同書、439 頁、フェルディナン・フランソワ宛）。

9）　同書、387 頁、サント=ブーヴ宛。パリ、1848 年 4 月 5 日。

10）　同書、398 頁、モーリス・サンド宛。パリ、1848 年 4 月 13 日。

11）　トクヴィル『回想録』（G・リュバンによる引用、『書簡集』第 8 巻、590 頁、注 1）

12）『書簡集』第 8 巻、409 頁、モーリス宛。パリ、1848 年 4 月 16 日。

13）　同書、411-420 頁、モーリス宛。1848 年 4 月 16 日夕。

14）　同書、422 頁、モーリス宛。1848 年 4 月 18-19 日。

15）　同書、431 頁、モーリス宛。パリ、1848 年 4 月 21 日。

16）　同書、437 頁、エリザ・アシュール宛。パリ、1848 年 4 月 29 日。

17）　同書、446 頁、シャルル・ポンシ宛。パリ、1848 年 5 月 5 日。

18）　同書、457 頁、エティエンヌ・アラゴ宛。パリ、1848 年 5 月 15 日。

44) 『独立評論』誌創刊の経緯については、J-P・ラカサーニュ、上掲書、45-49頁参照。
45) 『書簡集』第6巻、284頁、モーリス・サンド宛。ノアン、1843年11月17日。
46) 『書簡集』第8巻、166頁、シャルロット・マルリアニ宛。1847年11月末、「その熱狂が場合によっては順応する一種の偽善」とある。
47) 『書簡集』第6巻、719頁、ルイ・ブラン宛。ノアン、1844年11月末。
48) 『書簡集』第7巻、127頁、アンテノール・ジョリ宛。ノアン、1845年10月15日。

■「共和国のニュースに私達はみんな驚きました」

1) 『書簡集』第8巻、337頁、ピエール・ボカージュ宛。ノアン、1848年3月11日。
2) 同書、292頁、オルタンス・アラール宛。ノアン、1848年2月16日。
3) 同書、299頁、モーリス宛。ノアン、1848年2月18日。
4) 同書、304頁、モーリス宛。ノアン、1848年2月23日。
5) 同書、324頁、フレデリック・ジレール宛。パリ。1848年3月6日。
6) 同書、316頁、ルネ・ド・ヴィルヌーヴ宛。パリ、1848年3月4日。
7) 同書、319頁、オーギュスティーヌ・ブロー宛。パリ、1848年3月5日。

■ベリー地方の村の共和政

1) ミシェル・エッケ、上掲書、第3章「空間の詩学」で著者はサンドにとって重要なテーマである、〈道と城〉を対置する。
2) この点に関しては、フィリップ・ヴィジエ『1848年の日々における地方とパリでの日常生活』(パリ、アシェット、1982年) 参照。
3) 『ブレーズ・ボナンの言葉』第4、54-58頁。
4) 『書簡集』第8巻、328頁、シャルル・ポンシ宛。ノアン、1848年3月8日。
5) 同書、324頁、フレデリック・ジレール宛。パリ、1848年3月6日。
6) 同書、331頁、注1。
7) 同書、332頁、アンリ・マルタン宛。パリ、1848年3月。
8) 同書、349頁、ルイ・ヴィアルド宛。ノアン、1848年3月17日。地方性、パリ・地方の関係の難しさに関しては、アラン・コルバンの研究、たとえば、ピエール・ノラ監修、『記憶の場』(Ⅲ、フランス、第1巻『対立と分裂』パリ、ガリマール、1992年) における「パリ―地方」参照。
9) 『書簡集』第8巻、349頁、ルイ・ヴィアルド宛。ノアン、1848年3月17日。350頁、ポリーヌ・ヴィアルド宛、ノアン、1848年3月17日。
10) 同書、358頁、モーリス・サンド宛。パリ、1848年3月22日。モーリスは村民の利益を引き受け、彼らの政治教育を行う責務があった。彼女は息子に、「のらくらする人間、役立たずの酒飲み、大声を上げ、踊ることしか頭に

12 月 27 日。この時期のサンドの思想に関する重要な書簡。ピエール・ルルーの哲学に対する真の信仰表明である。

29) ジャン・ポミエ『ジョルジュ・サンドと修道者の夢想——スピリディオン』(パリ、ニゼ、1966 年)

30) ピエール・ルルー、1832 年、P・ベニシュー『予言者たちの時代』(上掲) 355 頁に引用。

31) 『書簡集』第 5 巻、824-829 頁、アンリエット・ド・ラ・ビゴチエール宛。パリ、1842 年 12 月末。

32) 同書、Ch・デュヴェルネ宛、すでに引用。

33) ミシェル・エッケ『契約と象徴——ジョルジュ・サンドの理想主義に関する試論』(国家博士論文、パリ第 7 大学、1990 年、指導教授ニコル・モゼ)

34) 『書簡集』第 6 巻、51-54 頁。ルイーズ・コレ宛。パリ、1843 年 1 月 19 日。『独立評論』誌が民衆を歌ったL・コレの詩を拒否した。サンドは自分の考えを説明し、真実に反した民衆の写実的な姿を描こうとしたとして、彼女を非難する。「現実と真実は二つの事柄です (……) あなたは力強く、巧みな現実の筆致を発揮しました。けれどもあなたは、絵の影の部分まで照らす真実の光を忘れたのです。」この問題については、ナオミ・ショア『ジョルジュ・サンドと理想主義』(ニューヨーク、コロンビア大学出版、1991 年) 参照。

35) 『書簡集』第 5 巻、570-572 頁、サント=ブーヴ宛。パリ、1842 年 1 月 15 日、20 日。

36) 同書、437-438 頁、フランソワ・ビュロ宛。ノアン、1841 年 9 月 29 日。456-457 頁、フランソワ・ビュロ宛。1841 年 10 月 8 日。ビュロの返書。

37) 同書、103-105 頁、アグリコル・ペルディギエは 1839 年、『同業組合〔コンパニョナージュ〕の書』を発表し、名を馳せた。1851 年、亡命中に執筆した『ある職人の回想』は版を重ね、最新の版は 1992 年、「歴史の主役たち」叢書でモーリス・アギュロンによる。

38) ペンをとった労働者に関しては、ジャック・ランシエール『プロレタリアの夜——労働者の夢の古文書』(パリ、ファイヤール、1981 年)、W・H・スエル『職人と革命——アンシャン・レジームから 1848 年までの労働の言葉』(パリ、ル・スイユ、1983 年)、P・ベニシュー、上掲書 (406-407 頁、サンドの主要な役割を論証) を参照。

39) 『書簡集』第 6 巻、17 頁、シャルル・ポンシ宛。パリ、1843 年 1 月 21 日。

40) 同書、46-47 頁。パリ、1843 年 1 月 21 日。

41) 同書、324-331 頁、シャルル・ポンシ宛。パリ、1843 年 12 月 23 日。

42) 『独立評論』誌、「民衆詩人について」1841 年 12 月。「プロレタリアの詩に関する打ち解けた対話」(同誌、1842 年) 参照。これらのテクストは『芸術および文学の諸問題』(パリ、ミシェル・レヴィ、1878 年) に再録。

43) 『書簡集』第 5 巻、461 頁の註。P・ルルーの手紙、1841 年 10 月 15 日。

10) 『書簡集』第2巻、15頁、シャルル・ムール宛。ノアン、1832年1月27日。
11) 同書、104頁、ロール・デセール宛。パリ、1832年6月13日。この事件が出来したとき、彼女はパリにいた。事件について『わが生涯の歴史』で語っている。
12) 同書、111頁、シャルル・ムール宛。ノアン、1832年7月6日。
13) 『書簡集』第3巻、650頁、ミシェル宛。1839年1月21日。
14) 『両世界評論』誌、1835年6月15日。『ある旅人の手紙　第6信、エヴラールへ（1835年4月11日）』（『自伝的著作集』第2巻、779-817頁。）
15) 121人の労働者および反対派の指導者たちが陰謀ならびに、リヨン等での暴動を起こしたかどで起訴された。
16) 『書簡集』第2巻、924頁、S・ド・ラ・ロシュフコー宛。1835年4月。彼女は義援金を懇願する。
17) 『書簡集』第3巻、67頁。
18) ポール・ベニシュー『作家の祭典――1750－1830年』（パリ、ガリマール、1973年）、『予言者たちの時代――ロマン主義時代の教義』（パリ、ガリマール、1977年）のとりわけ288頁以降、「詩人と芸術家の役割」。「サン=シモン主義が同時代の世論にぶつかり、それを説得するために最大の努力をしたのは近代社会における芸術および詩の使命を宣言することによってである。」
19) 『書簡集』第3巻、フランソワ・ビュロ宛。ラ・シャトル、1836年7月3日、11日。
20) 『書簡集』第4巻、9-16頁、リュック・ルザージュ（後にピエール・ルルーの娘婿）宛。1837年。
21) 『書簡集』第3巻、アドルフ・ゲルー宛。1835年5月15日。同氏宛。1835年10月20日。1835年11月9日。
22) 同書、325-329頁、パリのサン=シモンの家族宛、パリ、1836年4月2日。
23) 『書簡集』第4巻、654頁、シャルロット・マルリアニ宛。マルセイユ、1836年5月20日。
24) 『書簡集』第5巻、221頁、オルタンス・アラール宛。パリ、1841年1月6日。
25) 同書、125頁、モーリス宛。1840年9月10日。
26) 同書、227頁、イポリット・シャティロン宛。パリ、1841年2月1日。
27) ジャン=ピエール・ラカサーニュ『ある友情の歴史――ピエール・ルルーとジョルジュ・サンド（未発表書簡による）』（パリ、クランクシェック、1973年）。P・ルルーの思想に関しては、アルメル・ル・ブラ=ショパール『相違の中での平等について――ピエール・ルルーの社会主義』（パリ、政治科学国立財団出版、1986年）。この主要な思想を再認識させるために「ピエール・ルルー協会」を推進しているジャック・ヴィアール氏のたゆまぬ努力に敬意を払わねばならない。P・ベニシュー『予言者たちの時代』（上掲）、335頁以降をも参照。
28) 『書簡集』第5巻、535-547頁、シャルル・デュヴェルネ宛。パリ、1841年

原　注

第Ⅰ部　サンド――政治に関与した女性

1）　トーマス・レイカー『性の製造所――西洋における身体と様式に関する試論』（パリ、ガリマール、1992 年）
2）　ピエール・ロザンヴァロン『ギゾーの時』（パリ、ガリマール、1985 年）
3）　トクヴィル『回想録』（パリ、カルマン=レヴィ、1893 年）204 頁、ジョルジュ・リュバン『書簡集』（パリ、ガルニエ・フレール、1971 年）第 8 巻 590 頁、注 1 で引用。
4）『書簡集』第 24 巻、194 頁、1875 年 1 月 7 日。

■絆

1）『わが生涯の歴史』（ジョルジュ・リュバン校訂、『自伝的著作集』第 1 巻、パリ、プレイヤッド叢書、ガリマール、1970 年）
2）　同書、16 頁。
3）　同書、376 頁。
4）　同書、469 頁。
5）　同書、660 頁。
6）　同書、71 頁。
7）　同書、11 頁。
8）『書簡集』第 6 巻、487 頁、1844 年。

■道 程

1）『書簡集』第 1 巻、667 頁、ノアン、1830 年 6 月 27 日。
2）　同書、669 頁、G・ド・サン=タニャン夫人宛。ノアン、1830 年 7 月 6 日。
3）　同書、674 頁、フランソワ・デュリ=デュフレーヌ宛。ノアン、1830 年 7 月 19 日。
4）　同書、683 頁、ジュール・ブーコワラン宛。ノアン、1830 年 7 月 31 日。
5）　同書、704 頁、シャルル・ムール宛。ノアン、1830 年 9 月 17 日。
6）　同書、723 頁、シャルル・ムール宛。ノアン、1830 年 10 月 30 日。
7）　同書、807 頁、シャルル・ムール宛。パリ、1831 年 2 月 25 日。
8）　同書、818 頁、ジュール・ブーコワラン宛。パリ、1831 年 3 月 4 日。
9）　同書、874 頁、シャルル・ムール宛。パリ、1831 年 4 月 20 日。

関連年表（一八四一―一八四八）

年代	社会の動きとサンド	サンドの著述活動（本書収録の作品はゴシック体で示した）
一八四一（37歳）	11・5 ピエール・ルルー、ルイ・ヴィアルドとともに『独立評論』誌創刊	11・5 『オラース』掲載開始。「民衆詩人論」 12 「夢想家ラマルティーヌ氏」
一八四二（38歳）		1 『マヨルカの冬』（二巻）「プロレタリアの詩に関する打ち解けた対話」 2・1 『コンシュエロ』掲載開始 9・1 「プロレタリアの詩に関する打ち解けた対話　その二」
一八四三（39歳）	6・4 ドラクロワ、ノアンに滞在（―7・1）	1 『カルル』、『クログル』掲載開始 3・10 「ラムネ氏の最近の出版に関して」 4・25 『ジャン・ジスカ』掲載開始 6・25 『ルドルシュタート伯爵夫人』掲載開始 10・25 **『ファンシェット』** 12・10 「ラマルティーヌ氏への書簡」
一八四四（40歳）	8・9 ショパンの姉とその夫、ノアン滞在（―8・27） 9 『アンドル県の斥候兵』紙創刊	3・25 『大プロコプ』 4・13 『パリ展望』（『パリの悪魔』第一巻に収録） 25 『ジャンヌ』掲載開始 9・28 **「パリのパン職人」** 10 「ヴァレ・ノワール（黒い渓谷）のある農夫の手紙」 11・2 「編集者への書簡――オック語およびオイル語論」 11 「政治と社会主義」 12 **「独歩爺さん」**
一八四五（41歳）		1・21 『アンジボーの粉挽き』掲載開始 3・25 『イジドラ』掲載開始 6 『パリの未開人社会探訪記』（『パリの悪魔』第二巻に収録）

一八四五（41歳）	4下旬 ショパン重病	8・19『テヴェリーノ』掲載開始 10・1『アントワーヌ氏の罪』掲載開始 12・7『魔の沼』プロローグ
一八四六（42歳）	8・16 ドラクロワ、ノアン滞在（～8・29）	2・6『魔の沼』掲載開始 6・25『ルクレツィア・フロリアニ』掲載開始 11・28／12・5「ヴァレ・ノワール（黒い渓谷）」
一八四七（43歳）	5・19 娘ソランジュと彫刻家ジャン=バティスト・クレザンジェの結婚 7・9 選挙法改正を要求する最初の「改革宴会」開催 28 ショパンへの最後の手紙 9 ギゾー、首相に就任 10・30 マッツィーニ、ノアン訪問	5・5『ル・ピッツィニーノ』掲載開始 7・5「マルシュ地方とベリー地方の片隅――ブサク城の綴れ織りの壁掛け」 12・31『棄て子のフランソワ』掲載開始
一八四八（44歳）	2・22 パリの労働者、学生、市民の大規模な反政府デモ 23 パリ、キャプシーヌ街での軍の発砲により多数の死傷者が出る。バリケードが築かれ、赤旗が翻る。国王ルイ=フィリップ、ギゾーを罷免。 24 国王退位。パリ市民、議会を占拠。臨時政府成立。 25 共和政宣言。 3・1 サンド、ノアンよりパリ到着。直ちに臨時政府内相ルドリュ=ロランと連絡を取る。	3・7 **「民衆への手紙」** 8「中産階級へのひと言」 12「富める人々へ」 15「ブレーズ・ボナンの口述のもとに書かれたフランスの歴史」

年	事項	作品
一八四八（44歳）	3・2 ルドリュ＝ロラン、サンドに通行許可証を発行。それにより臨時政府全閣僚と随時、面会が可能になる。 4 外務大臣ラマルティーヌと大臣執務室の窓より、二月の犠牲者たちの葬列を見送る。 7 ノアンに向けてパリを発つ。 12 ノアンで共和政宣言。息子モーリス、ノアン＝ヴィック村村長就任。 15 臨時政府、『共和国公報』に対しサンドに執筆要請を決定。 21 パリに戻る。 26 『真の共和国』紙創刊。 4・9 『民衆の大義』誌創刊。 20 パリで連盟祭が催される。 23 憲法制定国民議会の選挙。サンド、ラマルティーヌの家で夕食を共にする。 5・15 クーデタ失敗。バルベス、ブランキ、ラスパイユら逮捕。 18 サンド、ノアンに帰る。	3・19 **「民衆への手紙　第二信」** 25 「良き市民へのブレーズ・ボナンの言葉　その一」 28 **『共和国公報』第七号** 4・1 **『共和国公報』第八号** 6 **『共和国公報』第一〇号** 8 『共和国公報』第一三号。**「『レフォルム』紙および『真の共和国』紙編集者へ」** 9 **「『民衆の大義』誌創刊号序文」** 13 **『共和国公報』第一五号** 15 **『共和国公報』第一六号** 16 『民衆の大義』誌第二号 22 **『共和国公報』第一九号** 23 **『民衆の大義』誌第三号** 29 **『共和国公報』第二二号** 5・1 **「市庁舎の前で」** 4 「社会問題」 5 「市民ラムネへ」 7 「今週の政治的・道徳的検討」 11 「フランスの宗教」 12 「フランスの教義」 13 「フランスの信仰」 27 「共産主義の翁——テオフィル・トレへの手紙」 28 **「パリと地方——一職人から妻への手紙」** 6・2 「ルイ・ブラン」（—6・3） 5 **「パリと地方——妻の返事」** 9 「バルベス」 11 「テオフィル・トレへの手紙」

一八四八（44歳）	6・23 国立作業場の閉鎖。六月蜂起（―26）。 8・3 バクーニンに関する、サンドのマルクスへの書簡、『新ライン新聞』に掲載。 12・10（―11） 大統領選挙でルイ＝ナポレオン・ボナパルトが圧倒的多数で選出される。	11・2 「穏健派の人々へ」 12・1 『少女ファデット』掲載開始 12・22 「ルイ＝ボナパルトの共和国大統領職選出に関して」

＊ 当初、新聞・雑誌に発表され、後に一つの作品として出版されたサンドの著作は『　』で括った。

アンガジュマンの作家、ジョルジュ・サンド

——訳者あとがきにかえて——

ジャーナリストとしての資質の欠如を繰り返し口にしながらも、ジョルジュ・サンドがいかに鋭敏に眼前の政治的・社会的事象に反応し、時を移さずペンを取り、マスメディアを媒体にして社会参加したか、そして、教育という最も根本的な権利の一つを奪われてきた民衆の思想形成への貢献を自らの使命として、彼らの意識の覚醒をいかに倦むことなく試みたか。

ピエール・ルルー、ルイ・ヴィアルドとの一八四一年一一月の『独立評論』誌の創刊、「ファンシェット事件」を契機とした一八四四年九月の『アンドル県の斥候兵』紙の発行と、次第に顕著になってゆくサンドの政治・社会参加は、一八四八年〈二月の日々〉、もっとも先鋭的な形を取り一気に頂点に達した。それは、臨時革命政府内務省が、国民とりわけ都市労働者や農民層に、彼らの始まったばかりの政治生活の権利と義務を啓蒙し、臨時政府の打ち出す政策の意図を解説し、彼らの賛同を得ることを第一義として、三月一三日からほぼ隔日に発行した『共和国公報』への寄稿という直接的な関与であった。サンドの卓越した作家としての力量を頼みにして、内務省が執筆を要請したものであった。無署名の論

文とはいえ、サンドはいわばスポークスマンとして臨時政府の中枢にあった。

＊

一八四七年の夏以来、ノアンにあって創作の筆を運んでいたサンドが、共和国宣言のニュースが届くや直ちにパリに上り、どれほどの興奮と歓喜の中にパリの街を駆け回ったか、そして、革命遂行のエネルギーを結集したパリの民衆を称える言葉を書き綴ったか。たとえば、四〇年代の始めよりその詩作を指導し励ましてきたトゥーロンの石工シャルル・ポンシへの長文の手紙は、パリから遠隔の地に住む労働者に共和国誕生の喜びと昂揚感を共有させようとするサンドの溢れる思いを伝えて余りある。

「共和国万歳！　パリは何と夢や熱狂に満ち満ち、それでいて、なんと礼儀正しく、整然としていることでしょう！　私はこの都会を駆け回り、私の眼前で最後のバリケードが開かれるのに立ち会いました。偉大で、崇高で、素朴で、心が寛い民衆、フランスの中心、世界の中心に集結しているフランスの民衆、世界中でもっともすぐれた民衆を私は目のあたりにしました。（……）人々は熱狂し、酔いしれています、泥の中で眠り、空の下で目を覚ますことに満足しています。周囲のあらゆるものに勇気と信頼が感じられます。共和政が勝ち取られ、確実なものとなりました。それを放棄するくらいなら、皆こぞってそのために命を落としましょう。」

（一八四八年三月八日。『書簡集』第八巻、三二九―三三〇頁）

サンドは頻繁に閣僚たちと出会い、臨時政府の立案に参画し、知己や友人を委員に推薦もした。リュクサンブール宮にほど近い、コンデ街のサンドの仮寓を政府閣僚が訪れることもあったと、サンドは手紙に記している（モーリスへの手紙、三月二三日。『書簡集』第八巻、三六一頁）。

ニエーヴル県の政府委員に任命された、年来の知己である弁護士ジレールへの手紙は、サンドの政府との関係、彼女に付与された権限の性格を明らかにしよう。

「すべて順調に進んでいます。公的な生活がわれわれを召集し、捕らえて離さない時、個人的な悲しみは消えてしまいます。共和政は最良の家族であり、民衆は最良の友人です。他のことを考えてはなりません。共和政はパリで守られました、ですから、その大義がまだ広まっていない地方で共和政を守ることが問題です。あなたを指名させたのは私ではありませんが、承認したのは私です。というのも、大臣が私の友人たちの行動を、言ってみれば、私の責任にしたからですし、加えて、彼らの敵からのあらゆる陰謀や、政府のあらゆる弱さに対抗して彼らを勇気づけ、激励し、安心させるための全権を私に与えてくれたからです。したがって、力強く行動してください。今、われわれが置かれている状況にあっては、献身と誠意だけがあればいいのではありません。時には熱狂も要求されます。自分自身を越え、あらゆる弱さを捨てること、そして、現実にも本質的にも革命的であり、民衆により選ばれた政府の歩みを妨げるものであれば、個人的愛情をも打ち砕くことが必要です。(……)ためらうことなく、ブルジョワ精神を完全に払拭するよう、あなたにどれほど勧めようとも勧めすぎることはないでしょう。」　(三月六日。『書簡集』第八巻、三二四—三二五頁)

共和政をフランス全土に拡げ確立させるために、臨時政府は、パリの労働者を地方に派遣して宣伝活動にあたらせる措置を講じたが、これはサンドの進言によるものであった。この時期の日記と思しき断片に記された次の一節がそれを明かしている。

「政治宣伝のために地方に労働者を派遣することを考えたのは、私だ。大衆の教育の役目が当然、その権限に含まれている、文部大臣にまず、私の見解を述べた。ノアンで書いた手紙は臨時政府に伝えられ、政府は最初、承認した。だがカルノ〔文部大臣〕はそれ以上、たずさわらなかった。彼もレイノーもシャルトンもパリのすぐれた労働者を知らないのだ。

数日にわたる私の宣教で、この考えがついに善良なルドリュ＝ロランの脳に浸透した。彼はいつもながらの熱意とそそっかしさで仕事に取りかかった。彼はこの事業に十万フラン費やすつもりでいる。きちんと始められれば、申し分ない成果が得られると私は確信している。（……）最初の選択で非常に懸念されることだが、もし彼が凡庸な人物、気取って話したり、がなり立てる人間、粗暴で、機転や利発さに欠ける人間を送り出すようなことがあれば、パリの労働者に関してきわめて思わしくない世評を作り出すことになり、この運動を始める前より事態は一層悪化するだろう。彼はこうした観察が正鵠を得ていることを感じているように見える。しかし、活動の中で正しい意図は往々にして消え去るものだ。」（『自伝的著作集*』第二巻、一一八六頁、「一八四八年三月―四月の思い出」）

＊『自伝的著作集』――『わが生涯の歴史』『マヨルカの冬』『ある旅人の手紙』などを収録した著作集のひとつ。ジョルジュ・リュバン編集、全二巻。

ところで、政治学者であり歴史家であったアレクシス・ド・トクヴィルの長大な『回想録』は、二月革命期のフランス社会の克明な記録であり、とりわけ、同時代の政治的指導者たちの考え方や行動様式、さらには彼らの性格や容姿までを活写したものとして、その証言の重要性はつとに知られているが、彼はこの『回想録』で、サンドと初めて顔を合わせた、とある晩餐会での会話に触れ、彼女の現状認識の驚くほどの確かさを特記している。

「ミルンは私をサンド夫人の隣にすわらせた。（……）とりわけ私が強い印象を受けたのは、彼女の中に偉大な精神から発する自然の気品のようなものが存在することであった。彼女は実際、態度や言葉に真の気取りのなさを見せていた。（……）

私たちはたっぷり一時間、政治情勢について語った。サンド夫人はこのとき、政治家のようであった。夫人はきわめて詳細にまた不思議なほど鮮明に、パリの労働者たちの境遇について、彼らの組織や数や武器について、彼らの行動や思想や準備や恐るべき決意について、私の前に描き出した。そのとき私は、彼女の描写は誇張されていると思った。しかし、そうではなかったのだ。つまり、その後に起こったことがそれをはっきり証明したのである。」

＊

三月八日、ノアンに戻ったサンドが直面したのは、首都にみなぎっていた熱気からは想像もできないような、農民たちの、冷ややかさに隠された警戒感、共和政に対する無関心であり、彼らの覚醒を促す指導者の欠如であった。著名な歴史家であり、後に政治家ともなるアンリ・マルタンに書き送る。

「私の愛している人々を早急に、一人残さず奮い立たせようと努力しています。全ての人の傍に同時にいることができるものなら！　それにしても、地方はパリの民衆のあの神聖な集会所とは何と異なっていることでしょう！　当地の農民たちは非常に重々しく、忍耐強く、柔和で、実直です。好ましい影響に抵抗はしないでしょう。けれども、彼らには自立性がありません。どうしていいかわからないのです。肥沃になるために太陽の光を待っている土塊《つちくれ》のようです。地方の住民にとって絶対的に欠如しているのは、彼らを導いてくれる人々です。もしこのノアンを含めてあらゆる市町村が、正しくまじめな生活を送れるよう仕向けてくれる確かな友人に全幅の信頼をおくことができれば！　けれども、どれほど多くの市町村にそうした友人が欠けていることでしょう！　嘆かわしいほどです！（……）自らの権利を知らされ、その重要性を教えられれば、民衆はそれを愛するようになると信じています。」

（三月九日。『書簡集』第八巻、三三二―三三三頁）

首都パリとあまりに相違した精神状態を呈している地方の現実を目のあたりにし、その隔たりを縮める必要性を痛感したことが、サンドに、パリのすぐれた労働者の地方派遣の有効性を臨時政府に進言させたと言えよう。年来の親友であり、俳優のボカージュには一層率直な表現で状況を説明する。

「私たちは、地方に革命を起こそうとしていますが困難です。革命は起こされてはいませんし、一ヵ月後も事態は同じでしょう。中産階級は軽蔑的で、愚かしく、そして臆病です。農民はどうしていいかわからず、労働者はまだよく理解できずにいます。クラブが必要です。（……）こんな状況の中でも私たちは活動を続けます。」

（三月一一日。『書簡集』第八巻、三三八頁）

地方にあって、無力感そして焦燥感にややもすれば襲われそうになるサンドを、それでも活動に駆り立てているのは、人類のより完成に近づいた未来への揺るぎない信念に支えられた、強靭な精神力であろう。

「地方で直面する、山ほどの情けない困難事や、社会の真の敵である臆病者たちが、とりわけ現在、作り出す危険にもかかわらず（……）私は幸せですよ。かくまでも偉大で善良な民衆と触れ合うことで私を奮い立たせ、力づけてくれるパリに戻らなければ、私はここで、信念ではなく熱意を失ってしまいましょう。ああ！　それでも、私たちは共和主義者なのです、たとえ、疲労と貧窮から、あるいは闘争の中に命を落とさなければならないとしても。実現しているのは、私が生涯、抱き続けてきた考えであり夢なのです。（……）私たちのありったけの時間や力、そして心を要求している重大な義務があるのですよ。」

（ポリーヌ・ヴィアルドへの手紙、三月一七日。『書簡集』第八巻、三五〇—三五一頁）

＊

五月一五日、ポーランド支援の請願書提出を理由に、群衆がブルボン宮になだれ込み、主謀者たちは国民議会解散を宣言。クーデタは失敗し、バルベス、ブランキ、ラスパイユらが逮捕された。そして六月、国立作業場の閉鎖に抵抗して、パリの労働者が武装蜂起。政府側の死者一六〇〇人、反乱側の死者四千人という悲劇的な結末を迎えた「六月蜂起」は、中産階級に恐怖を呼び起こしたばかりか、二月革命を支えてきたパリの民衆に共和政への支持を失わせた。

「国民感情や愛国心、共和主義への信念は、私たちの哀れな心の中で何と大きな痛手を受けたことでしょう！　あなたの心も傷ついています、お気の毒に、でも、あなたは若く、元気です。いつの日かより良い未来を目にできましょう。（……）私は打ちのめされ、茫然として、百歳も年を取ってしまったように、そして、希望を繋ぎとめるために空しい努力をしているように感じています。」

（ウジェニー・ニヴェルネへの手紙、七月一五日。『書簡集』第八巻、五四〇頁）

だが、それでも、サンドは信念を失いはしない。一二月には、五月以来ヴァンセンヌの牢にあったバルベスにとりわけ献じられた、『少女ファデット』の『クレディ』紙での掲載が始まるだろう。

＊

本書は、パリ第七大学名誉教授、ミシェル・ペロー女史の編纂になる「George Sand : *Politique et Polémiques 1843-1850*, Imprimerie Nationale Editions, 1997, 576p」から、出版社からの要請でペロー女史が日本語版のために選び出されたものを訳出した。

ジョルジュ・サンドの、とりわけ一八四八年の二月革命期を頂点としたアンガジュマンは、しばしば言及されながらも、サンドがこの時期、精力的に執筆し発表した政治的諸論文は、今日では、容易に手にすることができなくなっていた。ペロー女史は、「民主主義の発明という、一九世紀の主要な政治上の出来事に重要な役割を果たし、また、その証人となった」（M・ペロー）ジョルジュ・サンドの政治的テクストを初めて完全な形で集め、年代順に編集した。そして、それぞれのテクストの解説にあたっても、この稀有な女性の考えと心の動きを把握することを可能にする数多くの手紙を引用している。

ジョルジュ・サンドの筆になる、一九世紀フランスを証言する第一級の歴史的資料と言うべき、これらのテクストは、これまでわが国に紹介されることが一度もなかった。藤原書店社主藤原良雄氏より訳出の機会を与えていただいたことを大変幸せに思うと同時に、深い感謝の意を表したい。藤原書店の清藤洋氏、井上秋子氏には終始、お世話をいただいた。心からお礼を申し上げげたい。

二〇〇〇年九月

持田　明子

訳者紹介

持田 明子（もちだ・あきこ）

1969年　東京大学大学院博士課程中退（フランス文学専攻）
1966-68年　フランス政府給費留学生として渡仏
現　在　九州産業大学国際文化学部教授
著　書　『フランス文学を学ぶ人のために』（共著，世界思想社），『ジョルジュ・サンドからの手紙』（編，藤原書店）
訳　書　マリー・ルイーズ・ボンシルヴァン=フォンタナ『ジョルジュ・サンド』（リブロポート），ドミニク・デザンティ『新しい女』，アンヌ・ヴァンサン=ビュフォー『涙の歴史』，『往復書簡　サンド=フロベール』，ベルナデット・ショヴロン『赤く染まるヴェネツィア』（以上，藤原書店），マリー・ラフォレ『マリー・ラフォレの神話と伝説』（白水社），オデット・ジュワイユー『写真の発明者ニエプスとその時代』（パピルス），他

サンド―政治と論争

2000年9月30日　初版第1刷発行©

訳　者　持　田　明　子
発行者　藤　原　良　雄
発行所　株式会社　藤原書店

〒162-0041　東京都新宿区早稲田鶴巻町523
TEL　03（5272）0301
FAX　03（5272）0450
振替　00160-4-17013

印刷・製本　美研プリンティング

落丁本・乱丁本はお取り替えします
定価はカバーに表示してあります

Printed in Japan
ISBN4-89434-196-4